LA CONFRÉRIE
DES CHASSEURS DE LIVRES

DU MÊME AUTEUR

Sauver Mozart, Actes Sud, 2012 (prix Emmanuel-Roblès, prix des lecteurs de Blois-Agglopolys édition 2013, prix littéraire de l'ENS Cachan 2013) ; Babel n° 1207.
La Confrérie des chasseurs de livres, Actes Sud, 2013.
Denis Diderot : "Non à l'ignorance", Actes Sud Junior, 2015.

RAPHAËL JERUSALMY

LA CONFRÉRIE
DES CHASSEURS
DE LIVRES

roman

BABEL

Pour Sharon, ma rose du désert...

… la poésie écrite n'est qu'un jalon, un passage, une borne indicatrice sur le champ immense de l'activité qu'embrasse la vie du poète.

TRISTAN TZARA
Préface au *Testament*
de François Villon,
(Audun, 1949).

Né à la fin du Moyen Âge, François Villon est le premier poète des temps modernes. Il est l'auteur de la célèbre *Ballade des pendus* et de *La Ballade des dames du temps jadis*. Mais Villon est également un brigand notoire et un voyou. En 1462, à l'âge de trente et un ans, il est arrêté, torturé et condamné à "être pendu et étranglé". Le 5 janvier 1463, le Parlement casse le jugement et le bannit de Paris. Nul ne sait ce qu'il advint de lui par la suite…

La face rougeaude du gardien surgit dans la lucarne. Ses yeux se plissent pour scruter l'obscurité. Le tintement de ses clefs résonne à travers le soupirail. François retient son souffle. La porte s'ouvre brutalement sur la lumière aveuglante d'un flambeau. François se recroqueville aussitôt contre la paroi suintante mais le geôlier demeure planté sur le seuil, le dos voûté, son fouet pendant mollement à la ceinture. Deux laquais en livrée pénètrent dans le cachot et y déposent une petite table aux pieds torsadés. Pendant que l'un d'eux se met à balayer la paille et les excréments d'un air dégoûté, l'autre apporte deux chaises capitonnées et une grande nappe brodée. Ses gestes sont précieux. Il dispose ensuite deux bougeoirs de cuivre, une carafe de cristal et une cruche en grès au centre d'un savant arrangement de couverts en argent, de corbeilles à biscuits et à fruits, d'assiettes et plats en faïence. Aucun des deux valets ne daigne adresser un regard au détenu qui suit leur manège avec effarement. Leur travail achevé, ils se retirent sans piper mot. Le silence de la nuit enveloppe la prison. Même les rats, terrés dans les fissures de la muraille, se tiennent cois.

Une silhouette drapée d'une aube de lin blanc illumine soudain l'embrasure de la porte. D'une main, elle tient un chapelet en buis. De l'autre, une lanterne dont les rayons éclairent une croix écarlate cousue à hauteur de poitrine.

— Guillaume Chartier, évêque de Paris, dit le visiteur tout en ordonnant au garde de libérer François de ses chaînes.

L'ecclésiastique s'assied et verse à boire. Ne paraissant nullement rebuté par la puanteur et la crasse, il prie civilement son invité de se joindre à lui. François se lève avec peine. Il tire sa chemise vers le bas pour dissimuler ses plaies, se coiffe maladroitement, redresse les épaules, parvient même à afficher un léger sourire. L'évêque lui tend une cuisse de dinde confite. François saisit le morceau de volaille et le déchiquette à pleines dents, le rongeant jusqu'à l'os, pendant que Guillaume Chartier lui expose le but de sa visite.

Le prélat articule doucement chaque mot avec le calme imperturbable propre aux hommes d'Église. Sa voix suave flotte comme un doux encens dans l'air rance de la pièce. François a bien du mal à écouter les paroles du prêtre. Les vapeurs du vin lui titillent les narines. Entre pleines bouchées de viande et avides lampées de bourgogne, il ne saisit que des bribes éparses. Il devrait pourtant se montrer plus attentif puisque Chartier, après avoir insisté sur sa qualité d'envoyé du roi, évoque le moyen d'échapper à la potence.

Lançant le bras vers une côtelette de marcassin, François renverse une pleine saucière de jus de truffe. Tout en ricanant bêtement de sa propre gaucherie, il observe le dignitaire du coin de l'œil. Il serait facile de lui enfoncer une fourchette en plein cœur.

*

Guillaume Chartier s'était attendu à un meilleur accueil, imaginant un auditeur subjugué, pendu à chaque syllabe. Le voilà assis en face d'un goinfre aux paluches rugueuses qui, l'échine penchée à même l'écuelle, se borne à mastiquer goulûment sa pitance. La tâche que Louis XI lui a confiée demande du doigté. Le moindre impair risque de déclencher une effroyable crise politique, voire un conflit armé. Or le prisonnier qu'il a devant lui n'est pas réputé pour sa docilité. C'est un rebelle. Mais c'est justement sur cet esprit d'insubordination que table l'évêque de Paris.

Alors que Villon happe une belle portion de fromage des montagnes, Chartier extrait un volume de dessous sa cape. La reliure en est grossière, une peau de truie dépourvue de tout ornement. Le titre est manuscrit au dos en caractères gras : *ResPublica.*

— Le Saint-Siège veut interdire cette publication à tout prix.

Chartier constate avec satisfaction que Villon cesse aussitôt de piquer dans les plats. La lueur vacillante des bougies exhausse maintenant une impression de connivence entre les deux hommes. Ce n'est pas la pénombre du cachot qui invite à cette intimité mais le lien invisible d'une passion partagée, une passion vive et intense qui rappelle à l'évêque pourquoi il daigne dîner avec un condamné à mort : la passion pour tout ce qui touche aux livres.

François redresse le dos, s'essuie les mains et prend l'ouvrage que Chartier a posé sur la nappe. Il en caresse d'abord la couverture, à la manière des aveugles, tâtant la texture, lissant les tranches, suivant du doigt les plissements du cuir. Lorsqu'il l'ouvre, ses yeux s'éclairent. Il feuillette avec précaution. Le goinfre de tout à l'heure a disparu comme par magie, cédant brusquement la place à un convive au maintien sûr et aux gestes experts.

Oublieux de la présence de son éminent visiteur, François examine avec attention la qualité du papier, celle de l'encre. Un texte latin, entrecoupé ici et là de termes grecs, encombre les pages. Les lignes sont denses et serrées. De minces espacements séparent à peine les paragraphes. Le flot continu des mots est parsemé d'une ponctuation timide. L'ouvrage est inélégant, comme bâclé. Ce n'est pas un manuscrit de copiste au trait indolent, à la calligraphie arrondie mais un fatras de caractères gauches, à l'alignement maladroit, brutalement frappés à même la feuille. François a déjà vu quelques volumes de ce genre dans les bibliothèques des facultés. Il les trouve plutôt rebutants d'aspect, ces livres fabriqués à la machine.

L'évêque toussote pour tirer Villon de sa contemplation.

— Cet exemplaire se vend sous le manteau. Il sort des presses d'un certain Johann Fust, imprimeur à Mayence.

François repose l'ouvrage sur la table et attrape une pomme verte. Il a du mal à entendre Chartier, dont la voix monocorde surmonte à peine le craquement que font ses mâchoires en broyant la pulpe. Le jus acide du fruit lui picote les abcès que lui a occasionnés la diète draconienne de la prison. Il recrache le tout à terre d'un air dégoûté. Chartier constate avec regret le retour de l'ours mal léché. Villon semble ne l'écouter désormais que d'une oreille, l'air franchement barbé. L'évêque reprend son exposé à contre-cœur, de moins en moins persuadé du bien-fondé de sa visite. Il ne peut toutefois rentrer bredouille. Le roi persiste à considérer Villon comme le candidat idéal, malgré l'avis opposé de ses conseillers.

La façon dont Johann Fust gère ses affaires intrigue la cour au plus haut point. Cet imprimeur allemand a ouvert plusieurs ateliers dans de petits bourgs isolés, en Bavière, en Flandres et dans le nord de l'Italie. Il semble ne tirer aucun avantage mercantile de ces succursales. Sur la carte cependant, leur répartition évoque un déploiement militaire. Quel en est l'objectif? D'après les renseignements obtenus, Fust perd chaque jour de l'argent. À Mayence, il publie bibles et ouvrages pieux sur commande, mais ailleurs ses presses artisanales impriment des volumes d'un tout autre genre : antiques écrits grecs ou romains, récents traités de médecine et d'astronomie que lui seul paraît capable de se procurer, sans qu'on puisse en découvrir la provenance. Qui l'approvisionne? Dans la copie de *La République* que Villon vient de tenir entre les mains, Platon expose comment la cité doit être gouvernée. Ce texte confirme Louis XI dans son dessein politique. Il fortifie également le statut de l'Église de France, désireuse de s'affranchir du joug apostolique. D'où l'opposition de Rome. Pourquoi Fust s'obstine-t-il à publier ce genre d'ouvrages, au risque de subir les foudres de l'Inquisition?

François se penche vers le volume d'un air perplexe, estimant qu'il est suffisamment lourd pour assommer l'évêque. Il pointe le doigt avec ostentation vers les murs moites de sa cellule puis désigne le festin d'un geste arrondi de la main.

— Y aurait-il à ce point carence de mouchards?

— Il n'est point question de dénoncer cet imprimeur, maître Villon, mais de s'acoquiner avec lui.

François sourit, rassuré. Il serait quelque peu ridicule de l'engager comme dénonciateur. Emprisonné et torturé plus d'une fois, il n'a jamais trahi aucun de ses complices. La délation ne figure pas au répertoire de ses nombreux vices et travers. Chartier s'abstient de lui faire cette injure, lui versant magnanimement un plein godet de marc.

*

Le roi de France cherche à affaiblir le pouvoir du Vatican, afin de consolider le sien propre. Or une industrie naissante mine soudain la suprématie papale. À la différence des moines copistes, l'imprimerie n'est pas assujettie à l'Église. Habilement utilisée, elle pourrait conférer bien de la puissance à ceux qui s'en assurent le contrôle. Il est donc regrettable qu'il n'y ait encore aucune presse en France.

L'évêque fixe Villon droit dans les yeux, cherchant à obtenir son entière attention. Il chuchote presque. Bandits et libraires empruntent les mêmes canaux clandestins pour faire circuler leurs marchandises à l'insu des censeurs et des gendarmes. De ce fait, c'est à un brigand de la bande des Coquillards, nommé Colin de Cayeux, qu'a été confiée la mission de suivre les faits et gestes de Johann Fust. Il l'espionne depuis des mois. Fust a ouvert plusieurs ateliers dans les contrées voisines du royaume mais toujours aucun ici. Colin de Cayeux a recommandé son bon ami Villon, Coquillard lui aussi, comme étant le plus apte à convaincre l'imprimeur allemand de venir s'installer à Paris.

— En somme, vous avez besoin d'un gredin, monseigneur.

— Oui, mais doublé d'un fin lettré.

François accepte le compliment d'un signe de tête. Il rend l'exemplaire de la *ResPublica* à Chartier, s'abstenant de révéler au prélat qu'il connaît fort bien ce texte et qu'il en comprend la portée politique tout autant que Louis XI. Platon y décrit une nation régie par un monarque dont l'autorité surpasse celle des prêtres et des seigneurs, au nom du "bien commun".

Villon réfléchit un moment. Les ambitions d'un jeune roi soucieux d'affermir son régime sont aisées à comprendre. Mais quel dessein poursuit donc ce Fust, un simple marchand de livres ?

L'évêque se met à tapoter la table du bout des doigts, laissant poindre une moue exaspérée. Les mèches des chandelles surnagent dans la cire fondue. Leurs reflets ténus dansent sur le cristal de la carafe. François relève le front, arborant un pincement de lèvres dont la niaiserie par trop appuyée frise l'insolence.

— Dites à Louis le Prudent que son bon sujet Villon, bien que fort pris par ailleurs, fera fi de toute échéance dans le seul dessein de lui être agréable.

Le tapotement des doigts cesse aussitôt. La moue impatiente de Chartier fait place à un sourire sacerdotal.

— Fust et son gendre prendront part à la grande foire de Lyon. Ils y auront un étal. Ton ami Colin ne les quittera pas d'une semelle. Dès que ta commutation de peine sera enregistrée, tu iras le rejoindre. Mon diocèse te fournira de quoi appâter cet imprimeur. Encore un peu de vin ?

François tend son verre. Le breuvage qui coule fredonne un plaisant refrain. Le prélat et le détenu trinquent d'un air entendu.

François, déjà bien ivre, s'abstient de bondir de sa chaise pour aller danser la bourrée autour de la table. Il baisse les yeux, feignant une humilité reconnaissante, n'apercevant plus que la nappe brodée, les mets qui refroidissent au fond des plats, la poitrine de l'évêque qui, à chaque souffle, gonfle la croix écarlate. Il sait à quel point Guillaume Chartier le déteste. Et l'envie. Car de tous deux, dans cette geôle, François est bien celui qui est vraiment libre, sans amarres, et l'a toujours été.

Chartier repose son verre et prend brusquement congé. Son aube flotte un moment dans l'encadrement de la porte avant d'être happée par la pénombre. Villon croit avoir rêvé. Va-t-il donc faire faux bond au gibet ? Peut-il prêter foi à la parole d'un intrigant de sacristie ? Il doit rester sur ses gardes. Mais ce copieux repas vaut bien la peine de pactiser avec le diable même.

Un reste de daube nage au fond de la terrine à viande. Elle est déjà tiède. Les chandelles s'éteignent doucement. François en profite pour chiper le couteau à pain et deux cuillers en argent qu'il dissimule sous ses haillons.

Toujours planté sur le seuil, le geôlier bâille de fatigue. Dehors, un brouillard paresseux se hisse au-dessus des remparts. La frise des créneaux se dessine avec netteté, libérée de son voile de givre. Les premiers piaillements de corneilles se font entendre sur le toit du donjon. Au loin, un clocher bat les matines.

François Villon n'a pas encore écrit sa dernière ballade.

La porte de la taverne s'ouvre brutalement, défoncée par la bourrasque. Embruns et grêlons s'abattent sur les dalles, aspergeant la sciure et la paille. Les chiens grognent, les buveurs beuglent, les chats se jettent sous les tables. Leurs ombres vacillent dans la lueur rouge de l'âtre soudain attisé. On profère des menaces, des jurons. Encadré du chambranle dégouttant de pluie, un homme se profile, ses contours grossièrement découpés par la blancheur du grésil. Il se tient un moment immobile, ignorant le tumulte. Une cape de velours noir flotte autour de ses épaules, comme si elle battait des ailes. Deux traits pâles lacèrent ce spectre inopportun : un sourire blafard et, plus bas, le reflet lacté d'une lame de poignard.

Tout au fond de la salle, le dos tourné, un autre homme sourit. Déjà, il empoigne cruche et gobelet. Un vin noir, couleur d'encre, à l'odeur aigre, dégringole du bec de faïence.

— Bonsoir, maître Colin.

Colin de Cayeux prend place face à son ami. L'eau dégouline de sa houppelande, glaciale. Il s'empare du gobelet, le vide d'un coup puis redresse le dos pour prendre du recul. Villon se laisse examiner à loisir.

Après tous ces mois de solitude, cela le réchauffe d'être ainsi reluqué par son compagnon. Reposant doucement son godet sur la table, François déguste ce moment d'amitié en silence. Son regard longe les veinures du bois, remontant les rivières qu'elles tracent sur la carte d'un pays inconnu. Il y distingue les routes où Colin et lui ont monté leurs embuscades, les forêts où ils se sont cachés quand la maréchaussée était à leurs trousses, les villages aux bouges sombres où les attendaient Marion, Margot, Cunégonde. Chaque tache de graisse est une île, chaque goutte de vin un étang bordant un manoir. Des tables de taverne comme celle-ci ont accompagné Villon tout au long de son errance. Elles l'ont consolé, inspiré, recueillant ses joies et ses peines, écoutant ses doléances, acceptant sans broncher les entailles qu'il aimait à y creuser au couteau. Leurs craquelures parlent un langage mystérieux. Elles vous soufflent des mots, des phrases à l'oreille. Il suffit ensuite d'une musique, de quelques rimes, pour en révéler le secret. Sans compter que leur texture robuste fait d'elles d'excellentes écritoires.

Colin regarde son ami sans mot dire. Il a l'habitude de ces silences, de ces moments où François le quitte, perdu dans un étrange conciliabule avec les anges. Ou son propre démon. Il ne lui en veut pas. François a l'âme vagabonde.

Dehors, la tempête s'est calmée. Le travail a repris, en pleine nuit. Colin entend les coups sourds des maillets, le grincement éraillé des poulies, les braillements étouffés des contremaîtres, les pleurs des ânes qu'on décharge, les commis qui vocifèrent des ordres en vénitien, en bas allemand, en arabe. La Foire de Lyon sera inaugurée à l'aube, coûte que coûte.

— Tu m'inquiètes, François. Je pensais que tu allais régaler la galerie d'une complainte bien tournée. Les étudiants s'étonnent de ton silence. Ils escomptaient de bonnes paroles pondues du fond des geôles, quelques couplets rebelles. Tu ne bronches ni ne renâcles...

— Les écoliers ont déjà de nouvelles chansons. Les libraires m'ont effacé de leurs inventaires.

— Tu te trompes, Villon. Les cabarets résonnent de tes vers. Ta poésie se vend partout sous le manteau. On la murmure dans les couloirs de la cour. On la récite dans les cercles de lettrés. Même les tribunaux s'en délectent!

Colin ouvre sa besace. Il en extirpe un quignon de saucisse sèche qu'il se met à découper en fines tranches avec son poignard. François mâchonne, suivant les allées et venues d'une servante, songeant à meubler sa nuit. Un sein ridé pend par-dessus le tablier crasseux de la bonne femme.

— J'ai trente-deux ans bien sonnés, mon bon Colin. De mes amours et de mes duels, il ne me reste que des cicatrices. De mes larcins, pas même un écu...

Colin connaît trop bien son ami pour se laisser prendre à cette déclaration de forfait.

— Mais j'ai désormais ceci!

Villon tend la liste des ouvrages choisis par Chartier pour susciter la convoitise de Johann Fust et l'inciter à mettre ses presses au service de la cour de France. Ces volumes proviennent des archives royales ainsi que des collections secrètes du diocèse de Paris. La description en est succincte à escient, de sorte que seul un initié puisse en discerner l'inestimable valeur. Colin parcourt rapidement le fastidieux inventaire, n'y décelant rien qui puisse justifier tant d'exaltation.

— Encore une lampée?

François remplit les gobelets puis lève le sien bien haut, en triomphe, tel un calice. Colin jette un regard embarrassé vers les tables avoisinantes. Il identifie sans peine les étrangers venus pour la Foire, vêtus de pourpoints à grosses mailles ou de manteaux de laine, coiffés de capuches et de galurins aux formes saugrenues. Qu'ils arrivent des Flandres ou de Saragosse, qu'ils soient bandits de grands chemins, clercs ou marchands, tous sont affublés d'un gourdin ou d'une dague, bien visible, au côté. D'autres armes, mal dissimulées, gonflent la couture de l'habit, enflent la tige de la botte, tendent un pan de cape. Mal à l'aise, les paysans se tassent, chuchotant en patois, l'œil en coin. Seul l'aubergiste se montre affable, empochant jovialement sonnantes et trébuchantes de diverses contrées. Une soubrette se déhanche parmi les tablées, cherchant à affrioler les clients. Colin trinque sans grande conviction, scrutant à nouveau la feuille de parchemin. Villon frappe la table du poing et désigne la salle bondée.

— C'est leur destinée que tu tiens entre les mains, malandrin!

*

Les deux hommes passent la nuit à boire. François tente de faire comprendre à Colin l'enjeu véritable de leur mission. En vain. Colin ne voit pas en quoi cette liste de bouquins peut changer le sort de tous ces gens, paysans, boutiquiers, soldats de fortune. Il a beau scruter l'inventaire, déchiffrer les titres, rien n'y fait. Il est d'autant plus confus que François ne cesse de lui répéter que ce ne sont pas ces textes qui comptent. Ils ont été choisis par Chartier, et par le roi, pour assouvir leurs ambitions du moment. Non, ce sont les livres eux-mêmes, faits de papier ou de peau de bête, qui constituent un extraordinaire arsenal. Mais pour quelle guerre ?

La taverne se vide peu à peu. Colin reçoit docilement ses dernières instructions de François puis sort affronter la bruine. En refermant la porte, il entrevoit son compère occupé à faire les yeux doux à la servante qui ricane comme une chèvre.

*

La place du marché s'éveille, emmitouflée dans l'épaisse brume du matin. Des sons tout d'abord timides, épars, picorent quelques grains de silence. Grelots dansant au cou des bêtes, gravier crissant sous les roues des carrioles, colifichets et toiles agités par la brise. Les hommes ne parlent pas, encore engourdis, écarquillant des yeux lourds dont les pupilles s'agrippent aux rares points de couleur : ruban rouge, chapeau vert, drap pourpre. Colporteurs et négociants dévalent par dizaines les ruelles qui mènent au champ de foire. Bientôt, ils secoueront ouvriers et mulets, mercenaires et gardes du corps. Bientôt, le piaillement des marchandages et le tintement des écus résonneront de toutes parts. Ce matin-là, une nouvelle ère commence, une ère où tout sera négociable.

Les tréteaux de bois croulent sous le poids des caisses et des amphores. L'air est chargé de senteurs d'épices, d'essences de parfum, de vapeurs de vin, d'extraits de teinture. Colin est assailli par les racoleurs qui le hèlent, lui tirent le bras, nullement impressionnés par sa taille de géant. Il presse le pas, fendant le flot des badauds, glissant parmi les tapis et étoffes qui pendent aux auvents. Dans l'allée centrale, il aperçoit un éventaire dont les tons sobres détonnent au sein du tourbillon bariolé des soieries. Clients et vendeurs y discutent à voix basse, oublieux des cris et rires qui fusent alentour. Un écriteau discret annonce en lettres gothiques : "Chez Johann Fust et Pierre Schoeffer, imprimeurs-libraires". Rouleaux de parchemin et volumes reliés de cuir s'entassent pêle-mêle le long d'étagères au bois mal dégrossi et verni à la hâte.

Tout au fond, derrière le comptoir, un gaillard élancé, en costume de gentilhomme mité et rapiécé, dépose un coffret empli de livres aux pieds d'un vieillard à la barbe soignée. Les mains grêles de l'ancêtre plongent aussitôt dans la caisse, fouillant et triant avec adresse. Puis, la moue désabusée, le libraire se redresse et fixe son prix. Le hobereau refuse, visiblement offusqué. Le vieil homme ne bronche pas. Pour couper court aux simagrées, il délie une bourse de velours, sachant qu'un seigneur endetté ne résiste pas longtemps à la vue d'une poignée de pièces d'argent. Tout déconfit, le noble empoche la somme sans daigner la compter et tourne bien vite les talons, tentant de retrouver l'air altier qui sied à sa condition. Colin approche. C'est la première fois qu'il aborde celui qu'il file depuis des mois. Il tend sa liste d'une main hésitante. Le vieux marchand y jette d'abord un coup d'œil négligent. Puis, marquant un net mouvement de recul, il cesse de parcourir l'inventaire et lorgne Colin un bon moment, incrédule.

Avec les quelques écus alloués par Guillaume Chartier, Villon s'habille de neuf. Il achète deux culottes, deux chemises et une pelisse doublée de poil de loutre, le tout d'un gris insipide fort apte à passer longtemps pour propre. De splendides chapeaux pendent du plafond. Le boutiquier a beau insister, François tient à son vieux galurin. C'est un morceau de feutre fripé, d'une couleur imprécise qui fut peut-être jadis un vert élégant, et dont le rebord est rabattu vers le haut en trois pans. Ce curieux tricorne a réchappé à bien des déboires et tribulations. Chacun de ses plis, tout comme une ride familière, évoque un souvenir. François refuse de s'en séparer. Il est la seule possession qui le rattache encore à son passé. Il s'y agrippe comme à une amarre.

Avant de rentrer, il s'offre une coupe carrée à hauteur du col, un rasage de près et un inhabile plâtrage de ses cavités dentaires. Le barbier maugrée contre la grande foire qui lui vole ses clients à coups de boniments et joliesses. Il y a même des charlatans de médecine qui prétendent pouvoir rafistoler les dents mieux que lui !

De retour à l'auberge, François monte vers les mansardes. Il pénètre dans une chambrette chichement meublée qui sent le renfermé. Colin l'y attend, assis en équilibre sur un tabouret de trait. Villon lui tape sur l'épaule puis va tirer sa besace de dessous le lit. Les livres sont bien là. Il n'y a plus qu'à attendre.

*

Vers l'heure du midi, François entend des pas lourds approcher en crescendo, entrecoupés ici et là d'impérieux coups de canne. Colin se lève avant même que le pommeau ne vienne frapper le bois moisi de la porte. Il tire un semblant de révérence, désigne au visiteur l'unique chaise à dossier, faisant son possible pour se montrer courtois.

— Fust. Johann Fust. Orfèvre et imprimeur à Mayence.

François, installé en tailleur sur une paillasse, se montre moins accueillant. Il examine le nouveau venu avec un air méfiant. Le faciès vénérable du sexagénaire, son maintien hautain à l'allemande, ses habits impeccables de bourgeois ne le rassurent pas. L'autre le dévisage de même, un instant dérouté par l'apparence peu engageante de son hôte. Il lui trouve la mine insolente. Plutôt roublarde. Ce gaillard souffre clairement d'une terrible gueule de bois. En tout cas, ni la brute imposante qui se tient adossée contre la porte, ni ce vagabond mal décrassé n'intimident le vieil imprimeur. Ce n'est pas la première fois qu'il traite avec des receleurs. Il y en a de toutes les sortes, curés défroqués, fils de bonne famille endettés, soldats revenant de campagne. Les meilleurs livres qui soient ont souvent un triste sort. Ils tombent aux mains de nigauds qui s'étonnent qu'on puisse perdre son temps à les lire, et encore bien plus qu'on veuille les acquérir pour argent comptant. Et c'est ainsi que la connaissance circule et se répand, d'un larcin à l'autre, de faillite en héritage. Au grand bonheur des libraires.

Villon sait bien que son invité sent l'aubaine. Il joue néanmoins le jeu selon la règle, laissant Fust croire qu'il est le plus malin ou, du moins, le plus expert. François n'a jamais fait étalage de son savoir, prenant plus d'une fois maîtres d'université et juges de magistrature au dépourvu. Il a appris à ne jamais utiliser son érudition comme faire-valoir mais à la dissimuler sous des allures de benêt, pour ne s'en servir qu'à point venu, à la manière d'une botte secrète. Il jette une citation judicieuse à la face d'un éminent rival comme on lance un couteau sur une cible de paille. Avec une certaine désinvolture mais droit au but. Et toujours par surprise. Ce n'est pas de ses lectures qu'il tient cette technique. Il s'y est aguerri dans maintes rixes et bagarres de ruelles. Contre des adversaires pour qui, à la différence des courtisans et des clercs, il éprouvait de l'estime.

Fust, en tout cas, ne se laisse pas impressionner. Ce qui dispose mieux François à son égard. Le vieillard prend place avec aisance, posant négligemment son bâton à terre, ôtant tranquillement ses mitaines. Il porte au doigt, en contrepoint de sa mise somme toute austère, une rutilante bague montée d'un rubis en cabochon. L'or mat de l'anneau est ciselé d'un dragon dont les minuscules yeux en pierre du Rhin scintillent ardemment. Les griffes du monstre sertissent la gemme centrale avec force. Un filet d'émail flamboyant jaillit de sa gueule ouverte.

Toujours accroupi, François ouvre sa besace et en extrait un ouvrage. Un éclair traverse le regard de Fust. Ses joues creuses, son nez busqué se tendent soudain comme ceux d'un rapace. François tend à peine la main, obligeant l'orfèvre à s'incliner très bas, au risque de dégringoler de sa chaise. Fust, tout recourbé, arrive à atteindre le volume. Il s'en empare d'un leste coup de patte puis, sans hésiter, pose son doigt sur le nom estampé en couverture : Kyonghan.

— L'auteur, je présume ?

François devine que son interlocuteur connaît la réponse. Il acquiesce d'un bref hochement de tête.

Fust s'efforce de garder son sang-froid. Il tourne les pages avec un air détaché. D'infimes gouttes perlent son front sillonné de rides. Il avait tout d'abord craint que cette édition du *Jikji Simkyong* soit imprimée à l'aide de caractères en terre cuite ou en porcelaine. Mais c'est bien celle de 1377, composée en Corée au moyen de fontes mobiles en métal. Il en possède déjà un exemplaire, apporté quinze ans plus tôt à Mayence par un juif venu de Terre sainte. Fust avait été surpris de la qualité de l'encre, de la netteté de la frappe et surtout de la finesse des lettres. Le juif voulait savoir si Fust, étant orfèvre, serait capable de reproduire l'alliage des fontes coréennes et si son gendre, Pierre Schoeffer, et leur associé Johannes Gensfleisch, dit Gutenberg, pourraient fabriquer une machine qui permette l'utilisation des caractères ainsi obtenus. La presse d'origine aurait été trop fragile pour une impression sur papier chiffon, lequel est plus revêche à l'encre que les délicats papiers de Chine. Le juif avait remis un acompte en espèces et promis de fournir, en prime, des textes rares et inédits pour les premiers essais.

Johann Fust repose le livre et demande à voir un manuscrit dont la description l'a laissé perplexe. François fouille à nouveau dans sa sacoche et en tire un rouleau de peau rongé par le temps. L'écriture en est lourde et pleine de fautes. Travail bâclé d'un copiste pressé de commandes ? Non, le vieux libraire n'est pas dupe. Il ôte sa bague et, d'un doigt, appuie fortement sur la tête du dragon ciselé. Les griffes d'or se rétractent aussitôt, libérant le cabochon. Fust extirpe le rubis du chaton dans lequel il est enchâssé et le pose à plat sur le parchemin. Arc-bouté, il déplace lentement le précieux minéral le long de la feuille, constatant que le vélin a été gratté. François, ahuri, s'aperçoit que la pierre rouge, épaisse et bien polie, grossit chaque détail.

Fust ne peut réprimer un sursaut. Entre les lignes maladroitement tracées, il décèle les contours vaporeux de lettres araméennes. Ce n'est donc point pour récupérer le parchemin que le copiste l'a raclé au couteau mais pour en camoufler les caractères d'origine, burinés à même la peau avec un stylet et dissimulés ensuite sous l'encre grasse d'un texte anodin. C'est ainsi que les juifs déguisent les œuvres qu'ils désirent sauver des bûchers de l'Inquisition. Ce fastidieux processus n'est employé que pour des écrits talmudiques ou cabalistiques de la plus haute importance. Du temps des croisades, les chevaliers transportaient, à leur insu, ces ouvrages déguisés en pieux bréviaires. Ils croyaient les rapatrier de Jérusalem vers Avignon ou Francfort, ne se doutant pas un instant qu'ils servaient de courriers aux rabbins de ces mêmes villes. Il suffisait ensuite de dissoudre le masque d'encre pour mettre au jour le calque secret. Aujourd'hui, ce sont les colporteurs de Fust qui assurent à leur tour, et en toute candeur, la distribution d'œuvres clandestines astucieusement maquillées en psautiers ou rituels très catholiques.

Examinant à nouveau la liste d'un air avisé, Fust se demande s'il n'a pas été attiré dans un piège. Seul quelqu'un de puissant est à même de réunir tant de raretés. Il y en a pour une fortune! À moins qu'il s'agisse de pièces confisquées par les censeurs.

Auquel cas, Villon serait un agent de la justice et non un courtier.

Un commerçant discute de la somme à convenir, des modalités de paiement, des échéances de livraison. Or aucun prix n'a encore été mentionné. Le vieil homme observe le singulier personnage assis par terre en face de lui. Il est accroupi au milieu d'un amas de reliures et de rouleaux de parchemin, comme s'il vendait des légumes au marché. Mais les beaux livres lui sont clairement familiers. Il les manipule avec adresse. Son apparence négligée jure avec l'élégance naturelle de son maintien, le raffinement discret de ses gestes. La franchise de son regard pourrait mettre Fust en confiance si elle n'était pas frelatée d'une lueur espiègle. Un mince rictus, constamment étiré au coin des lèvres, même lorsqu'il parle, exhibe une effronterie qu'il ne tente nullement de dissimuler. Ce gaillard ne s'embarrasse pas des manières et grimaces d'usage. Il ne joue pas la comédie. Au contraire, c'est Fust qui se sent sur la sellette, jaugé, mis à l'épreuve. L'autre le défie de ce sourire qui n'en est pas un, l'invitant à entrer en joute sans l'y forcer tout à fait. La curiosité finit par l'emporter sur la prudence.

— Puis-je vous faire une offre ?

— Le vendeur ne veut pas d'argent.

L'imprimeur de Mayence se roidit de tout le corps, prêt à détaler, mais Villon le rassure d'une petite tape sur le bras. Les coins de sa bouche se plissent de plus belle, accentuant l'expression malicieuse du visage.

— Par contre, il est prêt à offrir gracieusement tous ces volumes en échange de vos bons services.

Pris de court, l'Allemand balbutie. Villon expose aussitôt le souhait de Guillaume Chartier d'enrichir son diocèse d'un atelier d'imprimerie et de quelques œuvres inédites. Il évite de mentionner le roi pour ne pas effrayer sa proie.

Fust fait rapidement ses comptes, hésitant néanmoins à conclure une affaire qui lui paraît trop alléchante pour être sans embûche. Il demande du temps pour réfléchir, consulter ses associés, obtenir des garanties mais il est clair qu'il n'a plus qu'une idée en tête, mettre la main sur les livres entassés aux pieds de François.

Le vieux libraire prend congé, promettant de donner sa réponse sous peu. Dès qu'il quitte la pièce, Colin bondit de joie. François reste assis. Il range les précieux volumes dans sa besace, sans rien dire. Il n'a pas le sentiment d'une victoire. Il s'en veut d'être le courtier de Guillaume Chartier, d'obéir docilement aux consignes de ce faux jeton ecclésiastique. Et surtout, de trahir les livres.

L'évêque de Paris traverse la chaussée en pestant et maugréant, sautillant pour éviter les flaques. Deux clercs encapuchonnés trottent à ses côtés, tentant en vain de l'abriter de la pluie sous un dais de toile que le vent tord et ballotte en tous sens. Les caniveaux de la rue Saint-Jacques charrient fange et déchets que le prélat dégoûté repousse à coups de crosse épiscopale. Johann Fust se précipite pour ouvrir la porte de sa nouvelle boutique tandis que son gendre, Pierre Schoeffer, une brosse à la main, se tient prêt à épousseter la mitre éclaboussée.

Dès qu'il entre, Mgr Chartier se bouche le nez. Une rude odeur d'encre et de sueur lui cause un haut-le-cœur. Fust fait cesser le tapage des maillets et ordonne le silence à ses ouvriers. Villon, accoudé sur une presse à bras, sourit avec un malin plaisir. Il se tient à l'écart, observant la moue autoritaire du prêtre, les mimiques obséquieuses de Fust, les mines affligées des apprentis, comme si chacun s'efforçait de bien coller au personnage qu'il incarne.

Schoeffer baise la bague de Son Excellence et, sans plus attendre, entame fièrement la visite guidée de l'imprimerie. Guillaume Chartier se résout à suivre son hôte parmi le dédale des machines et des piles de papier, écoutant les explications d'une oreille distraite. Les artisans se tiennent tout raides, leurs bonnets serrés entre les mains. Une fois le tour de l'atelier achevé, l'évêque bénit les lieux d'un hâtif signe de croix tandis que l'un de ses clercs agite énergiquement un gros encensoir en cuivre. Rayonnant de fierté, Schoeffer remet à Chartier la toute première publication imprimée à Paris, en l'an de grâce 1463, avec privilège du Roi. Il déclare pompeusement que cela est la pierre d'angle d'un édifice qui éclairera le monde tout autant que le phare d'Alexandrie, répandant la gloire de la France parmi les nations. Chartier, peu ému, pose négligemment l'ouvrage sur un établi tout poisseux de glu.

Villon éprouve une certaine amertume à voir l'évêque expédier la cérémonie avec tant de désinvolture. Un événement de cette importance aurait mérité un effort de protocole tout particulier. Vexé, il s'éloigne vers le fond de la pièce, parmi les presses au repos. Il y en a douze en tout, alignées en deux rangs parallèles que François longe lentement comme s'il passait des troupes en revue. Massives, faites d'un bois lourd et robuste, hérissées de manettes couvertes de graisse, il en émane une puissance inquiétante. Elles sont solidement clouées sur une estrade pour éviter tout remuement lors de la frappe. Cette surélévation les rend aussi imposantes que des statues de césars. De fait, Villon ressent l'emprise qu'elles pourraient avoir sur le destin des hommes. Mais elles sont aussi un peu comme lui, dociles d'apparence, donnant l'impression d'être aisément maniables. Or, pas plus que François, elles ne sauraient se borner à servir un Fust ou un Chartier, à n'être que l'instrument de leurs ambitions, politiques, pécuniaires, de leurs desseins pitoyables. Il y a là trop de force pour qu'ils puissent la retenir à eux seuls, la séquestrer dans une prison ou une boutique. Villon voit soudain en ces presses un allié possible. Pour lui, pour la poésie. Elles lui rappellent les chevaux qu'il a volés, ouvrant la barrière de leur enclos en pleine nuit, matant leur fougue, disciplinant leurs muscles tremblants, les emmenant vers les bois sombres, toujours plus vite, toujours plus loin. Ces machines sont-elles aussi capables de ruer et de renâcler?

*

Fust fait signe aux employés de reprendre le travail et convie l'éminent visiteur dans son bureau. Schoeffer et Villon suivent, prenant soin de fermer la porte derrière eux. Le vieux libraire annonce à Chartier qu'il a loué tous les locaux vacants de la rue Saint-Jacques. Plusieurs imprimeurs germains sont en effet prêts à le rejoindre, hormis Gutenberg, son ancien associé, qui persiste dans son refus d'ouvrir une succursale à Paris, à cause d'une vieille querelle. Le pauvre homme est endetté jusqu'au cou. Il vit d'une maigre rente allouée par l'archevêque de Nassau alors qu'il aurait pu bénéficier lui aussi du généreux patronage de Louis XI ou de Charles d'Orléans, bien plus perspicaces en matière de lettres que les vicaires du clergé palatin.

Peu intéressé par le rapport de Fust, François laisse errer son regard parmi les rangées de volumes qui tapissent les murs. Dans un coin sombre, la lumière vacillante d'une bougie fait miroiter le plat d'une reliure armoriée. Le blason, frappé à l'or fin, est aisément reconnaissable. C'est l'un des plus célèbres de la chrétienté : l'emblème des Médicis de Florence. Curieusement, ces armes resplendissantes sont privées de leur devise. À la place, l'écusson est entremêlé de motifs d'un doré plus mat qui n'ont rien d'italien ni d'héraldique. François en scrute le pourtour sinueux avec intensité, croyant soudain distinguer des caractères sémites. Thèmes hébraïques et arabesques sont souvent utilisés pour donner une connotation biblique ou orientale aux livres saints. Les scènes de la vie du Christ sont parsemées de lettres judaïques, ici et là, tout comme les portraits de Satan. Mais, ici, l'amalgame de marques de noblesse et d'entrelacs à l'israélite semble témoigner d'une singulière union, une sorte de pacte. Les deux symboles, l'italien et le juif, s'entrecroisent fermement pour n'en former plus qu'un.

Remarquant l'étonnement de Villon, Pierre Schoeffer se lève brusquement. Il se plante devant François puis, le dos tourné, s'affaire un long moment. Lorsqu'il s'assied à nouveau, le livre a disparu, caché parmi les autres. Les volumes qui traînaient un peu partout au hasard sont maintenant alignés en rangs serrés. La petite bougie est éteinte.

*

L'évêque s'impatiente. Un vulgaire procédé de fabrication ne saurait suffire. La couronne attend de Fust bien plus que la gérance d'un atelier d'imprimerie. L'Allemand n'a pas été choisi pour son habileté à manier des pots d'encre mais parce que, à la différence de ses confrères, il a la primeur de textes inédits qui pourraient donner à Paris une tête d'avance sur les autres capitales. C'est par la qualité des œuvres publiées ici, rue Saint-Jacques, que Louis XI entend assurer le rayonnement de la France. Le parrainage des arts est le signe le plus sûr de la prospérité d'un monarque. Et l'expression manifeste de sa puissance. C'est du moins ce que Chartier donne à croire, se gardant bien de révéler le but réel de toute cette entreprise. Il n'en a même pas touché mot à Villon qui s'étonne de ce subit engouement du roi pour les choses de l'esprit.

Les motifs réels du souverain sont bien plus terre à terre. Il s'agit d'une simple question de finances. À cette heure, tout ce qui vient de Byzance, d'Alexandrie ou du Levant passe par la vallée du Rhône. La suzeraineté papale sur Avignon et le Comtat venaissin lèse donc le roi de gains énormes provenant des droits de passage et de taxation des denrées. C'est le légat pontifical qui les perçoit, renflouant ainsi les caisses de Rome plutôt que celles de Louis XI. Le roi veut forcer le Vatican à lui céder cette source de revenus. Il se trouve que les écrits édités par Fust indisposent Rome au plus haut point. Ils sapent l'hégémonie de l'Église sur les âmes. Le plan du jeune souverain est simple. Après avoir laissé Fust inonder la place de textes qui pervertissent les croyants, Louis XI, s'érigeant en protecteur de la foi, s'engagera à écarter le danger. Mais, pour endiguer ce funeste flot de publications, il est indispensable qu'il obtienne le contrôle des guets provençaux. Un tel chantage ne peut aboutir que si le Saint-Siège se sent menacé pour de bon, par des œuvres d'une portée indéniable qui prendront d'assaut les fondements du dogme. Et c'est à Fust de fournir les munitions nécessaires. Or l'imprimeur se borne à vanter les mérites de ses machines. Sans plus.

Son poing serré sur le manche de sa crosse, Chartier fronce les sourcils. Il fustige François du regard. Villon ressent aussitôt un tenaillement à la gorge, juste là où l'on passe la corde. Bien que Colin épie l'Allemand depuis des mois, il n'est toujours pas parvenu à découvrir où Fust se procure les ouvrages dont la couronne a tant besoin pour parvenir à ses fins. Chartier est en droit de demander des comptes. L'accord passé avec Fust stipule clairement que l'attribution des patentes et privilèges pour son imprimerie va de pair avec la publication des écrits rares, et de poids, auxquels il a si mystérieusement accès.

Un silence fragile plane désormais sur la pièce. Fust sait fort bien ce que l'évêque attend de lui mais il doit suivre ses instructions à la lettre. Ses supérieurs ne l'ont pas autorisé à négocier plus avant. Bien qu'une alliance possible avec le roi de France constitue une aubaine imprévue, ils se montrent réticents. Paris doit ignorer l'enjeu véritable de leur action. Ce serait mettre en péril des années de préparation.

Le vieil imprimeur fait tourner sa bague avec nervosité. Le dragon doré plonge sous le doigt, à l'affût du rubis en cabochon, puis ressurgit, ses griffes plantées dans la lueur rouge de la pierre, comme si elles en suçaient le sang.

— J'ai fait part de vos exigences à qui de droit. Mes commanditaires sont honorés de l'intérêt que vous leur portez. Et quelque peu intimidés…

Guillaume Chartier est surpris de constater que, comme lui, Fust n'est qu'un intermédiaire. Il s'interdit néanmoins de prononcer des paroles rassurantes quant aux intentions de la couronne. Louis XI doit la déférence que lui portent les mystérieux maîtres de Fust à la crainte qu'il leur inspire et c'est fort bien ainsi.

— Pour ne point offenser Sa Majesté, ils sont prêts à accueillir un envoyé.

— Où et quand ?

— La date est laissée à votre choix, monseigneur. Le lieu n'est point proche.

— Qu'à cela ne tienne. Nous fournirons de bonnes montures.

— Je crains que cela ne soit pas nécessaire. On atteint la Terre sainte bien plus promptement par bateau que par voie de terre.

L'évêque réprime un tressaillement. Puis, avec un calme tout clérical, il se tourne lentement vers François.

— As-tu le pied marin, Villon ?

*

Chartier n'attend évidemment pas la réponse de François. Il ordonne un prompt départ, dicte des conditions, fixe des délais, exige des garanties, d'autant plus que Fust se refuse obstinément à dévoiler l'identité de ses chefs. Il ne mentionne même pas leur lieu de résidence. Jérusalem ? Tibériade ? Nazareth ?

Villon, escorté de Colin, devra se rendre à Gênes. Il y sera attendu et y recevra de nouvelles instructions. Ce n'est que si les négociations aboutissent que les patrons de Fust briseront leur anonymat. Chartier s'offusque, clamant bien haut que ces cachotteries sont insultantes pour la couronne de France. Elles mettent en doute la probité du roi. Mais il doit se rendre à l'évidence. Fust craint bien plus de s'attirer la réprobation de ses supérieurs que de froisser l'orgueil de Louis XI, quitte à aller pourrir dans ses geôles. Ce qui ne manque pas d'impressionner l'évêque.

Chartier conclut l'entrevue abruptement et se retire sans même saluer François. Fust et Schoeffer s'empressent d'escorter le monseigneur jusqu'à la porte de l'atelier. Resté seul dans le bureau, Villon jette un dernier regard vers les étagères, tentant d'apercevoir le volume armorié que Pierre Schoeffer s'est empressé de lui cacher. Les Médicis sont les alliés déclarés de Louis XI. Il les a persuadés de transférer à Lyon, au moment où François y rencontrait Fust, les comptoirs qu'ils maintenaient à Genève. En sus de ces rapports de commerce, il est probable qu'ils conseillent le roi en matière d'érudition et de lettres. Grands amateurs de livres, leur bibliothèque est l'une des plus prestigieuses de l'Occident. Mais que signifient les signes hébreux accolés à leur emblème ? Tout comme Louis XI, les Médicis sont célèbres pour leurs stratagèmes. S'il le fallait, ils n'hésiteraient pas à pactiser avec le diable en personne.

Schoeffer revient à grands pas, empoigne Villon par le coude et l'entraîne vivement vers la sortie. Éberlué, François se retrouve dehors. Une douce brise lui caresse les joues. Il tente de reprendre ses esprits. Dans quoi s'est-il donc embarqué ? Il n'a jamais eu peur de l'inconnu. Au contraire, il déteste tout ce qui est prévisible, couru d'avance. Mais il n'aime pas se sentir bringuebalé comme un pantin, au gré capricieux de la fortune. Il s'est toujours efforcé d'être maître de son destin, de ses choix, même les mauvais. Jusqu'ici, il n'en a d'ailleurs fait aucun de bon. Il pourrait très bien s'enfuir, aller rejoindre une bande de brigands dans la forêt, à

Fontainebleau, à Rambouillet, ou se terrer dans un village de Savoie, loin de Chartier et des magistrats parisiens, qui finiraient par perdre sa trace. Alors pourquoi ne rêve-t-il que de ce bateau qui l'attend au port de Gênes, de voiles blanches tendues par la houle, d'une proue qui fend les vagues et s'en va déchirer l'horizon ?

Schoeffer, planté sur le seuil de l'imprimerie, s'assure que l'intrus quitte le quartier. François augmente l'allure et tourne le coin de la chaussée Saint-Jacques. Il faut qu'il aille prévenir Colin au plus vite et que tous deux se présentent dès l'aube à la conciergerie de police pour y recevoir les laissez-passer et l'argent nécessaires au voyage.

Les rues sont désertes. La pluie a cessé. Un pâle coucher de soleil se laisse entrevoir parmi les toits. François marche d'un pas vif, son corps traversé d'un drôle de frisson. Pour chasser cette sensation de froid, il s'imprègne de la chaleur des détails familiers : pavés boueux, bornes de pierre verdies de mousse, enseignes qui se balancent au-dessus des porches, au sanglier, à la cruche, au cadran solaire. Le voilà banni, en somme. Il quitte Paris, cette noble cité où geôliers et tortionnaires prisent les bouffonneries des poètes qu'ils incarcèrent et torturent. De toute façon, il ne s'y sent plus à l'aise. Tout y est devenu trop affiné et sorbonnard. Trop complaisant. Il a soif d'autre chose, de vigueur, de hardiesse. D'un endroit où chaque pas compte, où chaque instant apporte un nouveau défi, où ni l'âme ni le corps n'ont le droit d'abaisser leur garde. Un tel endroit existe-t-il ici-bas ? Si oui, c'est certainement un lieu empli de passion et de tourmente…

Le caquetage aigu des femmes, les cris enroués des hommes, le roulement tonitruant des charrues réveillent François dès l'aube. Gênes est une ville toute de bruit et de fièvre. Les gens n'ont de cesse que d'y hurler, d'une fenêtre à l'autre, du fond des portes cochères, du haut des terrasses. Mille échos intempestifs virevoltent parmi les rues étroites, rebondissent sur la pierre, se glissent par les lucarnes pour venir picorer les tympans, sans jamais s'envoler vers le ciel trop calme, trop bleu, distant.

François décoche un coup de pied à Colin qui, tout en grognant, s'étire et trempe la main dans une jatte d'eau posée à même le sol. Le Coquillard s'asperge le visage et la barbe avec répugnance avant de décoller lentement les paupières, laissant entrevoir son regard glauque des mauvais matins. Villon est déjà occupé à ficeler son baluchon. Colin tourne le dos en rouspétant.

— Le bateau ne lève l'ancre que demain…

Colin ne cesse de maugréer contre François depuis qu'ils ont tous deux quitté Paris. Il ne doit rien à Chartier. Sa mission est accomplie. Fust a ouvert son imprimerie. Il ne voit vraiment pas pourquoi il devrait traverser la moitié de la terre et aller se jeter dans la gueule des hydres et cyclopes qui l'attendent sûrement dans ces lointaines contrées. Il imagine ces monstres antiques saliver de plaisir à l'idée de dévorer un Français bien rose, tout imbibé d'eau-de-vie et de bon vin. Et puis, il a horreur de la mer.

François aurait été inquiet de voir Colin enchanté d'un tel voyage. Colin est un ronchonneur qui jouit de sa constante mauvaise humeur. Il s'y prélasse comme un cochon dans le purin. Il jure et crache, tape du pied, hausse les épaules, cherche constamment la bagarre. Le réconforter serait donc une erreur. Ces hydres et cyclopes, il crève d'envie de les trouver en travers de son chemin et de leur décrocher la mâchoire.

François dévale les escaliers sans plus attendre, sac au dos. Il entend Colin rouspéter, lui lancer des malédictions, fracasser le plat à barbe contre le mur de la mansarde. Bref, il ne va pas tarder à le suivre.

*

Sur la passerelle, les débardeurs se bousculent. Les uns y font rouler de gros tonneaux, les autres halent caisses et bardas à l'aide de cordages, tous gesticulant et hurlant avec cette bonne humeur latine, ce tempérament infrangible du petit peuple qui, refusant de succomber à la misère, se veut philosophe malgré tout. Les marins, moins indigents, nourris et logés à bord, observent ce manège avec un air faussement détaché.

En fin d'après-midi, tout semble proprement arrimé. Épuisés, matelots et quartiers-maîtres s'allongent à l'ombre des voiles. Le vacarme du chargement cède la place à un silence serein qui berce doucement le navire. Les teintes chaudes du couchant grimpent lentement le long des mâts, en peignant le bois sombre d'un rouge intense. Cordes et filins quadrillent l'azur de traits droits et nets, comme tracés au burin. Au loin, un enchevêtrement confus de bâtisses et de clochers ondoie sous une lumière incertaine. Les entrepôts et les quais s'évaporent en un mirage orangé. Une mouette solitaire apostrophe le soleil de ses piaillements exaspérés.

Villon tourne la tête vers le large. Il fixe la ligne d'horizon qui s'estompe, l'immense étendue de mer et de ciel qui s'épand à perte de vue, invitante, exaltante. Le jour s'y noie avec indolence, entraînant le passé avec lui au fond des flots. Bons et mauvais souvenirs se retirent sans bruit, lentement ensevelis par la nuit qui gagne. François est chagriné de l'aisance avec laquelle il coupe les ponts. Il a beau chercher à se représenter un coin de rue, un bord de rivière, le parvis d'une cathédrale, il n'en voit plus que des images jaunies, racornies. Il a beau tenter de retenir encore un peu les fantômes qu'il a tant aimés, Jeanne, Catherine, Aurélia, tous ces visages de femmes, soudainement frappés de vieillesse, se diluent aussitôt, chassés par les promesses muettes du vent. Il s'en veut de céder si facilement, tel un candide moussaillon, au parfum d'aventure que charrie la brise marine.

Colin rejoint François sur le pont. Il grignote un morceau de pain sec. Se penchant par-dessus le bastingage, il éclate de rire. En bas, le capitaine admoneste férocement ceux des marins qui, éméchés, reviennent des lupanars. Il leur botte allègrement l'arrière-train. Les hommes, trop ivres pour rechigner, se laissent presser et bousculer comme du bétail. Colin pointe le rivage du doigt. Une ombre vient de débouler sur le quai. Un jeune moine dont le corps maigrelet nage dans une bure trop large trotte à petits pas saccadés vers le bateau. Une fois la passerelle agilement franchie, il se dirige droit vers Colin et François et, sans préambule, se met à leur chuchoter de brèves instructions. Il a le maintien assuré des novices de bonne famille. Son attitude est dénuée de toute humilité, même affectée.

— Le but de votre visite en Terre sainte doit demeurer secret. Vous voyagerez comme de simples pèlerins. Je vois que vous portez déjà la coquille des pieux pénitents de Saint-Jacques-de-Compostelle.

Villon et Colin se contentent d'échanger un sourire complice. Les coquillages qu'ils portent maintenus autour du cou par un lacet de cuir ne sont pas incisés du signe de la croix. Leur rebord est cerclé d'or fin et, à l'intérieur, leur cavité est entaillée d'un poignard transperçant un cœur. Ce pendentif ne commémore aucun martyr ni calvaire. Seuls bandits redoutables et gendarmes sagaces dégaineraient leurs armes à la vue de ce colifichet, reconnaissant, souvent trop tard, l'insigne des Coquillards.

Le messager tend un pli fermé. François tressaille. Le document est cacheté du sceau de Côme de Médicis enlacé d'une devise en hébreu, tout comme sur la reliure qu'il a entrevue au fond de l'atelier de Fust. François interroge aussitôt le jeune moine sur la signification de cet emblème. Le novice se montre embarrassé. Il sait juste que ce cachet provient de la bibliothèque personnelle de Côme. Son usage est réservé aux ouvrages provenant de Palestine.

Colin se signe en travers de la poitrine et bredouille quelque dévote bénédiction. Ce mot de

"Palestine" éveille en lui des émotions confuses. Il ravive des souvenirs de catéchisme. N'ayant pas la moindre idée de ce à quoi ressemble le pays de la Bible, il se le représente mystérieux et splendide. Dans son esprit, le Carmel est une immense montagne aux pics ornés de croix géantes qui percent les nuages. La Samarie est un jardin édénique, empli de fleurs aux mille couleurs, où batifolent ânes blancs et brebis frisées. Sans oublier les hydres et les cyclopes.

Une fois le prêtre parti, Villon s'empresse de briser le sceau. La cire s'effrite en petites miettes rouges qui se répandent sur le pont. François déplie la lettre. Un simple croquis au crayon indique un itinéraire qui mène du port de Saint-Jean-d'Acre à un plateau isolé de basse Galilée. Pas au mont des Oliviers. Déçu, Villon contemple les morceaux de cire que la brise balaye déjà vers l'avant du navire. Il s'en veut d'avoir détruit si précipitamment la marque du cachet. À ses côtés, Colin peste et grogne. N'y aura-t-il donc point de banquet de bienvenue en l'honneur des émissaires du roi de France?

*

Le vaisseau appareille à l'aurore. Un quartier-maître vocifère les ordres de manœuvre. Mal réveillés, les hommes lâchent un filet de jurons avant de monter aux vergues. Dès la sortie du port, la houle se fait plus vigoureuse, frappant les voiles avec des claquements de fouet. Le capitaine se tient à l'ombre de la misaine, s'assurant qu'on évite les écueils. Une fois certain d'avoir atteint la pleine mer, il hurle à son second :

— Cap sur la Terre sainte, monsieur Martin !

Le cri du capitaine résonne dans la tête de François : "Cap sur la Terre sainte, Terre sainte, Terre sainte…" Tout comme Colin, il imagine de grandes étendues ocre parsemées de palmiers, de plantes grasses à épines, d'oliviers centenaires. Un ciel bleu d'où jamais le soleil ne s'absente. Un ciel où ne volent que des colombes blanches, en silence. Et puis une terre rocailleuse aux reliefs nets et clairs, sans mousse ni gadoue. C'est une contrée merveilleuse, presque chimérique, qu'il n'a aucun mal à peupler de toutes sortes d'anges, de prophètes barbus, de mauvais génies et de madones mais dont il ne parvient aucunement à se figurer les habitants, les gens. Sont-ils courts sur pattes et très bruns ou bien grands et élancés ? Musclés ou maigrelets ? Ressemblent-ils aux Italiens, aux Maures, aux Grecs ? Les femmes sont-elles voilées ou leur chevelure bouclée vole-t-elle au vent ? Peu importe, cette terre est bien trop fabuleuse pour appartenir à quiconque. Et c'est parce qu'elle n'appartient à personne que tout le monde, chacun à son tour, s'en empare. Même les dieux se la disputent. Les maîtres actuels sont mamelouks, anciens mercenaires et esclaves venus d'Égypte, tout comme les Hébreux. Ils ont supplanté les croisés qui ont supplanté les Byzantins qui ont supplanté les Romains, les Grecs, les Perses, les Babyloniens, les Assyriens. Et déjà, les Ottomans frappent aux portes de Jérusalem pour en chasser les mamelouks. Tous ne sont que des occupants. Leur présence est vouée à y être précaire, transitoire, tout simplement parce qu'ils commettent tous la même bourde, les uns après les autres, depuis des siècles : ils se trompent sans cesse de question. À qui appartient donc la Terre sainte ? À celui qui la possède ? À celui qui l'occupe ? À celui qui l'aime ? Si elle est vraiment aussi sainte qu'on le dit, une telle terre ne peut être conquise par les armes. Elle ne peut être possession, domaine ou encore territoire. Et, en ce cas, ne devrait-on pas inverser la question et demander : quel peuple lui appartient donc ? Pour de bon. Les mamelouks ?

Acre n'a rien de très biblique. C'est une forteresse comme on en voit un peu partout dans les campagnes de France. Ses créneaux grossiers, taillés dans la masse à la hâte, se découpent sur un ciel limpide, envahi de moineaux se ruant en bande vers les déchets qui jonchent les quais. Le port est petit. Deux navires y tanguent mollement dans la chaleur, ballottés par une légère brise d'ouest. Marins et soldats y déambulent, cherchant le chemin qui mène aux tavernes et aux filles. Des tonneaux graisseux, emplis d'huile d'olive, des sacs d'épices, des cageots vides s'entassent un peu partout, abandonnés aux rats. Ni François ni Colin n'éprouvent l'émotion de circonstance. Ils ne se prosternent pas pour embrasser le sol sacré, enfoui sous les détritus.

Villon se contente de plier un genou, pour la forme. Il ressent pourtant une présence, ou un souffle, qui plane par-dessus les toits, s'étend jusqu'aux versants du Carmel, recouvre les dunes qui longent le littoral. Une présence invisible qui n'est pas forcément Dieu. Plutôt une sorte de rayonnement implacable qui rend tout plus clair, plus avéré. Est-ce dû à la lumière éclatante qui, ici, ne s'encombre pas de nuances ? François a l'impression que ce pays aride et dur lui lance un défi. La douceur des bords de Loire, la pâleur triste des plaines du Nord ont été conciliantes. Elles se sont toujours pliées docilement à la rime. Mais comment Villon s'accommodera-t-il de la rudesse brûlante des pierres, de cet éclairage brutal et sans compromis? François se redresse, bravant la brillance du soleil, sentant le vent chaud lui cuire les joues. Il est ravi de cette gageure.

Colin part en avant, dominant Arabes, Génois et Perses d'au moins une tête. On dirait un paon traversant une basse-cour. Il s'enfonce au hasard dans une ruelle inondée de turbans et de casques. François ramasse sa besace et le rejoint au pas de course. Il le trouve déjà en train de discuter du prix de deux juments avec un nomade intraitable qui ne cesse de hocher la tête en un refus exaspéré. Colin gesticule, cherchant un mouvement de bras qui signifie "ristourne". Le nomade tient bon, montrant obstinément la somme requise sur son boulier. Alors que Villon sourit d'un air amène et tente de faire du charme, Colin se renfrogne brusquement et se penche de tout son haut au-dessus du pauvre marchand. Le prix baisse. Colin et François choisissent les selles. Elles sont brodées de motifs chamarrés, tissés et colorés par les femmes du désert. Colin ordonne au maquignon de couper les touffes de laine tressée qui pendent des harnais. Villon le presse nerveusement, lui conseillant de ne pas traîner. Un attroupement s'est formé autour du vendeur courroucé par le manque de bienséance de ces étrangers. Il était prêt à leur céder les bêtes pour un montant bien inférieur à celui qu'ils viennent de payer. Là n'est pas la question. Mais leur façon de traiter! Il faut prendre le temps, parlementer, ricaner, pleurnicher, se fâcher puis se raccommoder, selon l'usage. Le public acquiesce, indigné.

Colin et François enfourchent les montures d'un bond et, fendant la foule sous les injures, foncent vers la sortie de la ville. Ils s'acquittent du droit de passage, franchissent le guet sans encombre, découvrant devant eux une plaine aride qui s'étale à perte de vue. Villon consulte la carte que lui a remise le novice génois. Le soleil est encore haut. On pourra couvrir la distance avant la nuit.

*

Galopant à travers dunes et garrigue, les deux hommes atteignent les premiers versants de la Galilée. Colin chevauche devant, évitant chemins battus et hameaux, se retournant souvent pour inspecter les crêtes alentour. Les alezans bavent de fatigue. Il faut s'arrêter, trouver un point d'eau. Du fond d'une oliveraie, un paysan arabe observe ces cavaliers qui font siffler le silence et s'envolent dans une nuée de poussière. Il attend la dernière retombée de poudre sablonneuse avant de se replonger dans les corvées de la terre. Il tente de ne plus y penser. À quoi bon ? Et pourtant, une toute petite partie de lui-même continue de cavaler avec eux, en douce, comme arrachée par le vent.

Colin fait soudain signe de s'arrêter. Il pose un doigt sur ses lèvres. Un murmure lointain, saccadé, effleure les tympans. Un tourbillon de sable s'élève au-dessus des buissons qui bordent la vallée. Une troupe de soldats mamelouks apparaît. Leurs lances effilées, calées à l'éperon, sont comme les antennes d'un essaim d'abeilles. Des éclats de lumière scintillent sur les cônes cuivrés de leurs casques. Malgré la distance, Colin et François constatent que le détachement emprunte le sillon qu'ils viennent de tracer parmi les ronces. Sans mot dire, les deux hommes filent à toute allure vers les collines.

*

En fin d'après-midi, ils approchent du point indiqué sur leur carte.

— Ça ressemble à la Provence, hurle Colin par-dessus le claquement des sabots.

— Tu ne crois pas si bien dire. Regarde là-haut!

Une croix s'élève dans le ciel.

— Pardieu oui, rimailleur, la noble croix du Christ!

Colin ralentit aussitôt le trot. Il se dresse bien haut sur sa selle et se met à épousseter ses habits. François l'imite. Tous deux prennent des airs de notables malgré la chaleur étouffante et entament bravement le raidillon abrupt qui semble mener droit vers les nuages. Arrivés au promontoire, ils aperçoivent un corps de bâtiments délabré. À l'entrée, bras croisés, imposant de taille, un homme attend. Autour de lui, des poules faméliques sautillent, échangeant des coups de bec, caquetant et jacassant. L'homme demeure impassible. Colin et François mettent pied à terre. Malgré l'arrivée du crépuscule, ils distinguent bure et tonsure monacales, sandales de corde et chapelet de buis. En haut, la grande croix semble vaciller. Ses lignes ondoient dans une rosée vaporeuse. Un dernier rayon de soleil en fait rougir la ferronnerie comme du vieux cuivre puis, plongeant à l'horizon, il la teinte d'un faisceau plus foncé, plus profond, comme du sang.

Colin se signe et marmonne quelques pieuses formules. Le moine, rassuré par cette évidente vénération, décroise les bras et souhaite la bienvenue en latin. Villon en détecte l'intonation populaire, du latin de cuisine plutôt que de sacristie. La panse bien gonflée de ce religieux révèle la mesure de son ascèse. Ce pénitent a bon appétit, se dit François, et donc l'âme sereine.

— Bienvenue, messeigneurs. Je suis Paul de Tours, le Père prieur. Menons ces pauvres bêtes à l'abreuvoir.

Le jardin du cloître a l'air d'une cour de ferme. Des ballots de paille s'entassent aux pieds d'une Vierge aux doigts effrités. Des grappes d'ail pendent des ogives. Une forte odeur de lait fermenté encense ces lieux dévots. L'accès à la chapelle est obstrué de fagots épineux, craquants de sécheresse. François et Colin suivent le gros moine qui, retroussant sa robe, enjambe le tout avec une agilité inattendue. À l'intérieur, une scène bien différente attend les visiteurs.

Une douzaine de religieux se tiennent debout devant de rudimentaires lutrins encombrés de cahiers, d'encriers, de feuilles de parchemin. Tout autour, sur des étagères basses, des reliures luisent à la lumière des chandelles. Au centre, un cierge éclaire un vieux chat qui somnole recroquevillé dans une flaque de cire blanche.

Tel un seigneur étendant le bras vers ses domaines, frère Paul désigne fièrement la nef :

— La bibliothèque !

Plusieurs crânes chauves se retournent sévèrement vers les intrus, les examinant un moment, puis se replongent aussitôt dans leur lecture, leurs doigts rêches trottant sur la page comme des insectes, se faufilant entre les paragraphes, les enluminures, butinant le texte, effleurant l'exégèse, éraflant les mystères.

Villon scrute la pénombre à la recherche de l'autel, du confessionnal, du bénitier. Il n'y a ici que des livres.

*

La bélière carillonne les six coups du soir, annonçant l'heure du repas. Une salle exiguë, sans fenêtre, sert de réfectoire. Le prieur bénit le pain de vêpres. Les convives avalent bruyamment de larges gorgées d'une bouillie au thym, à même le bol. Une fois les grâces hâtivement récitées, ils se précipitent à nouveau vers la chapelle. La nécessité de s'alimenter semble constituer une exaspérante perte de temps.

Frère Paul se sacrifie au devoir d'hospitalité, demeurant quelques instants en compagnie des deux invités. Affamés, Colin et François dévorent le reste du pain, raclent le fond du chaudron, avalent des rasades de lait de chèvre.

— Nous n'avons pas l'habitude de recevoir de la visite. Les cohortes de pèlerins passent rarement par ici. Des bigots armés de crucifix de pacotille ! Il faut battre les chemins du cœur, arpenter la solitude de l'âme avant que d'aller se bousculer aux portes de Jérusalem.

Le gros moine se lève. Il se dirige vers un bahut en chêne dont lui seul a la clef et en rapporte deux litrons de vin. N'en buvant qu'une gorgée, il s'amuse de la promptitude avec laquelle Colin et François engouffrent le restant au goulot.

Villon s'essuie les lèvres d'un coup de manche.

— Nous sera-t-il permis de consulter vos précieux ouvrages ?

— Cela dépend de frère Médard, lequel se trouve rarement de bonne humeur. Il prie beaucoup pour les créatures mais en déteste la compagnie. Même la nôtre. Il nous gronde sans cesse, nous reprochant de mal manipuler les livres, de mal lire, de lire trop vite, de lire trop lentement.

Villon se demande si c'est ici même que sont entreposés les textes qu'il est venu chercher et qui feront plier Rome. Paul se lève brusquement. Il bénit les deux hommes en souriant.

— Vous pouvez dormir ici. Il y a de la paille, là, dans le coin.

Le prieur refuse un écu d'aumône que lui tend François et quitte la cantine. Un carré de ciel pur se laisse brièvement entrevoir puis la porte se referme sur les odeurs rances, la semi-obscurité suffocante. Le banquet donné en l'honneur des émissaires de Louis XI a été pour le moins frugal, la réception dépourvue de toute solennité. Les fournisseurs de Fust ont piètre allure. Il semble étrange que l'Allemand s'approvisionne auprès de ces moines loqueteux, d'autant plus que les ouvrages qu'ils lui fournissent portent atteinte à l'intégrité de l'Église. Cependant, frère Paul a tout l'air d'un bon chrétien.

Épuisé, Colin pousse sa paillasse contre le mur et s'endort en maudissant son triste sort. Villon, lui, ne s'offense pas de la frugalité de cet accueil. Il redoutait même d'avoir à faire le paon à quelque dîner de diplomates ou de négociants. Peu importe qu'il entre par la grand-porte ou par la petite, c'est ici le seuil d'un royaume secret. Il en est sûr.

Tout émoustillé, il s'offre une dernière lampée de vin de messe, trinque avec sa propre ombre sur le mur, puis souffle la bougie. Il pose son tricorne à terre et s'étend à son tour, sans fermer les paupières. Les mains croisées sous la nuque, il sourit aux milliers d'étoiles qu'il imagine à travers la charpente du toit.

Un soleil pâle se dépêtre de la brume du matin. De furtives ombres monacales s'affairent dans la cour. La porte de la chapelle est entrebâillée. À l'intérieur, les chandelles éteintes répandent une odeur glaçante. Villon ne peut résister à l'envie d'aller caresser l'estampage des peaux de truie et des vélins. Il pénètre dans la nef, s'empare d'un volume au hasard, l'ouvre sans le lire, en fait défiler les feuilles du bout des doigts, comme s'il passait la main sous le jet d'une cascade. Un déluge de lettres noires se déverse de page en page. Aucune ponctuation ne freine ni n'arrête cette calligraphie bousculée qui baragouine n'importe quoi. François frémit de plaisir. N'est-ce pas ainsi que le verbe devient poésie ?

— Retire tes sales pattes de ce livre, mécréant !

Sur le seuil, un nain frénétique sautille et gesticule. Sa tête énorme oscille au bout d'un corps tordu et malingre, tel un hochet détraqué. Il a le teint blafard, la peau fripée comme du linge mal essoré.

— Frère Médard ?

— Je ne suis le frère de personne !

Le pantin agite un bâton comme s'il allait en frapper l'intrus. François le fixe un moment d'un regard désinvolte puis détale vers les recoins obscurs de la nef. Il se faufile en éclatant de rire parmi les étagères dont les rayons croulent sous le poids des volumes à fermoirs, à cloutages, à lanières qui s'y entassent pêle-mêle. Le nain se lance à sa poursuite, matraquant l'air. Au fond, une colossale porte à gonds d'acier bloque la fuite de François. Elle n'a qu'une seule serrure, massive, coulée d'une pièce. De grosses têtes de clous en cachent les points de soudure. Quel accès interdit-elle ? Coincé là, François s'adosse à l'imposant portail, attendant Médard de pied ferme, retenant ses gloussements de garnement. Devant lui, un filet de lumière irisée perce le vitrail, éclairant un piédestal sur lequel reposent quelques livres aux reliures enduites de cire d'abeille, aux tranches dorées à l'or fin. Dans ce mince faisceau qui fend la pénombre, tout en haut de la pile, le blason doré des Médicis scintille. Il semble luire de lui-même, comme un talisman. Le format du volume est imposant. On dirait un atlas. L'autre livre, dans l'atelier de Fust, bien que plus épais, n'était qu'un in-quarto. Mais l'emblème est de taille similaire et cerclé de signes cabalistiques, comme frappé du même cachet.

Médard surgit enfin et vient se planter devant François. Il se hisse sur la pointe des pieds, menaçant. Une énorme clef de bronze pend à sa ceinture de corde. Observant le pourtour intriqué de la clef, Villon, toujours adossé au portail, se contente de dire :

— Tu défends bien ton secret, moinillon.

Le nain tient son gourdin à bras tendus, en position de frappe. Frère Paul apparaît. Il avance à pas mesurés puis, d'une voix doucereuse, ordonne à Villon de quitter les lieux.

Dehors, la clarté fait cligner les paupières. François baisse les yeux à terre. Une ombre se dessine sur le gravier fin. François en suit les contours. C'est celle d'un homme accroupi. Elle se tient parfaitement immobile. Comme à l'affût. François relève la tête. Aveuglé par le soleil, il porte sa main en visière. Perché sur le toit de la grange, genou plié, un archer le braque dans sa mire. Villon roule aussitôt au sol pour esquiver la flèche. Il extirpe sa dague de sa botte, se redresse pour la lancer. Mais l'autre n'a pas bougé. Ni tiré. Son arc est toujours bandé, pointé vers François. Si la dague l'atteint, il lâchera prise et la flèche foncera droit sur sa cible. François hésite, toisant l'adversaire. Il le trouve plutôt petit de taille. Ce n'est pourtant pas un nain comme Médard. Il a le maintien trop ferme. Impossible de voir son visage. Une cotte de maille pend de son casque pointu pour lui protéger la face. Sa poitrine est serrée dans un pourpoint en peau. Il porte une épée au côté, courbe et sans fourreau, maintenue à la hanche par une ceinture de cavalier. Villon plisse les lèvres, accentuant son rictus. Il fait même une grimace de bouffon et un pas de deux pour troubler son rival. Autant chatouiller une statue de marbre. Comment le feinter?

La voix tonnante de frère Paul met fin à cet insolite face-à-face. L'archer baisse aussitôt son arme mais François reste sur ses gardes, dague en main. Le prieur s'excuse. C'est le tapage venant de la chapelle qui a alarmé cette sentinelle. Et les hurlements de frère Médard.

— Une sentinelle?

Frère Paul tente de rassurer Villon.

— Et un moine. À sa manière. À ses heures libres, il aide nos scribes à transcrire les enseignements d'un grand sage qu'il nomme le Bouddha. Ses aïeux ont combattu aux côtés de nos croisés. Aujourd'hui encore, nombre de ses compatriotes parcourent la Syrie, le Liban, la Perse. Ils sont fort prisés pour leur expertise en matière de chevaux.

François laisse son regard parcourir les murs d'enceinte. Ils sont percés de meurtrières. Il n'y a pas de doute là-dessus. Cet endroit, bucolique en apparence, est un fortin camouflé. Défendu par des mercenaires mongols!

*

Mal réveillé, Colin repousse sa paillasse d'un grand coup de pied et peste contre Villon, Guillaume Chartier, Louis XI et Dieu le Père. Les piqûres de moustiques, le chant assourdissant des cigales, les sonneries du beffroi l'ont privé d'une bonne nuit de sommeil. Il a hâte de quitter ce monastère pouilleux, ce cloître où les vapeurs de la canicule macèrent comme au fond d'une cuve à raisins. Il s'y sent séquestré. Pourquoi moisir ici? Colin s'en veut surtout de sa propre niaiserie. Il s'est laissé berner par la magie des mots "Terre sainte", "Galilée", "Jérusalem", par le mystère que ce pays cache sous ses pierres, par le vent qui souffle ici autrement qu'ailleurs. Et comment! Un vent brûlant qui vous rôtit les fesses! Colin déteste la chaleur, la lumière crue, presque aveuglante, l'odeur de roussi et de sable qui l'oppressent depuis son arrivée. Sans compter la nourriture, trop piquante, macérant dans l'huile d'olive ou séchant en plein soleil.

Frère Paul déboule dans le réfectoire, suivi de François. Il prend le bras de Colin, comprenant son agacement, son envie de déguerpir au plus vite.

— Un peu de patience, maître Colin. Nous attendons la venue d'un visiteur qui tient fort à faire votre connaissance.

Les soldats mamelouks inspectent le convoi. Trois charrettes tirées par des mulets. Les deux premières débordent de colifichets, de verroterie, de statuettes de bois représentant des saints. Dans la troisième, moins chargée, on trouve provisions et vivres, des outils de charretier, quelques livres et un tableau religieux. Le jeune marchand florentin qui dirige l'expédition porte des habits impeccables ornés de broderies. Un panache à longues plumes de couleur pend sur le côté de son chapeau hexagonal. Un lacet de cuir, noué autour du cou, maintient cet extravagant couvre-chef sous lequel s'abrite un visage hautain et impassible de gentilhomme latin. De sa main aux doigts fins et soignés, couverte d'énormes bagues à cabochons, il laisse négligemment choir une petite bourse puis, sans attendre, salue les soldats et fait signe aux muletiers de reprendre la route. Malgré son accoutrement de courtisan, il remonte lestement sur son cheval au crin luisant et aux brides encombrées de pompons et grelots. Éberlués, les mamelouks suivent longtemps le convoi du regard. Ils distinguent encore le panache dont les tons flamboyants rayent l'ocre sévère des champs avant de disparaître dans les bosquets qui bordent la vallée.

C'est alors seulement que, hors de vue, au détour du chemin, le jeune marchand éponge brièvement les coulées de sueur qui lui inondent le visage et le cou.

Il éprouve un vif soulagement dès qu'il discerne enfin la bosse accueillante de la colline, la pointe émoussée du vieux campanile, la grande croix rouillée qui s'élève vers le ciel. Il a fallu une endurance à toute épreuve pour parvenir au monastère. La guerre des Vénitiens contre les Turcs a rendu la traversée plus périlleuse qu'à l'habitude. Sur la mer Égée, le frêle brigantin s'est frayé un passage incertain parmi les navires de combat, les corsaires grecs ou ottomans, les pirates sarrasins. À chaque voile aperçue au loin, le capitaine changeait abruptement de cap, menaçant de rebrousser chemin. Mais le retour à Florence aurait été tout aussi hasardeux et le vent défavorable.

Les instructions de Côme de Médicis, bien que prononcées du fond de son lit de mourant, étaient formelles. Bien plus, elles étaient sa dernière volonté, son testament : sauver le tableau et les manuscrits clandestins qu'il cachait dans les caves de l'Académie platonicienne. La mission ne serait point facile mais la fortune sourit au jeune marchand lorsqu'un décret de Lorenzo II dit le Magnifique fit de Florence un véritable protectorat pour les juifs. Non seulement Lorenzo leva tous les interdits humiliants qui frappaient les juifs florentins mais en plus, à l'encontre de la censure papale, il exhorta les savants à l'étude renouvelée des ouvrages talmudiques, des traités de médecine judéo-arabe et même de la cabale. Les universités de Bologne et de Parme passèrent alors ouvertement commande pour des exemplaires du florilège rabbinique, des exégèses composées dans les juiveries de Tolède et de Prague, ou rédigées par les écoles de Tibériade et Safed. Sous les auspices de Lorenzo le Magnifique et avec l'argent des facultés, dont l'Académie platonicienne, ajouté aux fonds secrets de Côme de Médicis, le jeune chasseur de livres put armer un navire pour la Terre sainte. Prétextant l'acquisition d'ouvrages hébraïques de renom, il transporte en fait, parmi de rares volumes légués par Côme au monastère, les ultimes écrits du récalcitrant cardinal de Cues, les notes secrètes du philosophe Marsile Ficin sur le *Corpus Hermeticum*, un traité oriental sur le zéro, un tableau de Filippo Brunelleschi, tous frappés d'interdit par la censure apostolique.

Dans la bibliothèque de Côme de Médicis, le jeune homme avait fébrilement noté les informations qu'il devait fournir aux mystérieux patrons de frère Médard quant à l'immense portée de ces œuvres clandestines. Le moment est venu, avait laconiquement conclu Côme avant de congédier le chasseur de manuscrits. Dis-leur qu'ils peuvent déclencher l'offensive.

Côme attendit sereinement la fin, entouré de ses collections, mêlant son dernier souffle à l'odeur des livres, allant rejoindre leurs auteurs dans ce monde où l'esprit de l'homme erre enfin parmi les sphères, cause avec les anges et sourit sans raison à l'ombre austère des dieux. Ce fut dans la mort qu'il parvint à son idéal de toute une vie, être un *uomo universale*.

*

La nouvelle d'une autre mort annoncée désole la chrétienté. Celle du pape Pie II, juste après son ultime tentative de fomenter une croisade. Les troupes qu'il a recrutées à Mantoue et Ancône se sont contentées de piller quelques bourgs et de massacrer une centaine d'infidèles. En avril, une autre croisade avortée laisse trente cadavres parmi les ruelles du ghetto de Cracovie avant de se disperser dans un attristant chaos. Les chrétiens ont-ils donc perdu Jérusalem à jamais ?

La Terre sainte n'est plus qu'un fatras confus de laissés-pour-compte et d'aventuriers déchus. Les prêtres éduqués préfèrent obtenir un petit diocèse en Anjou ou en Rhénanie plutôt qu'un évêché en Palestine. Les monarques ne voient aucun intérêt à lever des armées pour aller conquérir un pays dévasté, infesté d'épidémies et de miasmes. Même l'émir de Judée ne songe qu'à être relayé de son misérable poste pour aller rejoindre les fastes d'Alexandrie ou de Bagdad. Il peste contre les hordes de pèlerins débarquant sans relâche sur les côtes, les immenses caravanes traversant la contrée en sens inverse, vers les ports, les incessants déplacements des nomades fuyant la famine et la sécheresse. Les ânes des pénitents, les chameaux des marchands, les chèvres des paysans ont fini par dévorer le peu de vert qui restait encore et qui couvrait la honte du sol, la nudité du roc, la laideur de la caillasse. Ce territoire dont le gouverneur mamelouk a la charge n'est qu'un inextricable entremêlement de routes et de pistes, un vulgaire relais d'étape coincé là entre deux mondes, l'Orient et l'Occident. Ses épiques champs de bataille sont abandonnés aux mauvaises herbes. Les sépultures des prophètes, des chevaliers, des centurions romains pourrissent au soleil. Il n'y a plus que les juifs et les poètes pour se tourner encore vers Jérusalem, tels les clients attardés d'un lupanar qui en saluent respectueusement la tenancière flétrie par les ans. La plupart n'ont d'ailleurs jamais vu cette ville dont ils chantent si âprement les louanges. Et elle, en bonne prostituée, se prête à tous les symboles, à toutes les rimes, à tous les espoirs, à tous les prêtres et tous les soldats, empochant sans broncher son solde de malheur et de mouise. Et pourtant, ces quelques poètes persistent à la vénérer de leurs odes alambiquées et ces quelques juifs prédisent qu'elle renaîtra de ses cendres. Car, pour eux, le destin de Jérusalem n'est point gravé dans les guerres mais dans les textes, les Écritures. C'est une ville non tant bâtie de pierres et de briques que maçonnée de palabres et de rêves.

Accoudés au rebord des remparts qui protègent le cloître, François et Colin observent l'arrivée du convoi. Ils distinguent les tons vifs du panache qui crient parmi le roussi des blés mûrs, tranchent sur le brun des carrioles, brisent la sobriété du paysage de leur insolence citadine.

En bas de la colline, les moines déchargent les charrettes puis transportent colis et paquets à dos d'homme le long du sentier abrupt qui mène au monastère. Les sentinelles mongoles ont pris position sur les toits, le clocher et les tourelles. L'arrivée du marchand de livres semble avoir aiguisé la vigilance des mamelouks. L'un des gardes a cru voir un éclaireur rôder autour du cloître. Où n'était-ce qu'un braconnier?

Le pimpant étranger surgit des broussailles, atteignant le promontoire. Il marche avec aisance, à peine essoufflé, comme s'il se rendait à un dîner d'apparat. Ses brodequins glissent sur les gravats, sans qu'il trébuche. Il jette un rapide coup d'œil en direction de Colin et Villon, faisant mine de ne pas les voir, peut-être aveuglé par la lumière. Arrivé au portail, il ôte son spectaculaire chapeau et salue le prieur bien bas. Il extirpe ensuite un tonnelet de sa sacoche, en fait sauter le couvercle d'un coup de dague, en vide le contenu qui sent l'eau-de-vie et, d'un double fond, extrait une cassette emplie de pièces d'or et d'argent.

— Pour vos œuvres.

*

Au réfectoire, avant de s'attabler, frère Paul présente le nouveau venu. Pour le souper, l'Italien a revêtu une robe de chambre molletonnée aux couleurs chaudes. L'habit, savamment déboutonné, laisse entrevoir une chemise de soie à plastron ainsi qu'un bout de torse poilu et musclé. Bien que fort ostensible, cette marque de coquetterie n'en demeure pas moins de bon goût. Le jeune Artaban sait arborer ses fabuleux atours avec grâce. Quant à ses couvre-chefs, ils sont plus extravagants les uns que les autres. Pour l'heure, il est coiffé d'un large béret de velours noir comme en portent les maîtres de peinture dans leurs ateliers. Il en a piqué l'ourlet d'un camée en cornaline représentant un buste de dame romaine. Authentique objet de fouilles datant de l'époque de Marc Aurèle, la pierre dure est sertie dans une monture récente à perles baroques, signée d'un orfèvre viennois. Il en déborde une coulée d'or qui va se mêler à la chevelure de l'antique courtisane. Enfin, pour souligner sa mise auguste, des souliers à talons hauts surélèvent le Florentin d'au moins dix pouces, forçant François à tendre le cou.

Villon, qui ne s'empêtre point des dictats de l'étiquette, fait néanmoins bonne figure. Bien qu'il feigne la rudesse et se conduise souvent en butor, une étrange aura émane de sa face de chien battu. Sous son vieux galurin à trois cornes brille une lueur narquoise, soulignée du discret sourire en coin qui ne quitte jamais ses lèvres. Personne n'a jamais su si ce rictus était naturel ou affecté, moqueur, désabusé ou même une simple difformité de naissance.

L'Italien dévisage rapidement François, cherchant d'emblée à déchiffrer cette moue figée où se mêlent bravade et franchise, une bonne dose de souffrance coupée d'un soupçon de bonté, ou de gentillesse, et dont il devine instinctivement la profondeur secrète. Il s'attendait à trouver un rebelle arrogant et imbu de lui-même. Il découvre un homme sans fard ni masque comme il y en a peu aujourd'hui à Florence. Il s'incline, tend la main avec grâce et se présente.

— Federico Castaldi, négociant florentin et agent de messire Côme de Médicis.

François scrute à son tour les traits du nouveau venu, surpris, incrédule. Tous ces liens impromptus avec les Médicis ne sont-ils que les ramifications éparses d'une grande dynastie ou bien les mailles d'un filet qui petit à petit se resserre ?

— Quel bon vent vous amène en Terre sainte, maître Villon ?

— Des vents contraires. Zéphyrs d'évasion et alizés de fortune.

Les deux hommes échangent un regard presque complice. Federico, qui déteste savants véreux et génies superbes, trouve Villon fort aimable pour un auteur à la mode. Et François, qui a horreur des pédants et des précieux, devine que le Florentin est bien plus perspicace qu'il ne le laisse paraître. Cette marionnette poudrée qu'il incarne est-elle une simple astuce de commerçant ou une tenue de camouflage ?

Federico observe ensuite Colin qui s'empiffre avec force bruits de gueule. Sa carrure imposante, taillée à l'emporte-pièce, bosselée de rugueux biceps, son faciès raturé de balafres inspirent tout d'abord de l'effroi. Mais ses yeux écarquillés de gamin ahuri apaisent bien vite les réticences. Jouant sur ce mélange de sauvagerie et de candeur, c'est lui qui occupait les gardes ou amadouait les clercs pendant qu'on vidait coffres d'églises et caisses d'huissiers. Le plus beau coup des Coquillards date de 1456, juste avant la Noël. Cinq cents couronnes d'or raflées aussi facilement qu'une gerbe dans un champ de blé. Colin se tenait à l'entrée de la chapelle du Collège de Navarre, gesticulant, argumentant, blaguant sous les regards interloqués des bedeaux, pendant qu'à l'intérieur Tabarie et Villon brisaient les cadenas de l'intendance.

*

En fin de repas, le Florentin tend cérémonieusement un livre à François. La reliure sent encore l'alun de tannage. Les plats sont cloutés de fleurs argentées de la tige desquelles jaillissent de minces filets de dorure tracés à la roulette. Au centre, un vrai papillon déploie des ailes translucides, ses contours découpés à même le cuir. Le dos du livre, légèrement marbré, est incrusté de motifs végétaux en nacre. Les nerfs sont doublés de peau de salamandre et les caissons d'écailles de lézard. Les mors bien lisses et cirés montrent que l'ouvrage n'a jamais été consulté. François en ouvre avec précaution le fermoir finement ciselé d'arabesques. Dedans, il ne trouve que des feuillets vierges, d'une excellente texture, bien plus douce que celle obtenue à la cuve. Villon admire chaque détail. Il est clair que les talents de plusieurs maîtres artisans ont été sollicités.

— Permettez-moi de vous l'offrir. Pour les ballades que vous n'avez pas encore écrites.

Pris au dépourvu, François balbutie une formule de remerciement, soupçonnant néanmoins qu'un tel hommage n'est pas désintéressé. Un négociant rusé tel que Federico ne prodigue point ses largesses sans quelque arrière-pensée. Villon n'a-t-il pas agi de même pour appâter Johann Fust ? Que compte obtenir de lui ce marchand florentin dont il vient de faire la connaissance il y a seulement quelques instants ?

Constatant le trouble de François, Federico se contente de lui adresser un large sourire. Il empoigne une bouteille dont la cambrure accentuée, les scellés rouges entourant le goulot, les fines bulles soufflées dans la pâte du verre, promettent un breuvage de choix. Arrachant le bouchon d'un coup de dents expert, il en verse de copieuses rasades. Villon hume, en connaisseur, se préparant à louer la teinte du raisin, la franchise du corps, la saveur de l'âge. Mais l'Italien se retire subitement, appelé par frère Médard dont le menton imberbe apparaît soudain parmi les plats et les godets.

Sur la table, les ailes du papillon scintillent à la lueur des lampes à huile. François scrute à nouveau le travail soigné de la reliure, l'estampage appliqué d'un coup à la fois sûr et tout en finesse. Le style singulier des ornements mêle habilement les traits acérés de l'insecte aux courbes aériennes des dorures qui l'enlacent. Tout comme les cursives araméennes qu'il a vu danser autour du blason des Médicis.

Un lustre solitaire pend du plafond. Frère Médard dispose méticuleusement cahiers d'inventaire et crayons. Federico prend place de l'autre côté du pupitre, les précieux colis à ses pieds. Bien que seuls dans la chapelle, les deux hommes parlent à voix basse.

— Vous savez flagorner. Le sieur Villon en était tout ému. Avez-vous donc lu ses œuvres ?

— Pas une ligne, mon bon Médard. Je sais juste que…

Le nain se met à marmonner tout en écrivant.

— Un instant, je vous prie. En ce douzième jour de juin, 1464… consi-gna-tions di-verses… provenance… Federico… Castaldi… en-sa-qualité-de… articles… Voilà. Première entrée ?

— Trois manuscrits de la main de l'évêque Nicolas de Cues, aussi nommé Cusanum, traitant de la composition de l'Univers. Par déduction algébrique et observations des cieux, il serait établi que, je cite, *terra non est centra mundi…* Il y aurait des milliers d'astres et de planètes planant dans l'éther. Nous ne serions qu'un grain de sable au sein de l'immensité.

Frère Médard sursaute, dégringolant presque de son tabouret.

— Ce n'est pas avec des calculs de boulier que l'on pourra percer le mystère de la Création, ronchonne le moine.

— Mon très catholique seigneur de Médicis pense que la papauté s'enlise dans les marécages du dogme. Elle s'obstine à suivre Aristote de peur d'ébranler les croyances qui lui assurent la soumission aveugle de ses ouailles. Elle refuse même le zéro dont se servent Arabes et juifs sans pour autant perdre foi en leur Dieu.

— Le zéro? Ni Pythagore ni Euclide n'ont eu besoin de ce chiffre fantôme. Ils ont assis le monde sur des bases solides, pas sur des symboles de tireuse de cartes!

— En quoi un nombre vide et sans valeur pourrait-il menacer le Tout-Puissant?

Federico extrait un tableau des linges grossiers dont il est enveloppé. Il en dispose les cinq panneaux de bois sur le sol, reconstituant une fresque. Médard est tout d'abord rassuré. Il voit apparaître les mains pâles d'une Madone puis les traits d'un Enfant Jésus aux joues roses, sa tête dûment couronnée d'une auréole. À l'arrière, une colonnade de pierre se découpe sur fond de paysage campagnard. On distingue les méandres bleutés d'une rivière qui va se perdre dans de basses collines. Des arbres étonnamment nets, détaillés, tranchent sur un ciel où voguent des vapeurs nuageuses. Un mausolée antique trône au faîte d'un plateau. Malgré la robe rutilante de la Madone et les teints forts de la scène centrale, le regard s'enfonce au loin, délaissant les personnages sacrés pour aller errer parmi coteaux et vallons. On éprouve une sorte de vertige. La Vierge et son enfant semblent assis tout près de vous mais ce sont les nuages et les arbres aux nuances à la fois lisses et profondes qui vous entraînent là-bas, au sein de leur monde insolite. Alors on ne voit plus la femme ni le bambin. On les sent comme on sent une présence mais le regard est ailleurs, coulant avec la rivière parmi les collines, absorbé par de petits traits de pinceau qui s'allient parfaitement aux veinures du bois. La coupure des panneaux ajoute à l'artifice, laissant à l'œil le soin de tisser la texture même de l'espace, de la lumière. La scène religieuse n'est plus que prétexte.

Ce tableau du peintre et architecte Brunelleschi orna brièvement le baptistère de la cathédrale de Florence. Il fut hâtivement démonté de son support avant que son auteur ne subisse le courroux des commanditaires et resta longtemps caché dans les caves des Médicis. Seul maître Verrocchio a pu le voir et en enseigner le secret à ses apprentis. En ce moment même, l'un de ses élèves, nommé Leonardo, a pour tâche de maîtriser cette nouvelle manière de dépeindre l'Univers, cet autre regard, en perspective.

— Du trompe-l'œil, voilà tout. La Madone en est-elle plus sainte ?

Federico range ses notes et se borne à l'établissement de l'inventaire. De toute manière, le moine n'a pas voix au chapitre. L'ultime décision est prise ailleurs, par ses maîtres. Ils n'apposeront leur mystérieuse marque autour de l'emblème des Médicis que s'ils agréent les choix de Côme. Libre à eux, ensuite, de les enfermer dans une bibliothèque ou d'en propager la teneur. Sinon, Federico devra reprendre livres et tableaux refusés et les vendre dans son arrière-boutique comme de simples curiosités.

La consignation se poursuit tard dans la nuit. Le marchand ouvre les caisses, tend les manuscrits un à un, sans plus rien dire, bâillant de fatigue. Le nain inscrit au fur et à mesure, l'air vexé mais n'osant plus piper. Auteur, titre, date, auteur, titre, date… jusqu'au petit matin.

Avant même que ne pointent les premières lueurs de l'aube, les cochers vérifient chevaux et attelages, inspectent les sangles des mulets, frappent les roues du pied.

Frère Paul a reçu les ordres de marche concernant les émissaires du roi de France. La date de leur première entrevue avec l'un des discrets alliés des Médicis a été fixée. Ils sont attendus à Safed. L'accès en est semé d'embûches. Sarrasins et brigands turcs expédient bien des voyageurs égarés vers l'au-delà. Miasmes et maladies se chargent du reste. Les hôpitaux des divers ordres débordent d'agonisants et de blessés. Des pelotons mamelouks ont été vus aux alentours. Frère Paul ignore la raison de ces patrouilles mais ces mouvements de troupes sont courants. Qu'ils soient pâles chevaliers ou mercenaires basanés, les conquérants de cette terre sont condamnés à toujours vivre sur les dents.

Le prieur a décidé de joindre Villon et Colin au convoi de Federico qui va s'approvisionner à Safed et Tibériade en ouvrages hébraïques pour les universités italiennes. Il n'éveillera aucun soupçon.

Après tout, il ne transporte que des livres. En cas de fâcheuse rencontre, il soudoiera les soldats de quelques deniers.

François et Colin plongent la tête dans l'eau de l'abreuvoir. Ils secouent leurs chevelures trempées à la manière des chiens. Colin coiffe un mince cabasset de cuir qui lui aplatit le crâne. François se couvre de son tricorne fripé. Déjà, un vent brûlant leur frappe la nuque. Federico apparaît sur le seuil du réfectoire, éclairé par un tout premier rayon de soleil. Vêtu de ses rutilants atours, il se dandine comme un favori se rendant à une fête de cour. Éberluées, les sentinelles mongoles s'écartent pour lui céder le passage, formant bien malgré eux une cocasse garde d'honneur. Frère Paul, soudain sévère, lui chuchote quelques mots dans le creux de l'oreille. Federico acquiesce avec des hochements saccadés de la tête puis s'agenouille à demi pour recevoir la bénédiction du prêtre. Il s'époussette les manches et, à l'aide d'un ruban, attache ses cheveux derrière le cou. Jetant un regard satisfait sur hommes et montures, l'Italien donne l'ordre du départ.

*

La journée s'annonce torride. Une lumière de plomb couvre la plaine aride, les arbustes figés qu'aucune brise ne soulage, le vol lointain d'un épervier solitaire. La campagne se renfrogne, tordue par les vapeurs de la canicule. L'ombre grincheuse d'un nuage éclabousse la ligne d'horizon puis va étendre sa tache grise sur la nappe ocre des champs. Les cavaliers accélèrent l'allure, abandonnant les moines dans leur enceinte de pierre.

Un air de liberté souffle sur les joues. Les chevaux galopent, grisés par la clarté, piaffant de joie, fonçant à travers les ronces dorées, fendant les nuées de moucherons, ballottant leur charge au gré du terrain. L'eau clapote gaiement dans les calebasses. François hume les senteurs de la garrigue. Il caresse des yeux les rondeurs érodées des plateaux, les méandres onduleux des chemins, les sentiers qu'arpentèrent les apôtres, les vallons bosselés où sont enterrés les prophètes, découvrant enfin la Terre sainte. Il s'en imprègne. Au début, il cherchait avidement des signes, des inscriptions au fronton de quelque temple. Il n'y a pas même une borne. Seulement des pistes caillouteuses qui semblent ne mener nulle part. Et pourtant, cette terre lui murmure un message confus, venu du fond de l'âme. Comme une confidence. Il sent intuitivement qu'elle l'attendait depuis toujours.

*

À la tombée de la nuit, Federico cherche un lieu où camper. La fabuleuse Galilée n'offre que l'abri de maigres sous-bois. Pins efflanqués, cyprès squelettiques, chênes nains cachent mal les montures. La lune en est à son premier quartier. Le Florentin décide de ne pas allumer de feu. Les hommes s'assoient dans la pénombre. Leurs chuchotements se mêlent à la clameur lugubre des chacals. François s'assied sur un rocher plat. Il empoigne un cruchon de vin de Falerne et une cuisse de dinde fumée. Federico s'accroupit pour ne pas se salir.

— Nous atteindrons Safed demain soir. Un bout de galette?

Le sourire pâle de l'Italien scintille dans le noir. Villon lui tend la cruche puis se nettoie les mains avec des brindilles humectées de rosée.

— Vous êtes lié à la noble maison des Médicis. J'ai cru entrevoir leurs armes sur l'un des volumes conservés au monastère.

— Cela se peut.

— Celles-ci diffèrent du célèbre emblème par un ajout de symboles cabalistiques dont la signification m'échappe.

— Je ne lis point l'hébreu, répond sèchement le marchand.

Une chouette hurle au loin. Effrayé, un cheval tressaute. Federico se lève et va le calmer d'une tape sur l'échine, s'assurant que les rênes sont fermement nouées autour d'un tronc mort. Villon le suit des yeux, persuadé que l'Italien en sait plus long qu'il ne veut l'admettre. Il s'attendait clairement à trouver François au monastère. Et à lui offrir le splendide livre au papillon. Frère Paul a pourtant assuré les deux Français que le libraire ignore tout de la mission qui les amène ici. La venue de Federico était prévue bien avant leur arrivée. C'est un habitué de l'endroit. Il s'y approvisionne régulièrement. De toute manière, il n'y a rien à craindre d'un homme à la solde des Médicis. Mais François éprouve une sorte d'inquiétude au contact de l'Italien. Ce gaillard joue ostensiblement la comédie. Ses mimiques doucereuses de commerçant, sa distinction exagérée pour qu'on en détecte aisément la fausseté, ses effets vestimentaires sont autant de couches sous lesquelles enfouir le personnage que François renifle malgré tout. Il s'en dégage une autorité sûre de meneur, une roideur de soldat, une intransigeance qui effraie. Ce n'est pas un hypocrite de cour. Plutôt quelqu'un qui détient un secret. Il cache pourtant à peine son jeu. Ce masque mi-ouvert mi-fermé qu'il offre au regard n'a pas pour but de désorienter mais de décourager toute envie de le lui ôter, de découvrir son vrai visage. C'est une mise en garde que François connaît bien, à la mode des Coquillards, et qui a valu plus d'un coup de dague aux indiscrets. C'est pour cela que Villon se méfie de Federico. Et c'est pour cette même raison qu'il lui accorde son estime.

*

Colin prend le premier tour de garde. François vient lui tenir compagnie. Il ne lui parle pas de ses soupçons, craignant que le grand costaud ne l'en soulage à sa manière. En allant secouer les puces du Florentin contre une roue de carriole ou en lui enfonçant la bouteille de vin dans le gosier, pour ne pas dire ailleurs. Surtout que Colin semble de mauvaise humeur. Il martèle le sol du pied, jurant que Chartier ne perd rien pour attendre. L'évêque n'a même pas pris le soin de rédiger une lettre de recommandation. Si les choses tournent mal, le monseigneur s'en lavera les mains. Villon se moque de son ami. Depuis quand un honnête bandit gage-t-il sur les assurances d'un vicaire? Colin hausse les épaules. Il écrase un moustique d'un coup de paluche, maugréant contre le ciel et tous ses saints puis va s'adosser contre un rocher, affûtant une branche au poignard pour se curer les dents. Villon profite de cette brève accalmie pour rassurer son compagnon. Il n'a aucunement l'intention de suivre les consignes de Chartier. Mais il est trop tôt pour agir. François a beau prétendre qu'il concocte un de ces coups d'épate dont il a le secret, une cuisante entourloupe, Colin ne voit rien de bon qui puisse sortir de cette affaire. François étend le bras vers la campagne endormie comme si les broussailles et le sable lui donnaient raison. Ce n'est pas Chartier, ni Fust, ni quiconque d'autre qui tracera la voie à suivre et guidera ses pas. C'est cette terre. Ce pays l'appelle. Il le sent. Pour une tout autre mission.

Colin, qui a l'habitude de ces envolées, surtout quand François a bien bu, se lève sans rien dire et, pour toute repartie, se met à pisser bruyamment sur les broussailles et le sable. Et sur cette maudite terre.

L'après-midi est déjà bien avancé lorsque le convoi entame sa grimpée vers Safed, perchée là-haut, rôtissant en plein soleil. La ligne des toits frémit légèrement, donnant à la ville des allures de rêve. Les chevaux peinent dans la dernière montée puis leurs sabots viennent frapper le pavé brûlant des ruelles. Ici, ni auberge ni estaminet. Ni bonne âme catholique. Les ombres de musulmans et de juifs, plutôt miséreux d'apparence, glissent le long de façades bleues et vertes, ainsi peintes pour en éloigner le mauvais œil. Les mamelouks sont absents des lieux. Ils n'y ont pas grand-chose à piller. Leurs détachements se contentent de rôder aux alentours, préférant bivouaquer dans la campagne, près des points d'eau et des fermes. Même l'Église ne daigne honorer cet endroit de quelque couvent ou calvaire. Et pourtant, cette bourgade isolée, dénuée du faste qui donne leur cachet aux cités de l'Orient, abrite des sommités dont le rayonnement spirituel s'étend au-delà des mers. Partout les juifs, se cachant de l'Inquisition ou manquant un rendez-vous avec leur boyard, s'empressent de rejoindre leurs quartiers de Séville ou de Prague pour se rassembler dans un lieu d'étude clandestin. Là, l'un des leurs les attend avec fièvre afin de lire à haute voix une missive, une consigne ou une exégèse fraîchement parvenue de Safed. Chaque parole est bue telle une potion réconfortante, chaque tour de phrase est applaudi telle une acrobatie de haute volée. C'est comme si les savants de Terre sainte étaient venus les réciter en personne, leurs souliers encore enduits du sable de là-bas, leurs yeux brillant du soleil de là-bas. Un bourg aussi paisible, isolé, peut-il vraiment receler tant de sagesse ?

*

Femmes et enfants suivent les cavaliers du regard avec un mélange de méfiance et de curiosité. François leur sourit mais Colin se tient droit et sec comme un maréchal inspectant ses troupes. Deux vieux juifs à longue barbe causent sur un banc de pierre, à l'ombre d'un palmier aux branches encombrées de dattes et de phalènes. Ils se taisent brusquement à l'approche du convoi. L'un semble prêt à bondir pour prendre la fuite. L'autre, oublieux des étrangers, engoncé dans son caftan, marmonne quelque psaume avant de s'assoupir, la tête penchée sur la poitrine.

Au bout de la grand-rue, une bâtisse imposante éclate de blancheur au soleil. Federico y entre le premier. Muletiers et charretiers attendent dehors, abreuvant les bêtes. À l'intérieur de la maison, il fait clair. Les hauts murs sont peints en tons azurés d'une légèreté de pastel. La salle d'attente est égayée de lampes de cuivre d'où pendent des amulettes aux couleurs vives. Au sol, des dalles en céramique rivalisent de leurs arabesques avec des tapis aux motifs bigarrés. Dans le patio, un figuier répand l'odeur sucrée de ses fruits. Un secrétaire mène les visiteurs à une petite pièce meublée d'une table et de quatre chaises en bois. Il annonce que le rabbin va les rejoindre sous peu. Federico explique à François et Colin que rabbi Gamliel Ben Sira est une personnalité éminemment respectée, un peu comme un cardinal, et que l'audience qu'il leur accorde est un rare honneur. Rabbi Gamliel est un érudit de renom qui correspond avec des savants de Nuremberg, des professeurs de Turin, des docteurs d'Amsterdam. Il dirige l'une des académies les plus réputées du monde juif. En plus de cela, chaque matin, il dispense ses remèdes et conseils aux petites gens de la région.

Le rabbin fait son entrée par une porte basse. Dans l'embrasure, François entrevoit une chambre de travail. Manuscrits brochés et rouleaux de parchemin s'y entassent sur un petit bureau marqueté de Damas.

— *Shalom*, soyez les bienvenus.

L'allure aisée de l'hôte surprend François qui s'attendait à une vieille barbe talmudique, un patriarche aux rides profondes, le visage blêmi par de longues veillées. Devant lui se tient un grand gaillard basané, âgé de la trentaine, tout vêtu d'un blanc éclatant. Une barbe noire et touffue, méticuleusement soignée, entoure un large sourire. Il est clair que ce rabbin attendait la visite des deux Français et qu'il en connaît le but. Sa conduite surprend donc François. Un juif recevant la visite d'émissaires royaux est supposé se courber révérencieusement. Celui-ci, le dos bien droit, se contente de tendre la main. Il mesure près d'une toise de haut. Villon, plus petit, encore mal décrassé de ses cavalcades, se sent quelque peu intimidé. Colin, lui, se montre franchement offensé.

Le secrétaire dépose du thé sur la table puis revient quelques instants plus tard, un épais volume sous le bras. Il parcourt rapidement la liste de commandes que lui tend Federico, coche certains titres puis consulte le gros registre. Bien que rabbi Gamliel possède une riche bibliothèque, il ne se sépare jamais des livres qu'il a lus. Il y gribouille sans cesse des notes et références. Sa mémoire phénoménale lui permet d'effectuer des recoupements entre de multiples textes étudiés à plusieurs années d'écart. Il se souvient de l'endroit exact où trouver tel ou tel passage. L'inventaire que tient son secrétaire ne concerne donc pas les exemplaires personnels du rabbin. Il comprend des ouvrages qui ne sont pas tous entreposés à Safed, ni même en Terre sainte. Il s'agit d'une sorte de catalogue de librairie où sont recensés des centaines de manuscrits et imprimés, avec leurs dates et lieux de parution ainsi que les divers endroits où on peut se les procurer. Dès que l'on apprend le pillage d'une synagogue ou l'incendie d'une maison d'étude, le secrétaire de rabbi Gamliel consulte ses listes. Si un talmud de Babylone est brûlé à Cologne, une nouvelle copie peut être rapidement trouvée à Orléans ou à Barcelone pour le remplacer. Si un savant de York pose une question ardue au sujet d'une loi alimentaire, on lui indique un commentaire traitant de cette même loi, rédigé à Smyrne quelques années plus tôt. Lorsqu'un sage est convoqué à débattre de la Trinité avec les inquisiteurs, on l'arme de documents émanant de plusieurs églises pour l'aider à jongler adroitement avec les opinions souvent discordantes, voire contradictoires, des divers clergés.

Au fond, la tragique dispersion des juifs les sauve. Aucune tyrannie, aussi tentaculaire soit-elle, ne peut les atteindre tous. Aucune épidémie ne peut les décimer. Il faudrait pour cela qu'elle s'étende d'un coup aux quatre coins de la terre. Mais cette survie, les juifs la doivent d'abord à leurs livres. Car c'est le même Talmud qui est lu à Pékin, à Samarkand, à Tripoli, à Damas, en hébreu. Et tant qu'il sera lu, à haute voix ou en cachette, par toute une congrégation ou par un ermite solitaire, le cap sera maintenu en dépit de toutes les tempêtes.

Leur étant partout interdit de lever des troupes, de porter l'épée ou même de monter à cheval, les juifs ont été contraints de créer une armée invisible, sans garnison ni arsenal, qui opère au nez et à la barbe des censeurs. Grâce à leur langue commune et à ce réseau de messagerie, ils maintiennent depuis des siècles une nation sans roi ni terre. Louis XI a toujours été fasciné par la façon dont les rabbins répandent leurs enseignements au-delà des frontières, tissant ainsi les liens invisibles qui unissent leur peuple. Comme eux, il tente d'imposer le français comme langue officielle du royaume et vient d'ordonner la création d'une poste aux lettres. Le jeune monarque règne sur un fatras confus de provinces sans cesse occupées à se chercher querelle. Bretons, Bourguignons, Savoyards ou Gascons ne conversent pas dans la même langue. Comment pourraient-ils s'entendre ? Gamliel fournira-t-il les écrits sur lesquels le roi de France compte pour affirmer son pouvoir de Picardie en Lorraine, du Languedoc à la Normandie et contrecarrer l'emprise de l'Église romaine sur ses sujets ?

François écoute les explications du rabbin avec un intérêt redoublé, commençant à entrevoir l'étendue réelle des activités de ce Gamliel, l'influence qu'il exerce d'ici, assis à son bureau, la portée des écrits qu'il propage. Est-ce lui le mystérieux complice des Médicis ? Le patron de Johann Fust ? Et le futur complice de Louis XI ?

Villon demeure toutefois perplexe. Il a du mal à voir un juif pratiquant, affublé de sa calotte et de son caftan blancs, se préoccuper d'humanités, ouvrir des imprimeries clandestines, publier des œuvres inédites de Lucrèce et de Démosthène, réunir des traités d'algèbre ou d'astronomie dont certains démentent les axiomes de sa religion. Et puis, François ne voit aucune raison qui puisse pousser un sage de Terre sainte à travailler main dans la main avec des gentils de Florence et *a fortiori* avec un ecclésiastique comme Chartier. À moins qu'il ne poursuive un tout autre but que celui de ses éminents alliés. À leur insu. Tout comme François, qui ne croit aucunement aux bonnes intentions ni des uns ni des autres et attend le moment de tirer sa propre épingle du jeu.

*

Pendant que le secrétaire prépare les commandes, rabbi Gamliel s'entretient tranquillement avec Federico. L'Italien parle de la Terre qui n'est plus au centre de l'Univers et de Florence qui est désormais le nombril du monde. Le rabbin l'écoute avec une courtoisie quelque peu condescendante. Une fois les colis prêts, Gamliel s'excuse auprès des deux Français, leur demandant de l'attendre un instant. Il se lève et fait signe à Federico de le suivre dans la pièce adjacente.

Par l'embrasure de la porte restée entrouverte, François voit le rabbin remettre un large rouleau au marchand qui le consulte hâtivement. Les franges en sont inégales et s'effilochent de toutes parts en longues étoupes d'une texture jaunâtre comme de la paille de blé ou du jonc. Le corps de la feuille est strié de bandes et de nervures végétales. Ce n'est ni du papier ni du parchemin. Assis trop loin pour discerner clairement chaque détail, Villon n'aperçoit qu'un réseau confus de taches ocre sur un fond bleu traversé de lignes et de flèches. Les couleurs sont si brunies par le temps qu'il en distingue à peine le dessin mais l'ensemble lui rappelle une carte marine. Il ne peut toutefois s'agir d'un plan de la Terre. Il y a bien trop de taches pour que ce soient des îles ou des continents. C'est peut-être l'antique charte d'un monde fabuleux.

François tend l'oreille, percevant un soudain changement d'intonation dans la voix des deux hommes. Jusqu'à présent, la conversation entre Gamliel et Federico s'est tenue en espagnol, seul idiome de consonance latine que le rabbin maîtrise. Bien qu'il ait du mal à entendre ce qui se dit, François est certain que le dialogue se poursuit désormais en un parler tout différent, une sorte de dialecte guttural qui, malgré ses accents sémitiques, ne lui semble être ni de l'hébreu ni de l'arabe.

Le Florentin ressort, tenant le mystérieux rouleau sous le bras, et prend subitement congé. Il s'excuse poliment, annonçant qu'il doit reprendre la route de bon matin, pour Nazareth où il escompte acquérir un rare manuscrit syriaque. La brièveté de ces adieux prend Villon de court. L'Italien ne s'est même pas enquis des intentions des deux pèlerins.

Federico parti, le rabbin invite François et Colin à le rejoindre dans sa pièce de travail. Il laisse planer un silence embarrassant, dévisageant ses interlocuteurs avec insistance, comme s'il tentait de déchiffrer le message des rides et des plis. Ses sourcils froncés, son regard braqué cherchent à pénétrer l'âme même, à en sonder les recoins les plus sombres. Il semble ignorer la gêne que cause cet examen prolongé. Bien que les deux étrangers correspondent fidèlement à la description que Fust en a faite dans ses lettres, Gamliel est quelque peu déconcerté par la misérable allure des émissaires du roi de France. Ce vagabond au chapeau fripé, affichant un sourire faussement niais, n'a vraiment pas la mine escomptée. Et le regard acerbe, toujours sur ses gardes, de la brute qui l'accompagne est franchement discourtois. Sont-ce là les hérauts tant attendus par Jérusalem ? Leur mine de mauvais garçons est-elle un déguisement ? Fust le suggère lorsqu'il évoque la surprenante érudition de Villon et sa passion pour les livres. Quant à Colin, qui se croit malin, Fust note avec amusement comment il a laissé ce brigand l'épier pendant des mois, ne lui donnant à voir que ce qui inciterait l'évêque de Paris à traiter avec lui plutôt que d'autres. L'imprimeur est persuadé qu'il y a beaucoup à gagner d'une alliance secrète avec Louis XI. Ce n'est pas l'avis de frère Paul qui trouve trop hasardeux de s'acoquiner avec un évêque cauteleux et un roi dénué de scrupules. Mettre trente ans de préparatifs en péril lui paraît peu indiqué. La complicité des Italiens suffit amplement. Frère Paul ne sait pas que ce sont ses propres mécènes, les Médicis, qui préconisent de se liguer avec le souverain français, leur allié de longue date en d'autres affaires. L'offensive est en bonne voie mais il est vrai qu'un accord avec Paris pourrait lui donner une ampleur inespérée, infligeant bien plus de dégâts à l'ennemi. C'est à rabbi Gamliel qu'il incombe maintenant de trancher. Ses confrères de Jérusalem se fient à son bon jugement.

Émergeant de ses réflexions, il sourit avec une aménité toute rabbinique, mêlée d'un soupçon de malice. Peu amadoué, Colin se renfrogne mais François apprécie cette marque de cordialité. Il est loin de se douter qu'à l'issue de cet entretien, Jérusalem lui entrebâillera ses portes ou bien les verrouillera inexorablement à son nez.

— Inculquer des idées nouvelles prend du temps. Souvent plus que ne dure un règne.

— Lequel est fort précaire s'il n'est maintenu qu'au fil de l'épée, rétorque François. La religion montre chaque jour comment gouverner par la seule force de l'écrit.

— Et de la foi. D'où la repartie que nous avons soufflée à l'oreille des souverains chrétiens. Nos récentes publications leur rappellent que David, Salomon ou Alexandre tenaient leur pouvoir de Dieu même et non des prêtres. Nous avons attendu le moment propice pour exhumer d'antiques ouvrages consacrés à ce thème.

— Le sort de nos princes vous tient-il donc tant à cœur ?

— Pas plus qu'à toi.

— Celui des juifs, alors ?

— Oui, mais il dépend justement des princes.

Gamliel désigne du doigt un vase empli de rouleaux de parchemin.

— Ces manuscrits proviennent d'Athènes. Ce sont des transcriptions rédigées par l'un des nôtres, du vivant de Socrate. Lorsque celui-ci fut condamné à boire la ciguë, qui, crois-tu, assura la sauvegarde de ses dires ?

— N'est-ce point Platon ?

— Platon n'était pas scribe. Il manipulait les idées à sa guise. Mais il se trouve que, bien avant lui, un agent mandé par Jérusalem eut pour mission de suivre Socrate et d'assister aux débats publics qu'il dirigeait en pleine rue. Les notes qu'il consigna sont conservées dans nos caches. Personne, à part nous, n'en connaît la teneur.

— Qu'attends-tu pour les publier ?

— Un signe annonciateur. L'amitié que nous a portée Côme de Médicis, par exemple. Ou même votre venue ici. Elle pourrait être un présage et non un simple effet du hasard. Socrate a été exclu de la cité, tout comme les juifs. Par ignorance. Mais la cité peut apprendre. Il suffit de lui donner une bonne leçon.

Le rabbin ne dissimule pas l'insolence de son sourire. Son expression soudain arrogante embarrasse Villon. Il y reconnaît la sienne propre, mutine et insoumise. Détournant son regard vers la fenêtre,

François contemple le figuier du patio dont la cime touffue est auréolée d'un rayon de lune. Des coulées de lumière argentée ruissellent le long des branches noires, se faufilant parmi feuilles et fruits, rampant jusqu'aux racines, à la manière de reptiles. Villon songe au serpent de l'arbre de connaissance. Est-il en train de pactiser avec Satan ? Le bruit court d'une conspiration des juifs pour s'emparer du monde. Il n'y a pas de fumée sans feu. Ils ont tué le Christ. Ils boivent le sang des nouveau-nés. Ces accusations maintes fois chuchotées à l'oreille ou clamées tout haut en place publique lui battent les tempes comme des vagues s'acharnant sur un rocher. L'attitude sibylline du rabbin semble confirmer ces ouï-dire. Colin, pour sa part, est certain que les motifs qui animent ce juif sont bien plus perfides qu'il ne le laisse entendre.

Dans la lueur tamisée du candélabre de cuivre, le visage complaisant du talmudiste rayonne paisiblement. Derrière lui, sur le mur, une plaque en argent scintille. Elle est gravée de signes cabalistiques semblables à ceux que Villon a vus étreindre le blason des Médicis. Gamliel suit le regard de François.

— Ceci est le sceau de mon académie. Tu le trouveras apposé sur tous les traités émanant de Safed.

— Et dans la bibliothèque secrète de la plus puissante dynastie italienne !

— C'est une marque de classement. Sans plus.

Colin se lève d'un bond.

— Par laquelle l'une des plus nobles familles de la chrétienté s'unit solennellement à un rabbin ?

— Union est un bien grand mot, maître Colin. Il s'agit plutôt d'un échange de bons procédés. Réfléchis. À Florence comme à Safed, écrits juifs ou jugés hérétiques sont menacés. Où donc les cacher en toute sécurité?

Rabbi Gamliel s'amuse de la grimace ébahie de Colin.

— Et oui, dans un monastère catholique. Au cœur de la Galilée.

— L'évêque de Paris ne saurait tolérer…

— Guillaume Chartier tolère ce qui lui sied. Il fait feu de tout bois. Si vous échouez, il pactisera de nouveau avec le pape.

— Et si nous réussissons?

Gamliel fixe Colin droit dans les yeux, avec insistance, puis François.

— Un coup fatal sera porté aux forces qui régissent vos vies depuis des siècles.

Villon a bien du mal à croire en la déclaration prophétique du rabbin. Les préceptes de Socrate n'ont pas su convaincre Athènes. Comment pourraient-ils menacer Rome? L'engouement renouvelé pour la sagesse des anciens n'est qu'une mode passagère. Le dogme, lui, est inébranlable. Ce ne sont pas quelques manuscrits, antiques ou séditieux, qui changeront la donne. Gamliel semble pourtant sûr de lui.

— Ce n'est pas la première fois que Jérusalem mène une opération de cette envergure…

Villon a beau se creuser la cervelle, il ne voit pas à quel coup d'éclat rabbi Gamliel fait ici allusion. Quelle autre manigance de cette envergure est-elle venue de Judée pour frapper Rome? En tout cas, le rabbin semble insinuer que les Médicis poursuivent un objectif qui va au-delà de leurs intérêts financiers ou politiques du moment, une sorte d'idéal plus lointain. Leur collaboration secrète avec Jérusalem ne se borne donc pas à saper l'autorité du

Saint-Siège. Toutefois, les desseins inavoués des grands de ce monde ne troublent pas Villon outre mesure. Ce sont plutôt les intentions du rabbin qui l'intriguent. Et les risques qu'il prend s'il accepte de s'allier à Louis XI. Depuis les expulsions massives ordonnées par Philippe le Bel, il n'y a pratiquement plus de juifs en France. On en dénombre tout juste quelques centaines en Alsace et dans le Dauphiné. En revanche, dans le Comtat venaissin et à travers toute la Provence, une communauté florissante et prospère jouit de la ferme protection du légat pontifical. Une action contre Rome exposerait les juifs du pape à de sévères représailles. Gamliel, cependant, ne semble nullement se soucier du sort de ses coreligionnaires. Ce sont les chrétiens qu'il prétend vouloir libérer du joug de l'Église. Quoi qu'il en coûte. Malgré le peu de chances qu'il a d'y parvenir, plusieurs princes de l'Occident traitent déjà avec lui. Reste à savoir ce qu'escompte obtenir d'eux ce talmudiste d'un petit village de Galilée.

Comprenant soudain qu'il ignore les enjeux véritables de sa mission, François se sent comme le premier pion qu'avance un joueur d'échecs, en début de partie. Il peut être sacrifié à tout moment ou juste déplacé pour duper l'adversaire. À la différence des rois, de leurs cavaliers, de leurs fous, un pion ne peut pas reculer.

— Nous fourniras-tu les écrits nécessaires ? L'évêque de Paris attend ta réponse.

Gamliel ne promet rien. L'entrée en jeu de la France n'était pas prévue. Elle ouvre un nouveau front alors que la campagne menée avec Florence et Milan ne s'est pas encore étendue au reste de l'Italie, procédant par étapes selon un plan rigoureux. Ville par ville, livre par livre. Le rabbin s'engage cependant à obtenir une entrevue auprès de ses pairs, à Jérusalem. Sa recommandation écrite y parviendra dans la matinée, par pigeon voyageur.

Gamliel se lève. C'est l'heure de la prière du soir. Il regrette de ne pouvoir accorder son hospitalité mais les rabbins de Safed n'ont pas pour habitude d'héberger des pèlerins catholiques. François et Colin logeront à l'orée de la ville, chez Moussa le forgeron, afin de ne pas éveiller les soupçons des mamelouks.

Le secrétaire reconduit les visiteurs à leurs chevaux et leur indique le chemin. Colin monte en selle. François, le pied encore à terre, tient sa monture par la bride. Dans l'obscurité, il distingue Federico qui observe leur départ du haut d'un petit balcon en pierre.

François et Colin atteignent le foyer incandescent de la forge à la nuit tombée. Un bonhomme aux larges épaules frappe le fer à grands coups de marteau. François l'interpelle en langue mauresque, du moins le peu qu'il en a retenu du temps où il partageait sa mansarde d'étudiant avec un Sévillan. Le forgeron s'empresse de répondre par un filet de paroles tissé des maintes courtoisies d'usage, tout en dévisageant les deux étrangers avec méfiance, surtout le grand gaillard à l'allure guerrière. Impassible, Colin soutient froidement le regard scrutateur du sarrasin.

— Demande à ce chaudronnier de malheur s'il sait ferrer. Les bêtes ont les sabots raclés par la caillasse !

Le forgeron annonce qu'il est le meilleur maréchal-ferrant du Levant. Les deux voyageurs mettent pied à terre et lui confient leurs montures. Moussa pousse un hurlement autoritaire :

— Aïcha ! Aïcha !

Parmi les reflets que le feu de forge projette sur une bicoque aux murs blanchis à la chaux, on aperçoit une porte basse. La mince silhouette d'une femme vêtue de noir en franchit le seuil. Elle avance lentement, courbée, évitant de porter son regard sur les visiteurs. Sans mot dire et avec une force inattendue, elle s'empare des besaces et des outres, les arrimant sur ses épaules, les avant-bras, les poignets puis fait signe qu'on la suive à l'intérieur. Une lampe à huile éclaire faiblement la pièce principale. Le tintement minuscule des piécettes cousues sur la frange de son voile est le seul son qu'émette Aïcha. Ses pieds nus ne font aucun bruit. Elle tend une main étonnamment fine, indiquant la chambre d'hôtes. François la remercie. Elle relève la tête. Son regard croise celui de François le temps d'un éclair. Au sein de toute cette obscurité, la pâleur du visage, la délicatesse des traits, la lueur perçante des pupilles laissent le poète pantois. Aïcha sort, refermant la porte derrière elle. Dehors, Moussa frappe son enclume avec un tel acharnement que Colin regrette de ne pas avoir convenu du coût du ferrage à l'avance.

— Deux galettes et une cruche d'eau pour toute pitance !

— Il me reste quelques amandes sèches.

Les amandes ont l'aspect oblong des yeux d'Aïcha. François en dispose deux sur le plat de sa sacoche, en vis-à-vis. Il les fixe longuement, imaginant le reste du visage, les joues pâles cernées de piécettes.

Bien qu'exténués, Colin et Villon ne parviennent pas à dormir. Colin ressasse les paroles du rabbin en qui il persiste à n'avoir aucune confiance. Il est persuadé que le juif cache son jeu. Ses bonnes intentions à l'égard des lettrés chrétiens sont probablement une couverture. Ce n'est pas avec des livres pour toute munition que l'on affronte Rome. Toutes ces imprimeries, déployées un peu partout, sont certainement des caches d'armes, des points de rendez-vous. Quant à Louis XI, il n'a pas délégué deux rusés

Coquillards aussi loin pour qu'ils ne lui rapportent qu'une pile de vieux bouquins. Sa bibliothèque en déborde. Et puis quoi, ce ne sont tout de même pas quelques maximes bien pondues qui feront la gloire de la France !

Les ruminations de Villon sont tout autres. Les parfums nocturnes qui se glissent par la lucarne se mêlent à la senteur d'Aïcha. La ligne des collines ondule sous la lune comme une hanche drapée de soie. Le vent caresse les vallons, avec douceur, pour ne pas réveiller la terre qui dort, étendue sur sa couche. Terre brûlante, fiévreuse, âprement désirée. Souvent violée, jamais conquise. Pour quel amant se réserve-t-elle donc ainsi ? Pour quel élu ? Autour de Safed, la campagne se tait, somnolant sous la brise. La nuit entière soupire, mélancolique, pour le cœur d'une jeune femme de Palestine.

*

La lampe d'argile s'éteint, à court d'huile. Le hurlement isolé d'un chacal couvre brièvement le chant incessant des cigales. Dans la pièce, la chaleur est étouffante. Colin et François s'accordent pour regagner la fraîcheur du dehors. Assis sous la tonnelle, Moussa pique dans un bol d'olives. Les deux hommes viennent s'asseoir auprès de lui. Il claque des mains. Aïcha apparaît aussitôt. Le forgeron lui ordonne d'aller chercher des dattes, du raisin et une calebasse. Lorsqu'elle revient déposer fruits et boisson, la jeune femme sent le regard de Villon se poser sur elle. Elle lui décoche une œillade furtive, malicieuse. Ses doigts lui frôlent la main. Moussa observe ce manège d'un air sévère.

— Une esclave berbère, dit le forgeron, une sauvageonne de Kabylie. Pas à vendre.

Colin entonne une cantilène bourguignonne. Sa
voix de baryton fait détaler taupes et mulots. François hume l'air de la nuit, caressant l'écorce polie,
bombée, de la calebasse, avec des gestes langoureux
qui exaspèrent Moussa.

Le jour pointe à peine. La chambre est encore sombre. François, qui a fini par s'endormir juste avant l'aube, se réveille brusquement. Il aperçoit Colin dressé contre la porte, tendu, son épée dégainée. Des bruits de pas saccadés, des invectives entrecoupées d'implorations et de gémissements parviennent du dehors. Au moment où Colin fait signe de se taire, la porte s'ouvre brutalement. Deux hommes armés se placent face au grand costaud qui les domine d'au moins une tête. Son air belliqueux les fait hésiter. L'un d'eux hèle du renfort. En égyptien. Les sabres jaillissent des fourreaux.

— Police du calife. Vous êtes en état d'arrestation!

Dans la cour, d'autres mamelouks attendent. Moussa, à genoux devant eux, supplie. Aïcha est attachée à la chaîne du grand soufflet de forge. Sa tunique déchirée révèle la marque des brûlures et des coups. Un rictus terrifié ride le visage blêmi, soudain vieilli, de la jeune femme.

— Bande de lâches! Pleutres! Couards!

La voix de Colin gronde comme tonnerre. François le retient par les coudes.

— Rendons-nous sans faire d'esclandre. C'est le seul moyen de sauver ces gens.

Colin jette son arme à terre. Plusieurs hommes se précipitent aussitôt sur lui. Ligotés l'un à l'autre, François et Colin se mettent à marcher, tirés par ceux des mamelouks déjà remontés en selle. D'autres chargent les affaires des prisonniers sur les chevaux, non sans remarquer que ceux-ci sont fraîchement ferrés.

— Tu as de la chance. Un bon artisan mérite de vivre…

Moussa marmonne déjà mille formules de gratitude mais le soldat empoigne Aïcha par les cheveux, lançant un clin d'œil espiègle au forgeron.

— … mais pas cette chienne !

Il soulève Aïcha et la couche, repliée comme un pantin, sur l'échine de sa monture. Moussa attend de voir les cavaliers disparaître à l'horizon avant de se relever. Brandissant un poing calleux vers le ciel, il râle un amer "que la peste vous emporte !"

*

Du fond de la grande salle du tribunal, sa voix autoritaire résonnant sur les parois de pierre, le cadi de Nazareth énonce les motifs d'inculpation et les peines encourues. François a du mal à comprendre l'idiome étranger ainsi débité avec monotonie, comme si le document juridique ne comportait aucune ponctuation. Le magistrat lève les yeux, contemplant les prisonniers pour la première fois. Villon croit déceler un mince sourire sous la moustache rutilante. Alors que les gardes vont reconduire Colin et François au cachot, le juge leur fait signe d'attendre. Il s'adresse directement aux deux hommes, en latin de Byzance.

— Les prévôts de Saint-Jean-d'Acre ont prévenu nos agents de votre arrivée. L'un d'eux, un Français, a reconnu vos insignes.

Le juge mamelouk pointe du doigt les pendentifs en forme de coquille accrochés au cou de Colin et François.

— Nous n'avons commis aucun délit, Votre Excellence, bredouille François en mauresque.

— Il y a deux jours, un marchand italien a été détroussé non loin de Safed. La liste des pièces volées comprend une description détaillée de certains objets de valeur, dont celui-ci, que nous avons trouvé au fond de ta besace !

Le juge brandit le livre incrusté d'un papillon translucide offert à François par Federico. Abasourdi, Villon tente de plaider sa cause mais le cadi lui ordonne le silence. Colin tremble de colère. Le magistrat repose le splendide ouvrage puis, comme oublieux du chef d'accusation, adopte un ton presque aimable.

— On me dit que tu manies la plume avec aisance.

Désemparé, François acquiesce de la tête.

— L'émir de Nazareth est grand amateur de lettres. Tes rimes pourraient l'amuser… Quant à ton compère, il nous fournira un tout autre genre de spectacle. Emmenez-les !

*

La cellule étroite est bondée. Une trentaine de détenus y croupissent, des juifs, des Arabes, des Perses, des Turcs. Colin et François trouvent où se tenir tant bien que mal. Nul ne leur cède de place ni ne leur adresse la parole. Au moment où Colin demande à François de lui traduire la sentence du cadi, deux gardiens surgissent dans la geôle, matraquant tous ceux qui se trouvent sur leur passage. L'un d'eux brandit un fouet avec lequel il se met à frapper Colin à toute volée. La peau éclate, mettant la chair à nu. Le sang coule. Les prisonniers n'ont pas le droit de parler. Voilà qui explique leur mutisme. Un vieillard crasseux fait signe de se taire en posant un doigt maigre sur ses lèvres desséchées. Mais Colin hurle, insultant son tortionnaire, injuriant le calife, maudissant tout l'Empire mamelouk. Villon se jette aux pieds du soldat et reçoit plusieurs coups à son tour. Lassés de cravacher cette vermine, les gardes ressortent. François les entend ricaner le long des couloirs sombres. Ils ne reviennent qu'à la nuit, lâchant une bande de rats affamés hors d'une vieille caisse. Les bêtes semblent aussi effarées que les hommes. Un garçon d'à peine quinze ans empoigne un gros mulot, lui tord le cou et plante ses dents jaunes dans la chair encore chaude. François vomit. Le vieillard glousse d'un rire craquelé.

Toute la nuit durant, Villon s'efforce de composer, de tête, une version orientale de sa ballade la plus célèbre, la *Ballade des pendus*. Il est sans cesse distrait par le fantôme de Federico, dont le rire moqueur résonne sur les parois de la geôle. Colin couvre ses blessures avec de la poussière sèche et du crachat, sans broncher.

Petit à petit, les rats rejoignent les galeries, en quête de pitance, non sans pratiquer un détour pour éviter l'adolescent vorace. Mais l'enfant dort à poings fermés, les coins de sa bouche maculés de sang noir. Son teint blême, sa chevelure sombre lui donnent une allure à la fois innocente et sauvage, tout comme celle d'Aïcha. Dort-elle aussi, dans un autre recoin de la forteresse? François s'abstient de songer au sort que lui réservent les mamelouks.

*

Nul ne sait quand vient le matin. Pas de fenêtre, ici. Seule la longueur de ses ongles indique à François l'implacable écoulement des jours. Trois détenus ont été emmenés. Deux autres sont arrivés. Villon s'efforce de composer son poème. Il rêve d'Aïcha, des dames du temps jadis, des muses. Il fait d'une fissure dans le mur un rayon de soleil, de la paroi obscure et humide un ciel étoilé, des brins de paille sur le sol des prairies. Les autres semblent aussi s'agripper à la vie, même le vieillard racorni. Il aimerait tant connaître leur histoire, savoir d'où vient l'enfant. Depuis quand sont-ils là, ces ultimes visages de l'homme?

Les plaies de Colin s'infectent. Hideusement. François les lave à l'urine chaude, ce qui donne à son compère l'occasion de déployer la batterie complète de ses jurons et insultes. Le liquide fumant et acide semble néanmoins agir. Au bout de quelque temps, un début de cicatrisation apparaît. François en gratte le pourtour avec une brindille longuement lissée entre ses doigts pour ôter la crasse. Luttant contre son dégoût, il presse le milieu des blessures pour faire jaillir le pus. Colin ne rouspète plus. Il observe les gestes de son pouilleux docteur avec ce qui pourrait être un air de gratitude. Villon, tentant de faire bonne mine, lui adresse des sourires crispés.

De temps à autre, un garde introduit une marmite et une cruche dans la cellule. Malgré son état, Colin parvient toujours à être le premier à se précipiter dessus, suivi de l'adolescent qui imite désormais l'attitude féroce du Coquillard. Les autres se contentent des restes, laissant au vieillard le privilège de lécher le fond.

Au début, le détenu voit des océans, des femmes aux cheveux d'or, des fleurs géantes, des serpents. Et puis, rapidement, d'autres images défilent, en chaîne : un morceau de viande sur la braise, un fruit énorme dégorgeant de jus et de sucre. Les circonvolutions du cerveau se transforment en intestins. Le corps tout entier n'est plus que viscères. C'est alors qu'elle vient, en traîtresse, en libératrice, la méchante idée de mourir. Le prisonnier la repousse. La mort lui fait encore peur. Et puis, un jour, il lui parle. Il se confie. Elle s'offre à lui. Il recule, effrayé, mais elle ne le retient pas. Elle attend… Elle attend qu'il finisse son poème. Mais il ne peut déjà plus écrire, plus réciter. Il bredouille, se mord la lèvre, oubliant peu à peu les paroles de sa ballade. La mort tente une caresse. Elle a les doigts pâles d'Aïcha.

*

Un homme affable, élégant, entouré de flambeaux, pénètre dans la geôle comme un astre incandescent. Il dépose avec précaution un encrier, une plume, du parchemin et de la cire de chandelle aux pieds de Villon. L'apparition est de courte durée mais François reconnaît le caftan sombre et finement brodé du cadi.

Plus tard, du fond de la pénombre, la voix tremblante de Colin chuchote :

— L'encre s'évapore. Tu n'as pas écrit une ligne.

— J'ai faim.

— Mâchonne donc un peu de papier.

François hésite. Le ventre lui fait mal. Doucement, il met une feuille en bouche. Il mâche. Une sorte de jus extrait de la pâte mouillée vient alourdir sa salive. Il tend un bout de papier à Colin qui l'en remercie avec une révérence de courtisan. Les deux amis festoient. Le chœur des ronflements agrémente le repas. Villon prend sa plume pour se curer les dents.

*

Chaque jour, deux ou trois prisonniers sont traînés vers les salles de torture. Leurs râles étouffés résonnent à travers les parois. Ceux qui reviennent ont le corps lacéré de plaies béantes qui s'infectent vite et empestent. François finit par perdre toute notion du temps. Il contemple à longueur de journée l'encrier vide et la plume rognée, abandonnés à terre parmi la sciure et les excréments. Une échauffourée le tire brusquement de sa torpeur. Colin se débat de toutes ses forces, invectivant les gardes qui viennent de l'empoigner par les pieds et le tirent vers les couloirs. Un clerc se tient sur le seuil de la cellule, imperturbable. Il scrute l'obscurité comme s'il cherchait quelque chose puis, étonné, se tourne vers Villon.

— Où est ton ode à l'émir ?

Sur un signe du doigt, François se lève et suit docilement le clerc à travers les galeries obscures. Devant, Colin continue de trépigner tout en déversant un flot d'injures sur les geôliers. Le groupe traverse un long tunnel. Au bout, des serviteurs armés de brosses et de serviettes attendent patiemment. Tous s'inclinent à la vue du fonctionnaire.

— Décrottez-moi ça !

Comment un homme aussi gros peut-il avoir des mains aussi fines, se demande François. Il regarde ses propres poignets, ses paumes verruqueuses, ses ongles mal limés, sa peau lustrée par le savon et le crin afin de le rendre présentable. De la table basse autour de laquelle sont accroupis avec lui bateleurs et musiciens, François ne peut qu'entrevoir l'émir dont les doigts, couverts de bagues, sont croisés sur une panse énorme. Il ignore à quel moment il sera appelé à divertir cette masse de chair sans visage, croulant sous les brocarts et les insignes de rang. Scintillant sur l'auguste ventre, les pierres précieuses des bagues se noient dans les plis et replis d'une soie de pacotille qui rappelle à François l'aube de Chartier. Les bourrelets de graisse, qu'on devine, évoquent une autorité désinvolte, une puissance paresseuse et cruelle. Comment amadouer une telle bedaine ?

Villon et ses compagnons d'infortune s'empressent d'engorger les restes de mets que les esclaves leur abandonnent. Ils plongent joyeusement les mains dans la tripaille fumante d'un mouton. Ils décortiquent les pois chiches, les amandes, les dattes. François cherche désespérément Aïcha parmi la foule des convives. En vain. Il a du mal à se souvenir des traits de la jeune femme. Entrevue l'espace d'une nuit, sa face blanche se dessine à peine, fuyante, vaporeuse, comme celle de quelqu'un qu'on aurait connu il y a longtemps. Seuls ses yeux noirs percent le brouillard de l'oubli. Dans le vacarme du banquet, la prison s'éloigne aussi peu à peu, vers l'autre bout d'un autre monde. Le vieillard, l'adolescent, les gardes, tous des fantômes désormais. Même la mort s'en est retournée par les sombres couloirs, regagnant dignement son antre. C'est pourtant elle qu'on nargue ici, dans l'arrogance des festins, dans ce faste pathétique. Et pour la défier ainsi, d'un bon coup de gueule, il faut s'empiffrer comme un émir. Ou bouffer du rat.

*

Des serpents s'enroulent aux bras des danseuses, des nains font sonner des clochettes, des doigts bruns grattent des cordes maigres. L'œil d'un veau roule à terre. Un convive le ramasse et l'avale.

Le bruit des tambourins cesse abruptement. On n'entend plus que le frappement solennel d'un gong. Du fond de la salle, un guerrier énorme, son corps huilé luisant à la lumière des torches, avance au rythme de la percussion. Il se prosterne un moment devant l'émir puis se retourne. C'est un esclave turc, capturé lors d'une bataille contre le sultan ottoman. Son adversaire suit, grand et maigre, le menton haut levé, tel un coq. Un dessus de toile couvre ses cicatrices. Il a l'air moins costaud que l'autre.

La plupart des invités continuent de grappiller dans les plats. Artistes de scène et gladiateurs, eux, se figent, tendus, mal à l'aise. Si le chrétien l'emporte, l'émir de Nazareth sera de mauvaise humeur.

Ils espèrent pourtant secrètement que le grand Turc morde la poussière. À peine arrivé à hauteur de son rival, Colin lui décoche une calotte sur l'oreille gauche suivie d'une bourrade au bas-ventre. Le lutteur agrippe Colin avec force mais le Coquillard, enragé, lui cogne la tête avec la sienne propre. On perçoit les heurts sourds de ce combat de cerfs, attendant que l'un des deux crânes éclate. Au moment où le Turc semble mieux encaisser ce martellement déchaîné, Colin plonge ses dents dans le nez de son adversaire et le lui arrache, à la grande joie des spectateurs. Colin recrache le bout de chair sous les applaudissements et les rires des convives. Mais le lutteur turc tient bon, ses gros bras étreignant son rival, ses poings lui écrasant le dos. Soudain, Colin se renverse comme un pantin, les yeux vides, les bras ballants. François se dresse sur son tabouret, désemparé. Son ami ne bouge plus. Le Turc le bourre de coups. Colin, tout flasque, va tomber à terre. Au milieu de sa chute, il bondit brusquement à la gorge du lutteur, se servant à nouveau de ses dents tandis que ses mains tirent les oreilles du grand bougre, ce qui semble amuser l'émir. François entend clairement la gorge du Turc craquer sous la pression des mâchoires. Plus bas, les genoux de Colin frappent au ventre, en alternance, comme s'il courait sur place. C'est pourtant au visage que le Turc lève les bras. On dirait que c'est le tirage des oreilles qui est le plus intolérable pour lui, le plus humiliant. L'émir fait signe. Des gardes séparent les deux combattants et les emmènent promptement hors scène. La musique reprend.

Encore bouche bée, François voit le cadi s'avancer vers lui.

— À toi, poète !

Les instruments se taisent.

*

Bien qu'on l'ait vêtu d'une longue robe égyptienne et chaussé de babouches, Villon a tenu à coiffer son galurin à trois cornes. Il effectue une révérence douteuse que son sourire de travers gâche aussitôt. Il demeure prosterné un peu trop longtemps, d'une façon exagérée qui prête à équivoque et met le public mal à l'aise. L'émir montre des signes d'agacement. Un silence absolu s'installe. Son tricorne balayant le sol, Villon redresse doucement la tête, affrontant le regard noir du tyran. Les yeux sombres du potentat brillent de la même lueur acerbe que ceux de Guillaume Chartier. François connaît bien cette expression. Qu'ils portent casque ou calotte, qu'ils aient la moue condescendante ou le nez levé, la barbe soignée ou le menton glabre, prélats et chevaliers, indicateurs et leveurs d'impôt semblent tous provenir de la même bouture, comme si, sous leurs divers titres et apparences, il n'y avait en fait qu'un seul homme. Hier, il avait la mine pâlotte d'un évêque. Aujourd'hui, le teint rose d'un émir joufflu. Mais c'est bien lui, toujours lui, que Villon combat, sous tous ses masques, et qu'il décide maintenant de combattre à sa manière. L'émir n'est pas plus dupe que François. Lui aussi a reconnu, sous le faciès faussement amène de l'étranger, la petite étincelle au fond de la pupille, la pointe de défiance au coin de la lèvre. Il a maté plus d'un sujet récalcitrant. Celui-là n'est pas différent des autres.

Le public, qui sent la tension monter, est ravi. Cette joute promet d'être aussi excitante que la lutte à mains nues de tout à l'heure.

— C'est en langue françoise que je désire déclamer la présente ballade.

Frères humains qui après nous vivez, n'ayez les cœurs contre nous endurcis...

L'émir encaisse le coup sans sourciller. Aucun des membres de l'assemblée ne comprend un traître mot de français.

Scandant les vers de sa *Ballade des pendus*, François se laisse balancer par leur rythme. La prosodie, alliée à la douceur de la langue, au sortilège secret des intonations, ornée des gestes latins qu'exécutent les mains frêles du récitant, semble bercer l'auditoire, rompant avec la grossièreté du banquet, la brutalité des combats. Les rimes se font écho sur les parois, glissent parmi les tentures, se faufilent entre les tables, coulent le long des candélabres. Mélodieuse supplique d'un pauvre trouvère mais aussi arrogance superbe du condamné, comme si Villon tendait le cou au bourreau, ce qui n'est pas pour déplaire à l'émir.

Car, si pitié de nous pauvres avez, Dieu en sera plus tôt que de vous mercis...

François, ayant ferré le goujon, tire sur la ligne. Il élève le ton, augmente l'entrain, appuie sur son accent incisif des faubourgs. D'un coup, il transporte son public à Paris, au Paris de la fantaisie, au Paris sûr de son génie et de ses charmes. Le débit régulier des vers évoque un voyage sur un fleuve. Les tournures de phrase tracent des méandres au cœur de l'auditoire intrigué, tout comme la Seine se fraye un cours parmi les vallons.

Puis çà, puis là, comme le vent varie, à son plaisir sans cesse nous charrie...

À la dernière strophe, prononcée d'une voix grave et lente, les eaux se répandent en un large estuaire bordant un océan de silence. Villon achève sa récitation mélancolique en saluant le plafond d'un large sourire, sûr de son effet. Ses vers ont captivé bien des ivrognes et des catins, des cabaretiers, des fossoyeurs, des charretiers, des courtisanes et des notaires qui ne s'y entendaient pas plus en métrique et prosodie que cet émir et ses sbires. Ce ne sont ni belles palabres ni rimes alambiquées qui font la force d'une ballade. C'est la voix qui parle, qui chante, qui caresse. C'est elle qui rapproche les hommes, comme un pont. Ou une main tendue.

Le public attend, anxieux. L'émir a bien vu que la salle était conquise. Mieux vaut se montrer clément, à peu de frais, avec ce détenu dont le supplice n'apporterait aucun dividende, que de jouer les despotes. Cela jetterait un froid sur cette belle soirée. Il applaudit avec force, presque sincèrement, déclenchant les acclamations du parterre. N'est-il pas un homme de goût ?

Les acrobates chinois entrent en scène. François, escorté vers les coulisses, reprend son souffle. Il est à chaque fois étonné de l'effet de son chant sur les âmes les plus retorses. Des paroles simples, un ton débonnaire, une musique suave, à peine marquée, les bouleversent bien plus qu'une tirade de tragédienne ou une oraison enflammée de tribun. Ses rondeaux l'ont sauvé du gibet à plusieurs reprises. Après lui avoir attiré la foudre des magistrats, il est vrai. Car ils inquiètent bien plus les clercs que la dague pendue à son ceinturon. C'est pourquoi il en effile sans cesse la veine, comme on aiguise une lame. Mais sont-ils assez acérés pour trancher la corde qui l'attache encore à Chartier ? Et pour fendre cette toile tissée de ruses et de stratagèmes, tendue de Nazareth à Florence, derrière laquelle se cache sa véritable destinée ?

En sortant, Villon aperçoit une silhouette familière parmi les invités. De loin, il ne parvient pas à en distinguer les traits mais son allure détonne dans cette foule uniformément vêtue de tuniques à l'orientale. Tout en fanfreluches, sous un large chapeau à panache, elle porte des accoutrements chamarrés de gentilhomme italien.

*

Le lendemain, Colin et François comparaissent à nouveau devant le tribunal. Un officier aux yeux sombres se tient derrière le cadi. Il a le poil et la cambrure d'un fauve. Son regard perçant est scindé par une lame de cuivre pointue, soudée au rebord du casque, qui lui cache le nez. Il examine les prévenus de haut en bas, les mesurant à la manière des croque-morts. Colin le toise de retour, défiant. Le mamelouk lui enfoncerait bien son sabre en pleine bedaine. Il met la main au pommeau, menaçant. Colin se redresse, ravi, prêt à la bagarre. Le soldat se retient, rongeant son frein lui aussi. Mais c'est le rictus en coin de l'autre qui l'exaspère le plus. Sous son tricorne ridicule, il le darde d'un air si imbécile que la moutarde lui en monte au nez. À l'évidence, ce vaurien a l'habitude des uniformes et des toges. Et il n'en a clairement pas peur, pour narguer ainsi l'un des plus redoutables représentants du calife.

Le juge, lui, se montre aimable. François se souvient de cette moue désinvolte, presque amusée, étrangement bienveillante. C'est la moue condescendante qu'adoptent parfois ceux qui ont droit de vie et de mort sur les autres. Comme lors de la première audience, le magistrat ne lève la tête ni ne parle avant d'avoir longuement consulté les documents étalés devant lui. Il montre un paragraphe du doigt à l'officier qui acquiesce d'un bref hochement de tête.

— Infidèle, tu t'es bien battu.

Ignorant le regard haineux de Colin, le magistrat continue d'afficher son rictus ambigu. Le soldat reste au garde-à-vous, vide de toute expression. Tous deux semblent s'obstiner à coller aux caricatures qu'ils incarnent, comme si, tout en assumant leurs fonctions, ils en faisaient eux-mêmes la satire.

— La prime qu'offrent les prévôts de Saint-Jean-d'Acre pour votre capture est peu conséquente. Elle couvre à peine les frais de procédure et détention que vous avez occasionnés au califat. Le grand costaud ferait un bon rameur de galère. Mais toi ? Emmenez-les.

Une fois les prisonniers sortis, le cadi se tourne vers l'officier.

— La rançon a été versée ce matin par Gamliel de Safed. Pour quelle raison ce rabbin délie-t-il ainsi sa bourse ?

— Juifs, chrétiens, qu'importe. Ce sont tous des impies, vénéré cadi. Voilà ce qui les unit.

— Je t'en prie, Suleyman, épargne-nous ces simagrées de bigot.

L'officier se redresse, dominant le juge de sa carrure guerrière, le couvrant de son ombre menaçante. Le magistrat, toujours assis, demeure imperturbable. Le dédain mutuel que se vouent hauts fonctionnaires égyptiens et soldats mamelouks tend un fil de haine sur lequel le califat tout entier tient en équilibre, un fil néanmoins plus tenace qu'un tissu cousu de bons sentiments.

— Ces gens partagent une certaine affinité pour les livres, Excellence.

— Rien là de condamnable tant qu'ils ne portent pas atteinte aux enseignements du saint Coran.

Le juge se lisse la barbe d'un air songeur. La plupart des pigeons voyageurs interceptés à Jérusalem, Safed ou Tibériade transportent des missives consacrées à l'achat et à la vente de livres. Ces activités de contrebande n'inquiètent nullement la police qui a coutume d'exiger sa part. La visite impromptue des deux Français oblige cependant à plus de vigilance. D'après les prévôts d'Acre, il s'agit de brigands notoires. Mais lors de leur incarcération, les deux étrangers ne se sont pas comportés comme de vulgaires malfrats pris au collet. Ils se sont montrés surpris de leur arrestation, pour ne pas dire choqués. Aucun détenu de droit commun ne s'offusque ainsi de son sort. Que le rabbin de Safed ait payé si promptement leur caution est également troublant. En tout cas, le cadi de Nazareth est intimement persuadé qu'il y a là bien plus qu'une simple affaire de recel. Plutôt que de torturer les deux Français, il envisage de les laisser continuer leur chemin pour voir où il mène. Jusqu'ici, les deux prisonniers n'ont pas emprunté les routes assignées d'ordinaire aux pèlerins. Ils ont suivi un itinéraire que seul quelqu'un connaissant les moindres sentiers de la région a pu leur fournir. Leur périple en Terre sainte n'est donc point anodin. Le cadi réfléchit un moment puis, sans daigner lever les yeux vers Suleyman, il lui ordonne de filer les suspects à la trace.

François et Colin sont conduits aux portes de la forteresse et expulsés sans plus de cérémonie. Tout près des remparts, assis à l'ombre d'un olivier, le secrétaire de Gamliel les attend. Il se lève pour les accueillir puis tire sur une serviette de linge, découvrant un plateau chargé de victuailles.

— Shalom, paix sur vous, messeigneurs.

Pendant que Colin et Villon se jettent sur volailles fumées, galettes et fruits secs, le juif ouvre un litron de vin avec des manières étudiées de grand échanson.

— Mon maître a reçu d'excellentes nouvelles de Jérusalem.

— Ton maître nous a suffisamment porté la poisse, grogne Colin.

Alors que Villon entreprend d'expliquer la raison de tant de colère, le secrétaire du rabbin l'écoute d'une oreille distraite, presque amusé, indifférent à la bouffée de rage qui gonfle la face de Colin. La trahison du Florentin ne semble lui causer aucun étonnement.

— Votre bravoure est fort louable. Vous avez passé cette épreuve avec une distinction qui vous fait honneur.

François et Colin sont abasourdis. Cette dénonciation dépasse la mesure. Elle aurait pu leur coûter la vie. Quel malin plaisir ces gens prennent-ils à mortifier ainsi les émissaires du roi ? François en vient à se demander si le cadi de Nazareth, dont il s'explique mal la clémence, n'a pas été complice de cette charade. Le secrétaire continue sur un ton neutre, désenchanté, comme agacé par l'ingrate mission que son maître lui a confiée.

— Nous devions nous assurer de votre loyauté.

— Nous n'avons aucune garantie de la vôtre !

Les deux Français ne sont guère en position de revendiquer quoi que ce soit. Ils ne peuvent rentrer chez eux bredouilles sans risquer la potence et tant qu'ils restent ici, démunis, égarés, leur sort dépend du bon vouloir de Gamliel. Le secrétaire ne prend donc pas la peine de répondre. Il claque des mains. Deux Mongols surgissent, soutenant Aïcha. Ses yeux hagards décochent sur Villon et Colin un éclair lourd de reproches. Son corps porte les marques des sévices qu'elle a endurés.

— La pauvresse a été durement traitée. Il est préférable qu'elle ne retourne pas au village. D'autres brimades l'y attendent. Qu'elle ait été violée ou non par les gardiens, elle y sera vue comme souillée.

François serre son galurin fripé entre ses mains pataudes. Il se courbe vers Aïcha et lui baise les doigts. Effrayée, elle fait un bond en arrière. Villon se tourne vers le secrétaire de Gamliel. Souillée ou non, il refuse de l'abandonner à son sort. Colin lance un regard désapprobateur à François. Une femme ne peut qu'attirer des ennuis. Peu concerné par ce qu'il adviendra de cette esclave, le secrétaire décide de couper court aux effusions. Il entend expédier sa tâche au plus vite.

— Ôtez ces loques. Deux Mongols porteront vos guenilles de détenus afin de faire diversion. Ils partiront dès ce soir pour Safed. Voici habits frais et chausses.

— J'en ai soupé de toutes vos précautions! rugit Colin.

Le secrétaire garde son calme.

— Il faut être prudent. Pas à cause des mamelouks mais des agents du Vatican en poste à Nazareth. Ils ont sûrement eu vent de votre venue en Terre sainte.

— Oublierais-tu que je suis cautionné par l'évêque de Paris!

— En qui aucun rabbin ne saurait décemment avoir confiance.

François agrippe le bras de Colin avant qu'il n'assomme le malheureux. Reculant de plusieurs pas, le secrétaire pointe du doigt un gaillard haut et maigre, adossé à un arbre, qui porte un foulard rouge solidement noué autour du crâne. Ses longues guiboles sont serrées dans une culotte de pirate, trouée et effilochée. Deux orteils aux ongles noirs jaillissent du bout de bottes usées dont on devine qu'elles ont connu de meilleurs jours. Et un meilleur propriétaire. Il malaxe un brin de paille entre deux rangées de dents cariées.

— Djanouche sera votre guide. Sur les routes, un nomade attire moins l'attention. Il a pour mission de vous emmener voir le Saint-Sépulcre. De là, nous prendrons la relève.

Sur un signe du secrétaire, Djanouche approche, deux ânes attachés à son cheval. Colin refuse la bride que lui tend le gitan. Djanouche insiste. Colin peste. Djanouche se fâche. Ce manège dure un bon moment.

— Acceptons avec grâce, dit François.
— Pas question ! Parcourir la Galilée sur un bau-det ?
— Tout comme le Saint Sauveur.
— Celui-ci va de guingois. Je prends l'autre.

Le secrétaire observe la scène, désemparé. Ces deux étrangers se chamaillent sans cesse pour des broutilles. Ils ne discutent de rien de sérieux, pas même de leur mission. Et ils boivent trop de vin. Le roi de France doit être un bien piètre souverain. Il n'y a qu'à regarder ses émissaires. Rabbi Gamliel leur accorde bien de la considération, cependant. Il prétend même que c'est la Providence qui les envoie. C'est pour s'en assurer qu'il les a mis à si dure épreuve. Il voit dans leur venue ici, en Judée, un signe de Dieu. Messire Federico, quant à lui, était certain qu'ils se tireraient d'affaire.

— Mon maître a obtenu que l'on vous ouvre la porte de la Ville sainte.
— Que n'importe quel chamelier franchit tous les jours !
— Pas celle-ci.
— Et laquelle donc ?
Le juif fixe Colin et François droit dans les yeux, les toisant une dernière fois, de plus en plus agacé par leur insolence.
— La porte de la Jérusalem secrète.

Colin tombe presque à la renverse en enfourchant sa monture. Ses jambes sont si longues qu'elles touchent terre des deux côtés du pauvre animal. Refusant l'aide de François, Aïcha saute lestement en croupe, derrière Djanouche. Guidés par le gitan, les rescapés s'éloignent enfin des donjons de Nazareth et atteignent l'abri des premiers vergers. Colin se tient crispé sur son âne, grimaçant çà et là lorsqu'une contusion le tarabuste. François trotte allègrement, respirant l'air embaumé par les figuiers de Barbarie et les citronniers sauvages.

Aux heures chaudes de la journée, on ne voit pas âme qui vive. Dans les champs, les troupeaux semblent abandonnés pendant que bergers et chiens somnolent à l'ombre des oliviers. Lorsque le soleil commence à baisser, accordant une dernière caresse de lumière aux collines alentour, aucune fraîcheur salutaire n'arrive.

Djanouche longe un moment la route de crête puis entame la descente abrupte qui mène au lac de Tibériade. Se faufilant parmi les sous-bois, un jeune pâtre suit les cavaliers. Il s'accroupit soudain derrière un buisson. Puis, une fois assuré de voir le gitan virer plein sud, il se lève d'un bond et détale comme un lièvre pour aller prévenir Suleyman.

*

Avançant au pas à travers la garrigue encore brûlante, empruntant les ravins que l'obscurité gagne,
Djanouche finit par atteindre un promontoire d'où
on aperçoit les lointains contours du lac. Ses compagnons de route contemplent le fabuleux paysage
en silence. Un épervier plane, décrivant de larges
cercles, tissant son vol sur la trame invisible du ciel,
patrouillant le plan d'eau en quête de proie. La mer
de Kinnereth, comme la surnomment les Hébreux,
s'étend jusqu'à l'horizon, bordée de joncs sauvages
et de saules. Les dômes blancs de Tibériade tracent
leur pointillé luminescent le long de la berge occi-
dentale. À l'est, la masse lugubre du Golan s'élève
vers les nuages, recouvrant les flots paisibles de son
ombre menaçante. En face, tout au bout, là où les
vapeurs de l'eau cèdent la place à une brume sablonneuse, commence la Judée.

La nuit tombée, les hommes se reposent près d'un
feu, assis en tailleur. Aïcha se tient à l'écart, frisson-
nante et sans forces. François lui tend le morceau de
laine qui protège le dos de son âne du cuir râpeux de
la selle. Djanouche, pour ne pas l'effaroucher, pose
une outre à terre.

Villon taquine la braise avec un bout de branche.
Le flamboiement des feuilles qui se consument lui
rappelle les clinquants atours de messire Federico
dont le rire diabolique le poursuit et le nargue dans le
crépitement du bois mort. Il cherche à comprendre
la raison de cette dénonciation dont Gamliel a certainement été complice. Le séjour dans les geôles
mameloukes a clairement eu pour but de mettre
Colin et Villon à la merci du rabbin. Et il constitue

un outrageux affront à Louis XI. Il semble pourtant que les négociations seront menées comme prévu. François soupçonne donc Gamliel d'avoir agi pour un motif tout autre qu'un simple geste d'intimidation. Il réfléchit à son périple, de la rue Saint-Jacques à Gênes, d'Acre au monastère de Galilée et à Safed, et surtout à cette chevauchée qui l'entraîne maintenant à travers la Terre sainte, vers Jérusalem. Cette longue route n'a pas été tracée au hasard. François en vient même à se demander si l'irruption soudaine d'Aïcha en travers de son chemin est aussi fortuite qu'elle le paraît.

*

Des étals du marché de Tibériade jusqu'aux fermes de la vallée du Jourdain, Djanouche et Colin tracent un sillon jonché de vols et larcins. Ils chapardent des poules, des œufs, des gousses d'ail, des poivrons pendus aux seuils des granges et, pour Aïcha, du linge frais qui sèche au soleil. Malgré leurs méfaits et leur apparence miteuse, Villon s'étonne qu'aucune des patrouilles n'ait pris la peine de les contrôler. Elles sont connues pour rançonner pèlerins et ambulants à toute occasion. Il se dit qu'il n'a sans doute rien à craindre des mamelouks tant qu'ils ignorent ce qu'il est venu faire par ici. À moins que Djanouche soit de mèche avec eux. Pas plus tard qu'avant-hier, Colin a surpris le gitan en conversation avec deux soldats qui se sont empressés de disparaître à l'approche du Coquillard. L'incident l'a laissé perplexe mais petit à petit, la route efface toute rancune.

François ignore par quel prodige de gestes, gloussements rauques et coups de coude, Djanouche et

Colin finissent par se comprendre. Ils parlent lames de couteaux et dressage de chevaux, cuir de bottes et prises de lutte à mains nues. Ils comparent cicatrices et balafres en fins amateurs, se tâtant les biceps avec une appréciation mutuelle. Pour remplir le silence des mimiques et des grimaces, ils rient, claquent de la langue, poussent des cris, s'interpellant sans cesse. Hé, Januche! Hé, Colino!

Lorsque les bêtes fatiguent, Djanouche et Colin marchent devant, d'un pas leste. François et Aïcha traînent à l'arrière, s'évitant et se rapprochant l'un de l'autre selon les règles d'un jeu secret. Une œillade force l'adversaire à baisser les paupières, un frôlement timide provoque un frisson, une fleur doucement cueillie est acceptée sans un sourire. Courtisée jusque-là avec gaucherie par les jeunes paysans de Safed, Aïcha découvre l'ardeur d'une convoitise galante, à la fois plus tendre et plus mâle. Sa coquetterie de fille des montagnes, son regard parfois mélancolique, ses gestes délicats que les rudesses de l'esclavage n'ont pas réussi à flétrir désarment Villon, vétéran des boudoirs et charmeur de proies consentantes. La partie est inégale. François doute, hésite, soupire. Il se garde de tout faux pas alors qu'Aïcha, innocente, sauvageonne, n'a jamais été aussi sûre de plaire. Elle foule le sol chaud, se sentant, pour la première fois, maîtresse de son destin.

*

Au troisième jour, le petit groupe atteint Beït Shé'an. Djanouche, hésitant à entrer dans la ville dont l'accès est gardé par les sentinelles du guet, entraîne ses compagnons vers une caravane qui contourne les remparts. La file des chameaux et bêtes de somme s'étend jusqu'à l'horizon. Elle soulève un gigantesque nuage de poussière. Les cris des gens, les beuglements des animaux, le martèlement de centaines de sabots, le cliquetis des harnais font un boucan du diable. Personne ne remarque les quatre nouveaux venus qui se mêlent au cortège.

Les chameliers ont les yeux bridés par le vent des steppes, la peau tannée des hommes de l'Asie tandis que leurs esclaves, attachés par des cordes, semblent venir des quatre coins de la terre. Villon, ébahi, regarde défiler les fardeaux d'épices et de soieries, les coffres cloutés arrimés aux selles brodées des dromadaires, les manteaux fastueux des marchands qui se bringuebalent sur des mulets harnachés de breloques et de houppes aux mille couleurs.

D'un promontoire, un détachement mamelouk surveille la colonne. Villon croit voir un officier désigner Aïcha du doigt en ricanant. La jeune femme, le teint subitement rouge, baisse la tête, fixant le sol avec obstination.

*

François observe intensément les paysages qu'il traverse. Il voudrait tant briser le mutisme de cette terre. Il l'entend parfois murmurer dans le bruissement des feuillages, l'appeler d'un claquement d'ailes, l'encourager d'un souffle de vent chaud. Mais il ne comprend pas ce qu'elle lui dit. Il écoute les voyageurs bavarder, prier ou crier autour de lui, en syriaque, en hindou, en phénicien. L'un d'eux parle-t-il la langue mystérieuse que François ignore ?

Aïcha chevauche tout près. Elle évolue avec aisance, sa silhouette indolente oscillant au gré du chemin, sa chevelure noire flottant dans la vapeur de la canicule, comme si elle se laissait bercer par une musique que seule elle entend. Son regard scrute les garrigues, s'attarde parfois sur un amoncellement de pierres, se pose sur la trace d'un animal, se lève brusquement vers une branche d'amandier. Elle semble voir bien des choses qui échappent à François, comme si le langage des ronces et du sable lui était familier.

Villon contemple les vergers qui s'étalent aux pieds des collines, les coteaux striés de vignes et, plus haut, la rocaille brune d'une falaise, tentant désormais de regarder ce pays avec d'autres yeux. Ceux d'Aïcha.

*

À l'aurore du cinquième jour, Djanouche se sépare de la caravane qui poursuit sa route vers le port de Jaffa. Il vire à gauche, empruntant un ravin qui s'enfonce dans la roche aride et se tord en tous sens pour s'y frayer un passage. C'est le lit sec d'un oued. À chaque détour, ses parois se dénudent de plus en plus jusqu'à ce que toute végétation disparaisse, découragée, comme si les buissons épineux avaient enfin compris que ce goulet ne mène nulle part. Mais Djanouche en suit les lacis avec assurance. Il n'en émerge qu'au bout de plusieurs heures, forçant les montures à grimper un éboulement escarpé dont les cailloux brûlants roulent sous les sabots. En haut, le gitan, à demi somnolent sur son cheval épuisé, pointe le doigt au loin vers un plateau qu'embrase une lumière aveuglante. Un crénelage sombre, vaporeux, ondule

à son sommet. Enroué de fatigue, Djanouche murmure presque :

— Yerusalem…

Les ruelles étroites déroulent leurs méandres. Des silhouettes furtives trottinent le long des murs. Les rares enfants qui traînent dehors sont éclopés ou rachitiques. Ils jouent dans la crasse, criant en arabe, en hébreu, en arménien, en grec. Les plus grands insultent un soldat qui passe, altier et pimpant, puis détalent au fond des cours en hurlant. Les petits restent accroupis près d'un porche, occupés à torturer un chat maigre. Odeurs et miasmes virevoltent dans les venelles sombres et sans air. La pierre des maisons s'effrite, la tuile des toits craquelle, les rares fenêtres bâillent. Le ciel, aperçu entre deux gouttières, rebuté, opiniâtre, est ici plus haut qu'ailleurs. Au coin d'une rue couverte, une paysanne à chapeau tressé est agenouillée devant des poivrons couverts de mouches. Dépités, les visiteurs suivent Djanouche à travers ce dédale gris bordé de misère et d'oubli.

Un son de cloche tinte. Le gitan presse le pas, guidé par les timbres du carillon, et débouche sur une petite esplanade où s'ébattent des poules. Il attache les bêtes à une borne de pierre. Un moine descend d'une échelle, un fagot de paille sur l'épaule. Dès qu'il aperçoit les étrangers, il jette le fagot à terre, époussette vivement sa bure, se frotte les mains et, prenant un air digne, marmonne quelques paroles de bienvenue en mauvais latin.

— Venez, c'est ici le tombeau du Christ.

Les voyageurs obéissent docilement, franchissant les grilles rouillées du portail, trébuchant dans la pénombre, se faufilant parmi les recoins sombres des chapelles, les pupitres et les bancs, longeant les parois encombrées de stèles aux rebords émoussés, de bougeoirs sans bobèches, d'encensoirs en argent, de fresques peuplées d'anges et de fantômes. Villon et Colin ne cessent de se signer dévotement en travers de la poitrine. Quelque chose d'imprécis leur envahit tout le corps. Leurs yeux scrutent avidement la nef obscure. Il est là, quelque part, au milieu des toiles d'araignées et des cierges éteints, le fils de Dieu. Ils Le cherchent dans un rayon de lumière qui tombe du vitrail, dans le reflet d'une dorure de triptyque, dans la courbe des ogives. Il faut bien qu'Il soit là. Ils L'appellent du fond de leur âme, assoiffés de Son amour. Le moine, arrivé devant le Sépulcre, balbutie déjà des hymnes. Colin se tient tout raide et transi comme si on venait de l'adouber. Villon se recueille, agenouillé, les mains jointes, sans toutefois parvenir à prier. Il a une pensée pour Aïcha, qu'il tente en vain de chasser, et une pensée pour Jésus, qu'il tente en vain de retenir.

Jusqu'à ce qu'il parvienne au Sépulcre, François ne croyait pas poursuivre de but précis, se moquant bien des manigances de Chartier, des stratagèmes de Gamliel ou des intérêts du royaume. Il ne voyait dans sa mission qu'un prétexte au vagabondage. Il y perçoit désormais la main ferme du destin. Et peut-être la fin de son errance. La Terre sainte l'attendait, depuis toujours. Ses paysages insolites l'enserrent lentement dans leur trame tout comme les lettres ensorcelées qui étreignent l'écusson des Médicis. Villon est certain d'être arrivé jusqu'ici pour accomplir un devoir sacré. Lorsqu'il se penche pour se recueillir, il aperçoit son propre visage, reflété par la bordure d'argent qui entoure la sépulture. Un souffle glacial lui frôle la joue, tel un murmure. Il colle l'oreille contre la pierre tombale comme si le Sauveur allait lui chuchoter la réponse qu'il est venu chercher. Mais au moment où il parvient enfin à s'imprégner de la sainteté du lieu, de l'étrange intimité, presque complice, qui lie soudain son sort de rebelle, de condamné, à celui de Jésus, deux hommes, leurs visages cachés sous de larges capuchons, entrent dans la basilique et font signe qu'on les suive.

*

Les deux guides avancent à grands pas ne laissant aucun autre choix que celui de trotter hâtivement derrière eux. Ils empruntent des passages sinueux, coupent par des arrière-cours, traversent des potagers pour semer toute filature. La grisaille foncée des maisons, les trous noirs des porches et des lucarnes, l'air grincheux du ciel prennent des allures de plus en plus sinistres au fur et à mesure que l'on pénètre dans les entrailles de la ville.

À un carrefour, l'un des inconnus prend à droite, ordonnant à Djanouche et Aïcha de lui emboîter le pas. Villon s'interpose. Ne sachant en quelle langue il sera compris, il grimace et gesticule, retenant Aïcha par la manche. Colin vient à la rescousse, les poings tendus. Djanouche assure l'arrière, brandissant son couteau. Le premier homme rabat sa capuche, dénudant son crâne rasé de mongol. Il se tient en une position étrange, les genoux légèrement pliés, les bras levés à hauteur du torse, les mains ouvertes bien droites, doigts serrés, effilés comme des lames. Il pivote subitement sur un pied et de l'autre, sans se retourner, frappe Djanouche au poignet. Le gitan rugit de douleur. Son couteau voltige au loin. Le petit guerrier se remet aussitôt en garde, prêt à bondir sur Colin, mais son comparse s'interpose et se découvre également la tête.

— Soyez raisonnable, maître Villon. Je vous en prie.

François se fige, ahuri, confronté par le sourire courtois de frère Paul. Il serre Aïcha tout contre lui.

— Cette femme a assez souffert!

— Et tu entends la protéger?

C'est Colin qui répond au sarcasme du prieur.

— Qu'as-tu à craindre de cette esclave? Qu'elle lui tourne la tête? C'est déjà fait!

Le moine regarde Aïcha avec attention, puis Villon. L'air franchement buté du Français atteste une résolution qui n'est pas pour déplaire au prieur. En cas d'ennui, la présence d'une femme peut s'avérer utile, qu'elle serve de feinte, d'appât ou tout simplement de monnaie d'échange. Mais surtout, cette fille offre un excellent moyen de pression sur François.

— Elle t'attendra dehors, sous bonne garde.

Frère Paul congédie le gitan, lui glissant quelques écus dans le creux de la main. Djanouche fait ses adieux d'un bref signe de la tête. Le Mongol lui rend son couteau et le pousse vers l'avant, lui montrant le chemin. Le prieur prend la direction opposée.

François suit, Aïcha accrochée à son bras. Colin ferme la marche en haussant les épaules.

*

Un jeune homme est assis sur un rocher, au milieu d'une petite place dallée de granit. Deux oliviers l'ombragent de leurs ramures majestueuses. Des racines brunes et du lierre sauvage s'entortillent autour de leurs troncs gigantesques. L'esplanade est bâtie à hauteur des remparts, sur l'un des toits en terrasse qui surplombent la ville basse. Elle est percée par endroits de lucarnes grillagées qui happent la lumière et en dispensent les rayons à un monde souterrain de boutiquiers et d'artisans, tapis dans les échoppes du marché couvert, le dos courbé par-dessus établis et éventaires, pour toujours fâchés avec le ciel.

Villon préfère oublier les galeries de la cité maudite où s'entassent pêle-mêle hommes et dieux, prêtres et esclaves, chiens galeux et prophètes. Il boit l'air doux et limpide qui baigne la placette. Des hirondelles y volettent au ras du sol encore brûlant. Le jeune homme s'amuse à leur jeter des morceaux de galette. Derrière, au loin, les couleurs gaies des jardins de Gethsémane dansent au soleil couchant. Plus bas, une garrigue malingre dévale l'adret, roulant parmi les cailloux jusqu'aux renfoncements sombres de la vallée du Kidron. Le soir naissant charrie les brises salées qu'exhale la mer Morte. C'est ici qu'un apôtre pourrait enfin apparaître, appuyé sur son bâton, et vous tirer doucement par la main pour vous emmener vers les étoiles.

François la sent presque, cette main invisible qui l'entraîne. Et qui l'a conduit jusqu'au cœur de la Judée. Il est certain de se trouver ici pour autre chose qu'un trafic de livres. En matière de contrebande, Colin fait amplement l'affaire. Frère Paul empoigne François qui rêvasse. Allons, allons ! Villon se laisse tirer par la manche, scrutant le ciel à la recherche d'un indice.

*

Dès qu'il aperçoit le petit groupe, le jeune homme saute de son rocher. Il vient tendre une clef à frère Paul puis, sans mot dire, retourne à son poste. Le moine extrait des morceaux d'étoffe de sa poche et bande les yeux des trois visiteurs qui, se tenant par la main comme des enfants, se laissent mener à travers un labyrinthe invisible. Colin a la nette impression que le prêtre les fait tourner en rond. Le piaillement des hirondelles s'éloigne et revient à plusieurs reprises. Les derniers dards du soleil lui chauffent la joue droite puis la gauche en alternance. Sous ses pieds, il sent toujours le granit dur et plat des dalles.

Une porte grince. La chaleur du dehors fait place à une agréable fraîcheur. Au bout de quelques pas, frère Paul ôte les bandeaux puis continue d'avancer. Un étroit couloir débouche sur une pièce spacieuse. Des lampes à huile pendent du plafond, accrochées à des chaînettes de cuivre. Une multitude d'objets insolites se bousculent sur des étagères marquetées d'os et de nacre. Marionnettes des Indes en papier mâché, bouliers en ivoire, masques vénitiens, javelots éthiopiens, vases étrusques, fibules, brûle-parfums, statuettes de jade se prélassent parmi des soieries de Damas, des tapis de Samarkand, des nappes en dentelle des Flandres. Derrière un comptoir sculpté de diablotins et de licornes, un patriarche à barbe blanche nettoie une reliure avec de la cire et un chiffon. Entre les souffles de buée dont il asperge le précieux volume, ses lèvres remuent rapidement, marmonnant des psaumes. Des yeux opaques, blanchis par la cataracte, roulent sous ses paupières comme deux billes de marbre.

— Bonsoir, frère Paul. Je prépare la commande de messire Federico.

Colin sursaute à la mention du Florentin. François adresse un regard angoissé à frère Paul qui, d'un doigt posé sur les lèvres, indique que le moment n'est pas opportun.

Le vieillard caresse la peau tannée des plats. Il en hume l'odeur à même le cuir puis, ouvrant le livre, ses narines reniflent l'encre, se frottent au parchemin, frémissent au-dessus des enluminures. Il humecte son pouce, le passe sur le carmin d'une miniature et en lèche la déteinte de gouache avec délectation.

— Belle édition byzantine, ma foi. D'une facture un peu mièvre… Je doute que ces couleurs ternes, trop diluées, affriolent l'Italien. Elles s'accordent à des goûts plus austères, ceux d'un prélat de Cologne peut-être ou d'un bourgeois de Gand. Mais elles sont tracées d'un coup de pinceau franc et sûr, crois-en le doigté d'un aveugle.

Impatient, frère Paul confie Aïcha au vieil antiquaire, assurant François qu'elle sera bien traitée. La jeune femme ne lâche pas prise, serrant fort la main de Villon qui baise furtivement la sienne. Frère Paul se glisse de l'autre côté du comptoir, jusqu'à une tenture murale représentant un banquet persan dressé dans un parc à fontaines. Il introduit sa clef dans la gueule d'un lion qui crache un jet d'eau, froissant à peine le tissu épais de la tapisserie. La cloison pivote. Par un entrebâillement, Villon aperçoit un flambeau que frère Paul empoigne aussitôt, éclairant soudain les marches d'un large escalier de pierre.

*

Dehors, sur la place, le jeune homme termine de grignoter sa galette. Les hirondelles sont parties. Une lune basse est venue se poser à la cime des oliviers. Un chat détale, effrayé par une ombre qui glisse le long des murailles, agile, efflanquée, la tête couverte d'une sorte de casque.

L'escalier plonge en une descente interminable. Les parois en sont lisses, polies, dépourvues de marques de pioche. Des interstices, creusés à intervalles réguliers, abritent des bâtons d'encens dont les fumerolles chassent l'odeur de résine que dégagent les torches. Les accès aux ramifications qui partent des paliers sont barrés par des gardes. Tous ont le teint sombre, les cheveux noirs, bouclés, la barbe longue et fournie, terminée par une même taille au carré. Malgré leur allure guerrière, ils ne portent ni arme ni insigne.

Frère Paul dévale les marches tête baissée jusqu'à ce que le boyau dans lequel est foré l'escalier s'élargisse soudain, débouchant sur un vaste terre-plein. Des dizaines de jeunes gens, filles et garçons s'y affairent en tous sens. Certains puisent l'eau d'un grand puits, d'autres mènent chèvres et moutons vers une mangeoire. Au centre d'une arène de sable fin, un petit groupe s'entraîne à la lutte à mains nues. Derrière eux, deux femmes lancent des couteaux sur une cible en roseau tressé. De petites bicoques, taillées à flanc de caverne, entourent le périmètre dont le sol est revêtu de gravier soigneusement ratissé.

*

Cet endroit, qui surprend tant François et Colin, est moins inhabituel qu'ils ne le croient. Les entrailles de la Terre sainte sont criblées de ces réseaux souterrains. Historiens latins et chroniqueurs juifs, dont Flavius Josèphe, en dénombrent des centaines. Sous le sol de Judée, puits et réservoirs de l'époque du roi David, conduits et égouts romains, fosses d'oubliettes et antres de voleurs, catacombes et cryptes se raccordent et s'entrecroisent en un inextricable labyrinthe. Celui-ci, datant du temps de Vespasien, fut creusé par des révoltés juifs qui y vécurent durant des mois, harcelant les légions de l'empereur jusqu'à ce que Titus, son fils, les écrase. Peu après cette débâcle, d'autres vinrent s'y terrer pour fuir eux aussi l'oppression romaine. Les premiers disciples du Christ, comme leurs prédécesseurs, y installèrent des presses à huile, des fours à pain, des écoles, des colombiers. Puis vint le tour de la Confrérie dont Gamliel est l'un des membres. Elle maintient ici son quartier général et y entraîne une armée invisible, depuis voilà bientôt douze siècles. Cet état-major clandestin n'est ni un gouvernement en exil ni un repaire de mutins. Il gère les multiples réseaux qui assurent la cohésion d'un peuple dispersé, ravitaillant les communautés en détresse, épiant les gouvernements hostiles, tentant de parer aux périls incessants qui menacent les juiveries. L'existence de cette organisation secrète est maintes fois mentionnée à couvert dans les annales de diverses époques, les narrations de voyageurs, les manuels pieux. C'est la "Jérusalem d'en bas" dont parlent talmudistes et exégètes en prenant soin de ne jamais la décrire ni d'en préciser l'emplacement exact.

*

Deux sentinelles en faction saluent frère Paul. L'une d'elles escorte les visiteurs le long d'une enfilade de couloirs jusqu'à une salle tout en longueur, au plafond bas et voûté. Les parois en sont tapissées de cartes et de plans. Baignant dans la lumière diffuse des lampes à huile, une vingtaine de bustes aux traits à peine discernables entourent une table massive. Villon distingue calottes de rabbins, keffiehs à la bédouine, crânes robustes de guerriers parmi cet auditoire hétéroclite dont il devine mal la composition. Il ne semble pas y avoir de président de séance. Un siège plus haut que les autres, placé en bout de table, demeure respectueusement inoccupé. Bien que vacant, le fauteuil du dignitaire imprègne l'endroit de l'autorité manifeste de celui qui a le droit d'y prendre place. Son dossier est sculpté d'une devise hébraïque, la même qui entoure le blason des Médicis sur les reliures que François a vues à Paris et en Galilée.

François déplore que le chef de cette confrérie n'ait pas jugé bon d'assister à la réunion. Colin trouve son absence franchement offensante. L'occasion de traiter avec les représentants d'un souverain mérite certainement plus de considération. Il se demande s'il doit tolérer un tel affront, déclencher un esclandre ou passer outre. Surgissant de la pénombre, rabbi Gamliel tend une main chaleureuse.

— Bienvenue à Jérusalem, maître Villon.

Malgré le comportement affable du rabbin, les deux hommes se sentent mal à l'aise, glacés par les faciès impassibles qui les scrutent. Habitués aux courbettes obséquieuses, aux regards furtifs, aux sourires anxieux des juifs de Bordeaux ou d'Orléans, François et Colin éprouvent soudain la gêne qu'ils ont tant de fois infligée à l'étranger, au paria. Même seul et à pied, un chrétien de souche arpentera les ruelles d'une juiverie avec assurance, en maître incontesté des lieux. Pas ici. Car si la suprématie des Français sur Paris ou celle des Germains sur Francfort ne sauraient faire aucun doute, de qui Jérusalem est-elle vraiment le fief ? À la différence de Francfort ou Paris, cette question tracasse même ceux qui n'ont jamais vu la ville sainte ni n'en fouleront jamais le sol.

Déconcertés, les deux Coquillards lèvent les yeux vers l'assemblée. Ses membres ont le maintien sûr, le regard hautain, presque arrogant, des seigneurs et gens de caste. De fait, leur lignée remonte à Alexandre le Grand et Ptolémée qui recrutèrent leurs aïeux afin qu'ils remplissent les étagères de la bibliothèque impériale. Les juifs, maîtrisant des langues aussi diverses que le grec, le perse, le syriaque ou l'araméen, formés à l'étude des textes, faisaient d'excellents traqueurs de savoir. Après l'incendie qui ravagea Alexandrie, la Confrérie des chasseurs de livres alla vendre ses services ailleurs, à tous les tyrans et grands prêtres avides de science et de pouvoir. Ses agents parcoururent continents et océans pour débusquer les écrits rares ou précieux que briguaient leurs commanditaires. Mais ils trouvèrent aussi une source de revenus bien différente de l'approvisionnement des temples et des palais. Hérétiques, alchimistes et hardis savants les employèrent à sauver leurs écrits des bûchers. Or, pour préserver toute œuvre des griffes de la barbarie, il ne suffit pas de l'engranger dans une grotte. Il faut en comprendre la portée et le sens, ce qui obligea les chasseurs de livres à tenir une sorte de catalogue raisonné de la pensée humaine. Et c'est ainsi, à force, de génération en génération, que ces mercenaires devinrent bien malgré eux les gardiens de la sagesse.

Les caves de l'*Archivum Secretum Vaticanum*, dont la papauté garde si jalousement l'accès, contiennent des documents réunis depuis l'établissement du Saint-Siège. Les collections de la Confrérie de Jérusalem, en revanche, datent d'avant Rome même. Elles recouvrent trois mille ans d'histoire. La Confrérie y conserve des décrets pharaoniques, des édits crétois, assyriens, des annales chinoises, éthiopiennes ou mongoles, des carnets de voyage et journaux de bord, des manuels de guerre, des traités de médecine, d'astronomie, des essais de philosophie rapportés des quatre coins de la terre. Elle détient même les déclarations de Jésus, transcrites par le prêtre Anân juste avant qu'il ne livre le Sauveur à Ponce Pilate. Ce document est le vrai testament du Christ.

Villon ne reste pas indifférent à cette dernière précision. De tous les ouvrages mentionnés, c'est le seul qu'il ait envie de consulter, ou juste de toucher. Et sans doute pour lequel il soit venu. Il se souvient de la caresse de l'air, au Saint-Sépulcre, complice, invitante. Comme un appel que seul lui pouvait entendre. N'est-il pas lui-même l'auteur d'un autre testament, le *Legs* de maître François ? Villon scrute la pénombre. Où sont donc cachés tous ces livres ? Et comment diable mettre le grappin sur celui qui renferme les ultimes dires de Jésus ? François se demande néanmoins si Gamliel n'exagère pas.

— Et quoi, les dernières volontés du doux Seigneur te sont passées entre les mains ?

Le rabbin l'en assure. Il explique à François que la Confrérie vérifie avec soin l'authenticité de chaque document. C'est à quoi s'attellent à longueur de journée les moines dirigés par frère Médard, les pieux étudiants de Safed et, à Florence, les savants de l'Académie platonicienne fondée par les Médicis. Les chasseurs de livres se doivent de corroborer scrupuleusement chaque information car les volumes qu'abrite la "Jérusalem d'en bas" ne sont pas des trophées bibliophiliques. Ils constituent un arsenal de guerre.

*

Gamliel adresse un sourire qui se veut rassurant à François et Colin. Son expression bienveillante ne les rassérène pas pour autant. Colin, qui n'a jamais vu autant de juifs de sa vie, se demande comment Chartier prendra la chose. Il voit mal l'évêque le féliciter d'avoir associé le diocèse de Paris aux machinations d'une Judée secrète. François, pour sa part, s'attendait à pénétrer dans un temple à colonnes de porphyre, à deviser avec de vieux scribes, des sages à barbe blanche, des philosophes. Et, pourquoi pas, à leur parler de poésie. L'endroit s'y prête peu. Cet antre souterrain a tout d'un repaire de brigands. Pire, c'est un nid d'espions. Et ils détiennent la parole du Christ en otage.

*

À quelques pieds de là, la Jérusalem d'en haut sommeille paisiblement. La petite place aux dalles de granit est déserte. Le jeune homme qui la gardait vient de quitter son poste pour se lancer à la poursuite de l'ombre furtive qu'il a cru apercevoir un peu plus tôt. Choisissant d'emprunter la venelle d'où frère Paul a débouché en fin d'après-midi, il avance avec précaution, flairant l'air tiède, frôlant les façades, attentif au moindre son. Il n'entend rien, pas même un miaulement, pas même le trot menu des rats qui, la nuit, se faufilent en bande le long des murs. La ruelle est comme bâillonnée. Le silence qui y règne d'ordinaire n'a rien à voir avec cette absence totale de bruit. Fuyant une menace invisible, le jeune homme accélère le pas. Il trébuche sur une borne de pierre marquant l'entrée d'une grande bâtisse. Lorsqu'il se relève, tout tremblant, une brûlure acerbe lui fend les entrailles. Dans sa chute, il aperçoit brièvement le visage cruel de son agresseur puis, derrière le casque qui miroite dans un reflet de lune, le firmament étoilé qui se tait. D'autres soldats surgissent de dessous le porche et emportent le cadavre. Suleyman et ses hommes prennent position à pas de loups, encerclant la petite place. Un éclaireur sarrasin s'approche doucement des maisons qui bordent l'esplanade, collant l'oreille aux portes ou, se hissant sur la pointe des pieds, tentant de scruter les intérieurs à travers les fentes des persiennes.

À plat ventre sur un toit, une sentinelle mongole observe la scène. Le petit guerrier retient son souffle. Et puis, au moment opportun, il émet un miaulement langoureux de vieux chat. Il tend l'oreille et attend. Presque aussitôt, un autre miaulement répond au sien. Celui-ci est plus bref, plus aigu. C'est celui d'une jeune femelle. L'alerte est donnée.

Deux jeunes filles apportent du thé, des biscuits aux amandes et des fruits secs. La collation permet à Villon et Colin de converser avec leurs voisins de table qui, étonnamment, se montrent fort alarmés par les récents déboires de Louis XI avec les barons et ducs de province. Ils semblent bien informés des menaces que Charles le Téméraire, Jean de Clèves ou Pierre d'Amboise font peser sur la couronne. Ils prétendent même que le roi devrait se méfier de son propre frère, le duc de Berry. François considère que ces remarques avisées sont sans doute destinées à exiger des garanties. À quoi bon signer un accord avec Paris si la ville est assiégée ? Alors, indigné, il se lève d'un bond. Il en a soupé des insinuations, des cachotteries, des marchandages. Colin et lui sont les envoyés d'un souverain encore en place, légitime, dont ils ne doutent pas un instant qu'il puisse réprimer cette rébellion de hobereaux et d'intrigants. Ils n'ont tout de même pas fait tout ce chemin pour s'entendre dire comment gérer les affaires du royaume. Et par qui ? Des mercenaires qui vivent terrés dans les égouts de leur propre ville ? Les rescapés d'un peuple qui se laisse asservir et malmener depuis des siècles sans offrir la moindre résistance. Excellents conseillers, en effet!

Colin se raidit, prêt à la bagarre. Mais l'auditoire se tient coi, écoutant Villon avec attention. Gamliel semble même enchanté. François continue de pérorer.

— Le bon roi Louis n'a déjà que trop de ministres et d'armuriers. Ne sont ni hallebardes ni canons que sommes venus ici chercher. Ni palabres en l'air!

Mais des livres, se dit François en lui-même, tout étonné de l'étrangeté d'une telle requête. Juste des livres? Villon ne nie aucunement la puissance de l'écrit. Chez Fust, il a vu les lourdes presses cogner sans relâche, encrer feuille après feuille, déposer d'un coup les textes les plus ardus sur la face glabre des vélins. Mais il y a aussi vu Chartier. Ce sont les manigances bien connues de l'évêque qui font douter François du bien-fondé de sa mission. À quoi bon inonder la place de traités de science et de philosophie, d'odes et de fables, si ce sont les clercs et les princes qui décident de ce qui sera lu. Et de ce qu'on doit penser. Villon le sait mieux que tout autre. Ses propres vers sont soit applaudis, soit mis au ban par seigneurs et bourgeois, selon que leurs accents mutins les agacent ou les amusent.

Et maintenant, dans cette salle d'état-major, son discours courroucé semble également plaire et non choquer. Il a l'impression de se donner bêtement en spectacle, une fois de plus, tout comme il l'a fait dans les salons des courtisanes, émoustillées par ses satires, ravies de son ton insidieux. Gamliel aurait été sans doute déçu de ne pas voir Villon se rebiffer. Il table clairement sur ce sentiment de révolte, cette veine insoumise. Et sur la hargne de Colin. Les deux Français ne sont-ils pas les pairs tout trouvés de ces chasseurs de livres? Des dissidents comme eux. Des hors-la-loi.

François regrette d'avoir dit tout haut ce qu'il avait sur le cœur. Il se jure d'être plus perspicace à l'avenir. Il lui manque encore trop d'éléments pour monter un de ces mauvais coups dont il a le secret. Il se rassied, l'air soudain calmé. Colin semble avoir compris. Il se montre lui aussi moins hostile.

Considérant l'orage passé, un intervenant demande la parole. Il s'incline devant le fauteuil vide du commandant de la Confrérie comme s'il attendait son assentiment. Mais c'est Gamliel qui lui fait signe de commencer. Le gaillard est plutôt jeune. Et plein de fougue. Il parle vite, élevant la voix comme si l'auguste assemblée, plus âgée, était dure d'oreille. En quoi il n'a peut-être pas tort. Frère Paul, affalé sur son banc, les bras croisés sur la panse, somnole paisiblement, un sourire épanoui aux lèvres. Ce qui confirme François dans son opinion. Le prieur se fiche de cette mascarade tout autant que lui. Il est là pour une autre raison, qui lui échappe. Que sait-il donc que François ignore encore?

L'adolescent continue, exposant les grandes lignes de l'opération pour la gouverne de Villon et Colin. Il décrit la campagne phase par phase, citant les principaux ouvrages choisis par Côme et Gamliel, les noms des imprimeurs et colporteurs acquis à la cause, les villes à viser en priorité. Il s'agit bien d'une offensive en règle. Colin en redoute l'étendue.

— Ce n'est pas seulement le pape que vous attaquez en envenimant ainsi les esprits, mais toute la chrétienté!

— Tu crains pour ta foi ? N'est-elle pas assez robuste ? Je bénis chaque occasion de mettre la mienne à l'épreuve.

François est glacé par le ton acerbe avec lequel le garçon rétorque. Il songe qu'il sera encore moins facile de se dégager des griffes de ces gens que de celles d'un Chartier ou d'un Louis XI.

Pour calmer les esprits, Gamliel rappelle que les Médicis, catholiques fervents, ont souscrit sans réserve au plan d'action de la Confrérie. De toute manière, il ne revient pas à Colin d'en discuter la stratégie mais uniquement les modalités, au cas où Paris déciderait de rejoindre Florence et Jérusalem dans cette aventure.

François en profite pour connaître les conditions des chasseurs de livres, persuadé qu'ils escomptent une abrogation des décrets bannissant les juifs hors de France. En Toscane, la Confrérie a obtenu un allégement des impôts prélevés sur la communauté juive ainsi qu'une plus grande liberté de mouvement pour colporteurs et négociants. En échange, les notables juifs se sont engagés à financer l'achat de presses, l'embauche de relieurs et de copistes, l'hébergement des agents venus de Terre sainte pour préparer l'opération. Mais Gamliel ne demande rien de tel de la part des Français. Il n'exige même pas une dispense du port de la rouelle, pièce d'étoffe jaune que les rares juifs du royaume doivent coudre à l'avant et au dos de chacun de leurs vêtements. Ce qui étonne François, au vu des dangers encourus.

— Si le pot aux roses est découvert, tes frères pâtiront les premiers de la colère de Rome.

Villon est abasourdi par la réponse brève du rabbin, la sécheresse subite de la voix, mêlée d'une certaine arrogance, qui fait écho à l'effronterie du garçon à l'adresse de Colin.

— Les portes de Sion leur sont ouvertes. Depuis toujours.

De fait, Gamliel se contente d'une seule et unique requête. Le roi de France doit garantir que, sous son règne, aucune nouvelle croisade ne sera entreprise. Villon ne peut réprimer un sourire sardonique. Les promesses de Louis XI ne valent pas un clou. Mais Gamliel continue sur sa lancée et, sans sourciller, affirme que le non-respect de cette clause entraînerait de sévères sanctions.

François et Colin ont peine à en croire leurs oreilles. Ils échangent des clins d'œil amusés. Pour couper court à leur sarcasme, Gamliel relate la part prise par la Confrérie à la conquête de Byzance, il y a tout juste une dizaine d'années. Ce sont ses soldats, engagés comme marins et traceurs de cartes, qui ont saboté les navires vénitiens postés aux abords de Constantinople, face à la flotte turque. En échange, le sultan accorde aujourd'hui sa protection aux juifs qui, fuyant les persécutions, tentent de regagner la Terre sainte. La situation de certaines juiveries se fait des plus inquiétantes, en effet. Surtout en Angleterre et en Espagne. Envisageant la possibilité d'un exode massif vers l'Orient, Jérusalem a promis d'aider le souverain turc à chasser les mamelouks hors de Palestine.

Villon tente de faire la part de la vantardise dans les propos du rabbin. Les stratagèmes auxquels Gamliel vient de faire allusion ne le surprennent pas. Espions et indicateurs procèdent partout de la même manière. Bien que la police secrète de Louis XI soit réputée pour son efficience, François en a déjoué plus d'une fois les traquenards. Il n'a aucune leçon à recevoir de ces sycophantes. Bien au contraire, il a l'intention de leur en donner une qu'ils n'oublieront pas de sitôt.

Gamliel parvient tout de même à prendre François au dépourvu. Non pas tant par l'ampleur de la mission que par sa portée. Elle marque un tournant fatidique qui n'a rien à voir avec une conquête militaire ni même un enjeu politique. Les chasseurs de livres attendaient depuis longtemps un moment propice, un signe sûr, pour passer à l'action. La chute de Byzance est ce signe indubitable. Elle marque la fin d'une ère détestable et obscure à laquelle il suffit désormais de donner le coup de grâce.

*

À la boutique, Aïcha est occupée à fouiller dans l'armoire que le vieil antiquaire a ouverte pour la distraire. Elle caresse les étoffes satinées des robes, plonge les mains dans des coffrets emplis de colifichets, renifle un à un les flacons à parfum. De temps à autre, elle pose une broche sur sa poitrine ou revêt un châle brodé puis va se regarder dans un grand miroir vénitien, prenant des airs de princesse, gloussant de surprise. Elle se pavane et chantonne sous le sourire indulgent du vieillard. Elle tourne et virevolte parmi les reflets des vases en cristal, les scintillements des amulettes, les cuivres luisant de patine. Le partenaire de ce ballet imaginaire a un visage sans yeux ni nez que barre un insolite sourire en coin. Elle s'étonne de son choix, refusant encore de l'admettre. Elle a beau inviter d'autres danseurs à tourner autour d'elle, de grands jeunes hommes bruns, de lestes athlètes aux muscles huilés de sueur, de doux éphèbes au regard caressant, c'est toujours lui qui les précède, affublé de son tricorne fripé, pour lui prendre la main.

Frère Paul, qui s'était assoupi, sursaute, dégringolant presque de sa chaise. Un énorme gaillard à la
face raturée de balafres vient de faire irruption dans
la salle. Son œil gauche est couvert d'un bandeau de
cuir. Le géant borgne contourne la table, s'approche
d'un homme plus âgé, plutôt maigre, vêtu d'une
tunique beige à raies bleues, et lui chuchote quelques
mots à l'oreille. Bien qu'il écoute avec attention,
aucune réaction ne trahit les sentiments de l'austère personnage. Impassible, il répond brièvement.
Ses paroles sont inaudibles mais il est manifeste qu'il
donne des ordres. Le grand balafré acquiesce d'un
garde-à-vous militaire et ressort aussi brusquement
qu'il était entré. L'individu à la tenue de patricien
daigne enfin informer l'auditoire de la raison de cette
interruption. Gamliel traduit aussitôt.

— Les mamelouks cernent l'esplanade.

— Le gitan nous aura trahis! braille Colin.

Frère Paul semble surpris. Comment Djanouche
a-t-il pu déjouer la vigilance du Mongol qui l'es-
cortait hors la ville? Le gros moine lance un regard
de reproche à Gamliel. Le rabbin l'avait assuré de
la loyauté du tzigane. Sa tribu est installée tout près
de Safed depuis des décennies. Et elle déteste les

mamelouks qui les maltraitent sans cesse. La nouvelle désole François et Colin qui s'étaient pris d'amitié pour le bohémien.

*

Le vieil aveugle tressaille. Il tend l'oreille. Des pas furtifs, précipités, trottinent sur les dalles de la petite place. Tout contre les volets de la boutique, il entend une voix qui murmure tout bas :

— Aïcha. Aïcha ?

La jeune femme se fige d'un coup. Son corps se raidit. Elle regarde l'antiquaire du coin de l'œil. Le vieillard ouvre tout doucement le tiroir de son bureau et en extrait un poignard. Aïcha, affolée, se rue vers la porte d'entrée, fait sauter le loquet et déboule au-dehors, se heurtant au soldat qui vient de chuchoter son nom. Éberlué, l'homme ne sait quoi dire. Surgissant de la pénombre, Suleyman se plante entre l'éclaireur et la jeune esclave.

— C'est ici, c'est ici ! dit Aïcha en pleurant.

Suleyman investit aussitôt la boutique. Ses hommes se déploient, sabre au poing, fracassant les potiches, renversant les meubles, se courbant pour éviter volées de flèches et coups de couteaux. Ils se battent en duel avec les ombres dansantes des statues grecques, des dragons en faïence, et même une armure gasconne. Plusieurs se jettent à terre. Lorsqu'ils relèvent la tête, ils ne voient que leur propre reflet dans un miroir des Indes ou une glace de Turin. Au moment où un hallebardier va pourfendre la panse d'un crocodile empaillé, un ordre rugissant de Suleyman met fin à l'assaut. Derrière lui, blottie dans un coin, Aïcha pousse un soupir de soulagement. Il n'y a pas âme qui vive. Le vieillard a disparu.

Les assaillants fouillent le magasin de fond en comble. Aucune cloison ne sonne creux, aucun interstice ne révèle de trappe, aucune manette ne donne accès à un passage secret. Enragé, Suleyman gifle Aïcha. Il n'en tire rien. Elle divague, parle de sorcellerie, désignant du doigt un mur épais couvert d'une tapisserie persane, jurant avoir vu frère Paul et ses protégés le franchir à la manière des spectres. Les soldats arrachent le kilim. Leurs haches s'acharnent contre la cloison, entaillant à peine le roc. Suleyman leur ordonne de cesser. Il frappe Aïcha de plus belle. Comment cette paroi pourrait-elle déboucher sur un couloir ou une galerie ? Elle donne sur le vide. C'est le dos de la falaise qui s'élève à pic au-dessus du Kidron.

Les soldats ramassent précipitamment bijoux et pièces d'argenterie, jetant le tout pêle-mêle dans un grand sac de toile, puis mettent le feu aux tentures. Suleyman sort le premier, tenant fermement Aïcha par le bras. Il inspecte l'esplanade, mal à l'aise, y sentant une présence invisible.

Les flammes montent vite. Poupées et masques en papier mâché se tordent et recroquevillent. Une figurine de cire fond en une larme brune qui coule lentement sur son petit socle de bois. Un psautier tend les bras suppliants de ses feuillets. Des bulles d'encre bouillante perlent le parchemin, glissant le long de la page avant d'éclater en de minuscules crépitements. Un pégase de bronze fend la fumée d'un ultime galop. La patine dégouline en une sueur vert-de-gris le long de son échine tendue par l'effort. Ses muscles ondoient dans les vapeurs de la fournaise, enfin délivrés de leur carcan de métal. Sa gueule se contracte en un muet hennissement. Il disparaît d'un coup dans un tourbillon de suie.

Exaspéré, Suleyman hurle l'ordre de battre en retraite. Puis, au grand dam de son sergent, il abandonne Aïcha sur place. Elle ne lui est plus d'aucune utilité. Elle a été forcée d'obéir pour épargner Moussa que Suleyman menaçait de faire empaler à la première incartade. Les petits morceaux d'étoffe qu'elle accrochait aux branches ou coinçait entre les briques des maisons ont mené jusqu'ici, confirmant indubitablement les soupçons du cadi. Il ne lui laisse la vie sauve que pour décontenancer l'adversaire et surtout Villon.

Les mamelouks s'enfoncent parmi les ruelles qui bordent la place. Ils y récupèrent leurs montures et se lancent au galop vers l'est, en direction de la vallée de Kidron, la seule autre issue possible.

L'esplanade est maintenant déserte. Aïcha s'approche de la boutique dévastée. Elle se penche au-dessus de la braise. Son regard erre parmi les gravats encore fumants. Une main prend la sienne, avec douceur. Elle semble n'avoir rien senti. Elle se laisse pourtant guider. Au bout de quelques pas, l'autre main lâche prise. Aïcha se redresse, hésitante. Il fait sombre. Le Mongol allume une chandelle puis passe devant elle pour lui montrer le chemin.

Dès l'aube, Suleyman et ses hommes parcourent la vallée du Kidron de long en large. Ils transpercent les buissons de coups de pics, frappent la roche du pommeau de leurs sabres, sous le regard effaré des Bédouins. Des bergers poussent leurs troupeaux vers les adrets, des marchandes de légumes surgissent de leurs cabanes pour aller au marché, des enfants en guenilles courent après les cavaliers en hurlant, ravis de ce spectacle matinal.

Les chevaux ruent et renâclent, sentant l'énervement des soldats qui les cravachent. En plein galop, le détachement manque de renverser un mendiant qui se trouve en travers du chemin. L'étalon de Suleyman se cabre. Un coup de sabot envoie le pauvre bougre voler à terre. Éberlué, il dévisage un moment l'officier qui, après lui avoir décoché un coléreux coup de fouet, éperonne sa monture et fonce droit devant. Le reste de la patrouille suit, contournant le malheureux, non sans cracher du côté droit pour se garantir du mauvais œil. Dès que les mamelouks disparaissent dans un nuage de poussière, le mendiant se relève péniblement. Il siffle en direction des broussailles. Trois silhouettes couvertes de haillons apparaissent et viennent à sa rencontre. Tout comme lui, elles sont coiffées de bandeaux crasseux enroulés en chèches. Même Aïcha.

*

Certain que frère Paul conduira les deux Français à bon port, rabbi Gamliel décide de quitter Jérusalem au plus vite. Le navire sur lequel Federico compte embarquer lève l'ancre dans quelques jours, avec les précieux écrits qui feront plier Rome. Gamliel aimerait que Villon et Colin se joignent à l'expédition. La Confrérie ayant décidé de satisfaire les exigences de Guillaume Chartier, les deux émissaires de Louis XI n'ont plus rien à faire ici.

Le rabbin marche à l'ombre des gibets qui longent les remparts de la ville sainte, à hauteur de la porte de Damas. Il accélère le pas, tentant de ne pas lever les yeux vers les pendus qui pourrissent au soleil. Il se bouche le nez. Un essaim de mouches s'acharne sur un cadavre à la chair toute noircie. Plus loin, aux pieds d'une potence, une veuve agite un balai de paille, chassant des corbeaux qui s'enfuient puis reviennent aussitôt à l'attaque. Gamliel s'approche et murmure la prière des morts. La femme tend la main. Il la gratifie d'une obole. Elle est jeune. Le corps disloqué de son aimé balance au bout de la corde, les muscles crispés comme s'il se débattait encore. Un point rouge vif qui tranche sur la grisaille des murs attire l'attention du rabbin. La lumière matinale l'oblige à plisser les paupières. Il a du mal à discerner les traits du condamné. Seule l'étoffe rouge se distingue avec netteté. Gamliel laisse échapper un râle de détresse dès qu'il reconnaît le foulard du gitan.

Une légère brise caresse la cour. Accoudé à la margelle du puits, Federico surveille le chargement des carrioles. Frère Médard sautille et trépigne, tirant sur les ficelles des colis, hurlant sur les muletiers, réprimandant ces suppôts de Satan de les avoir si mal nouées. Le Florentin s'humecte les joues d'un mouchoir imbibé d'eau puis continue la lecture de l'inventaire. Les manuscrits ne seront emballés qu'au dernier moment. Ils dorment dans le caveau de la chapelle. C'est un tout autre arsenal que frère Médard est présentement occupé à mettre en caisse. Des matrices de faux privilèges, des cachets en plomb imitant les sceaux des censeurs, des polices de caractères dont les légères défectuosités empêcheront d'identifier des imprimeurs tels que Fust dont les fontes sont connues des inquisiteurs, des acides pour vieillir l'encre, des cuves et tamis à papier perforés de signes au dauphin ou à la lyre dont on marquera les feuilles en filigrane afin de brouiller les traces. Tous les cageots de ce chargement sont frappés du blason des Médicis entouré de signes cabalistiques. Ces armoiries témoigneront de l'appui de puissants protecteurs alors que les lettres en hébreu détourneront l'attention de douaniers et gendarmes, les lançant sur une piste qui mène bien loin de l'Italie ou de la France, par-delà les mers, vers la Terre sainte où ils n'ont aucune autorité ni pouvoir.

Federico est impatient de partir mais, en sus de l'approvisionnement de Florence, il faut désormais prévoir un second chargement destiné à Fust et aux libraires de la rue Saint-Jacques. L'Italien a une pensée amusée pour les deux Français. Contre toute attente, ils semblent avoir fait bonne impression. Qui aurait cru que ces rustres, venus d'une contrée barbare, mandés par un jeune souverain ne payant pas de mine, deviennent les vaillants alliés des Médicis ? Et par là, de Jérusalem. Maître Colin n'a rien d'un homme d'esprit. Quant à messire Villon, il joue bien trop le benêt pour en être un. Porte-t-il un masque, tout comme Federico ? Le masque de ceux qui, venus trop avant l'heure, choisissent de faire le pitre plutôt que de passer pour des prophètes.

Federico contemple ses carrioles débordantes d'outillage avec un sentiment de mécontentement qui le turlupine. Il a conscience que ce n'est ni de Gamliel ni des Médicis qu'il faille escompter les bouleversements que ceux-ci prétendent amener sur la terre. Au bout du compte, les bourgeois prendront la place des seigneurs. Et que Platon détrône Aristote ou non, les imprimeurs feront des fautes d'orthographe tout comme les copistes, mais à des milliers d'exemplaires. Ce ne sont donc pas eux qui changeront la donne. L'injustice continuera de sévir sous la couche de civilité dont tous ces gens éclairés prétendent l'enduire. Non, pour avancer, il faudra bien plus que cela. Ou bien moins. Mais oui, beaucoup moins ! Federico ne l'a-t-il pas vu de ses propres yeux lorsque Villon, après avoir humblement balayé le sol de son tricorne, scanda sa ballade "françoise" à la face du gouverneur le plus redoutable du califat ?

Et oui, pardi ! Pour un peu, Federico se giflerait lui-même.

Affalé sur un divan, l'émir se gratte les aisselles. D'intolérables piqûres de moustiques le démangent. À sa droite, monsignore Francesco, l'archidiacre de Nazareth, agite nerveusement un éventail noir en dentelle. À gauche, le cadi se cure les ongles avec un stylet à lame d'écaille. Assis en tailleur aux pieds de l'estrade, conseillers et marabouts s'efforcent d'afficher un air grave et réfléchi sous leurs turbans emberlificotés.

Un majordome fait sortir les esclaves dès qu'apparaît l'estafette de Suleyman, tout essoufflée de sa longue cavalcade. Le jeune soldat, désireux de plaire à l'éminent auditoire, se lance dans une relation précipitée des évènements. Un interprète chuchote à l'oreille de l'archidiacre qui pose immédiatement son éventail. Sans daigner lever les yeux ni interrompre le nettoyage de ses ongles, le cadi susurre au messager d'en venir au fait. Les joues du soldat réprimandé rosissent, lui donnant des allures de giton qui ne sont pas pour déplaire à l'émir.

Il est clair que les inquiétudes émises par le cadi se confirment. L'habile subtilisation des deux Français, en plein cœur de Jérusalem, au nez et à la barbe des vigiles mamelouks, prouve une fois de plus que Colin et François ne sont pas de simples receleurs.

Que Suleyman n'ait pu découvrir l'accès au mystérieux quartier général de la Confrérie n'importune point l'émir qui trouve préférable de ne pas intervenir trop tôt dans cette affaire. Plus on réunira d'éléments incriminants, et plus il sera facile de confondre Gamliel et ses complices. Car ce qui fait encore défaut, c'est un solide motif d'inculpation.

— Si, comme tu le dis, ces conspirateurs se réunissent en secret pour ne parler que science et philosophie, je les invite ici, dans ce palais, à en discuter avec nos savants.

Le califat tolère les activités de Gamliel pour la simple raison qu'elles ne visent que les censures étrangères, manifestant par là une louable hostilité à l'égard de l'ennemi commun. L'en empêcher serait ridicule. Cela reviendrait à discipliner les juifs de Palestine pour le compte des catholiques d'Occident. Cette fois-ci pourtant, les chasseurs de livres semblent déclarer un non-lieu plus général, plus universel, portant sur toute autorité établie et donc aussi bien sur l'Islam.

L'archidiacre sourit en lui-même. Il ne partage pas cet avis. Jérusalem ne saurait menacer aucune religion. À elle seule, elle en a déjà confectionné au moins trois. Mais ce que le prélat redoute, c'est l'entrée en jeu d'un rival inattendu, autrement dangereux que l'insurgé juif : un adversaire issu des rangs mêmes de la chrétienté, une brebis galeuse. Villon est un rebelle invétéré, un insoumis. Rien de bien angélique ne saurait émaner de sa rencontre avec la Terre sainte. Ce pays bagarreur, impétueux, convient trop à ses mauvaises dispositions pour qu'il n'en résulte point quelque cuisant méfait. Tôt ou tard, le désert lui chauffera le sang. Libérée des austères facultés et des facéties de cour, sa verve pourrait jouer ici plus d'un tour. Si nécessaire, l'émir fera empaler le maudit poète, considérant l'incident clos. Or ce tourneur de rimes n'est que le porte-voix d'un souffle malin qui corrompt les âmes par ailleurs, un malaise qui ronge la foi de l'intérieur et s'étend déjà sur une bonne partie de l'Italie. Ce n'est qu'un élan naissant, encore immature, et donc facile à guider dans ses premiers pas. D'ici même, par exemple. L'émir et le cadi sont loin de voir à quel point leurs soupçons sont fondés. Et l'archidiacre se garde bien de les en informer. Monsignore Francesco se désole. Ses mains sont liées. Il peut juste avertir Rome et tenter de convaincre la papauté du danger qui la menace.

Le cadi range sa lime et congédie l'assemblée. Un léger sourire éclaire son expression hautaine. Les affronts répétés de Villon à la garde du califat ne manquent point de saveur. Ils amusent le magistrat plutôt qu'ils ne l'inquiètent surtout quand il songe à la tête que doit faire Suleyman en ce moment. L'émir semble également peu troublé par cette affaire. Il écrase un moustique d'un vif coup de paluche et brandit le cadavre broyé de l'insecte, l'air triomphal. L'archidiacre, lui, trotte déjà parmi les galeries du palais. Les talons de ses escarpins frappent nerveusement les dalles de marbre, résonnant le long des arcades. Il s'en va bien vite écrire sa lettre au pape.

L'hostellerie est bondée de pèlerins. Une vingtaine d'Espagnols, massés autour de la table d'hôte, chantonnent une complainte, haussant la voix en un douloureux hululement lorsque vient le refrain. Quatre fenêtres donnent sur une grande cour où quelques ânes se reposent. Les courants d'air qu'elles se renvoient, au lieu de chasser les odeurs de sueur, de cuisine, de piquette fermentée, charrient à l'intérieur des émanations de basse-cour, des relents de crottin, des arômes de foin roussi. Elles laissent cependant passer le peu de fraîcheur que dégage l'ombre envoûtante du mont Tabor. Les visiteurs chrétiens y viennent en masse pour en grimper le calvaire abrupt, pioché dans la rocaille, en commémoration de la Transfiguration de Jésus.

Situé sur la via Maris, à la jonction des routes de caravanes qui traversent la vallée de Jezréel, ce relais d'étape déborde d'activité de nuit comme de jour. Frère Paul a considéré plus prudent de se fondre dans la foule des pèlerins venus de toutes parts que de chercher à se faufiler parmi garrigues et sous-bois.

François avale, l'une après l'autre, des gorgées de cidre amer, laissant une légère ivresse lui monter à la tête. Le brouhaha des conversations et des rires déferle par vagues le long de ses tempes. Les ombres des convives vacillent à la lueur des chandelles, dansant une farandole macabre sur les murs ridés de lézardes. François aperçoit la sienne propre qui se gondole parmi les autres telle une âme perdue d'allégorie dantesque. À l'écart de la cohorte, une autre silhouette approche. Elle vient osciller fébrilement contre lui, sur la cloison rougeoyante.

Qui est donc Aïcha? Une Bethsabée, une Madeleine? N'est-elle pas plutôt le visage qu'il tente en vain de donner à ce pays depuis qu'il y a posé le pied? La Terre sainte se tait à travers elle. Elle s'en fait la complice mystérieuse. Comme une sœur. Elle a la douceur de ses contours, la clarté de sa peau, la beauté fascinante de son regard. Et la même placidité. À la différence des fidèles qui y prient avec ferveur, des soldats qui en montent la garde, des conquérants, des bâtisseurs, Aïcha ne se conduit pas ici en maîtresse des lieux. Elle est juste là, assise sous un olivier, accroupie au bord d'un oued. Sans rien dire ni proclamer. Elle vient d'un monde vaste et lointain, celui de l'Atlas, où les hommes tirent de leur simple présence, ardue, obstinée, une immense fierté. N'accaparant pas le moindre lopin, ils en arpentent les étendues de pierre et de sable, circonscrivant un invisible territoire de leurs traces aussitôt effacées par le vent.

*

Repu, frère Paul a pris sur lui de remercier le Seigneur. Le gros moine braille un chant liturgique avec une pompe exagérée et des accents de fin des temps qui exhortent l'assemblée à se joindre à lui. Tout le monde se tourne respectueusement vers le chantre bien pansu, récitant avec lui les actions de grâce, se confondant en bénédictions et litanies. Au sein de ce pieux vacarme, aucun des pèlerins ne remarque que, sous la table, deux des voyageurs se tiennent gentiment la main.

Rabbi Gamliel quitte la synagogue à la tombée de la nuit, saluant les fidèles engoncés dans leurs châles de prière, distribuant des oboles aux mendiants qui hantent les rues de Safed, bénissant les petits enfants, s'inclinant lorsqu'il croise un vieillard. La douceur de l'air le rend nonchalant. La Loi lui ordonne pourtant de se précipiter vers l'étude sans se laisser distraire par les charmes envoûtants du crépuscule. Mais le jeune rabbin n'en est pas à une infraction près, que Dieu le pardonne. À trente ans, il est toujours célibataire. La fille du *gaon* de Yavné lui est promise en mariage. Elle a déjà douze ans. Il ne l'a pas attendue pour goûter aux plaisirs de la chair. La copulation avec une prostituée est tolérée par la Torah. Et la monogamie n'a été instituée que récemment par les sages. Bien des juifs ne la pratiquent pas encore.

Sa conduite laisse ses ouailles perplexes. Plus d'une fois, en pleine nuit, on l'a entendu chanter et danser tout seul autour de son bureau, parler à ses livres, hurler des psaumes en direction des étoiles. Il lui arrive de disparaître sans prévenir, laissant quelques instructions à son secrétaire. Il réapparaît quelques jours plus tard à l'improviste, entrant dans la *yeshiva* dont il est le maître, reprenant son cours juste là où il l'avait interrompu, félicitant les élèves studieux, blâmant les fainéants qui ont profité de son absence pour rêvasser, sans que nul ne sache comment il s'y prend pour distinguer ainsi les uns des autres de manière infaillible.

Ce qu'ignorent ses disciples, c'est qu'il a lu les Évangiles, en compagnie de frère Paul. Il connaît aussi par cœur les dernières paroles du Christ que la Confrérie détient secrètement dans ses caves. Il les a étudiées avec soin, n'y voyant rien à redire. Rien qui contredise sa propre foi. Si ce n'est cette agaçante Trinité… Sans cela, la Confrérie aurait rendu public cet ultime message, ce testament bouleversant dicté par Jésus au grand prêtre Anân, juste avant son arrestation. L'Église recherche ce document depuis des siècles. En vain. Et pourtant, Gamliel a reçu l'ordre d'en révéler l'existence à deux brigands venus de Paris. Il n'y a pas grand-chose à craindre de Colin. Mais Dieu sait ce que Villon entend faire d'une telle information. Il pourrait saboter toute l'opération, ne serait-ce que pour se venger de l'emprisonnement qui lui a été infligé afin de le mettre à l'épreuve.

Le commandant de la Confrérie table justement sur la roublardise de François. Il sait bien que Villon ne se pliera pas aveuglément aux consignes de Guillaume Chartier. Et encore moins à celles de Jérusalem. Et il y compte bien. Le chef invisible des chasseurs de livres n'a pas daigné dévoiler son plan à Gamliel mais le rabbin devine que Villon en est l'une des pièces maîtresses.

Gamliel arpente les rues endormies, doutant pour la première fois du bien-fondé de sa mission. Lorsqu'il atteint le seuil de sa maison, il s'arrête un long moment aux pieds du perron et murmure une prière. Un nuage épais passe au-dessus de Safed, couvrant la lune, plongeant la bourgade dans l'obscurité.

Du haut du clocher, la main en visière, une sentinelle mongole observe la vallée. Quatre voyageurs viennent d'apparaître à l'horizon. Le premier tient les pans de son aube relevés pour que ses énormes mollets puissent allonger le pas sans encombre. Il trotte allègrement, écrasant la broussaille, y traçant un sillon aussi large que celui d'un char à bœufs. Ayant reconnu la démarche inimitable du prieur, le mercenaire quitte son poste pour aller prévenir Médard.

Ce n'est qu'en fin d'après-midi que le crâne luisant de frère Paul émerge des ronces qui longent le rebord de la falaise. Arrivés dans la cour du cloître, les visiteurs essoufflés rabattent leurs capuches, au grand désarroi des moines qui découvrent soudain le visage doux, la chevelure brillante d'une belle jeune fille vêtue de la bure de leur ordre.

Paul donne l'accolade à Médard, le broyant entre ses bras. Le nain frétille, à deux pieds du sol, tentant de se dégager et de retrouver la terre ferme. Federico se tient légèrement en retrait. Il tend la main à Colin qui lève aussitôt la sienne bien haut pour cogner. Le Florentin esquive le coup de justesse. Il recule et plonge le bras dans sa tunique. Colin se met en position, prêt à feinter un coup de dague mais Federico se tourne nonchalamment vers François et lui tend le livre aux ailes de papillon pour le "vol" duquel lui et Colin ont été incarcérés. Villon ne bouge pas. Bien qu'il se penche obséquieusement pour lui restituer le volume, l'Italien exhibe le même sourire espiègle que la première fois, comme s'il tendait un nouveau piège. François lui décoche un leste coup de pied à hauteur de la vessie que Federico pare avec le livre. Sous le choc, le papillon translucide se dessertit de la reliure. Il plane un moment, poussé par la brise, comme s'il volait pour de bon. L'éclat rougeoyant du couchant lui embrase les ailes. Il virevolte encore un peu, de-ci de-là, avant d'aller atterrir mollement sur un tas de paille. Federico et Villon se baissent tous deux pour le ramasser et se heurtent, front contre front. Ils restent collés ainsi l'un à l'autre avec obstination. C'est Federico qui s'incline le premier et récupère le papillon. Il tente de replacer l'insecte dans sa chrysalide de cuir. Sans succès. Il a un sourire presque embarrassé.

— Qu'à cela ne tienne. Je te dois réparation.

Dans l'obscurité qui gagne, le mince rictus de Villon s'élargit à peine. Le Français pardonne-t-il ou se réjouit-il du mauvais tour qu'il prépare ? Les deux hommes se séparent sur cette énigme. Colin regrette que le sang n'ait pas coulé. Aïcha, elle, est troublée de découvrir cette force brutale qui couve sous les traits amènes de Villon. Cette robustesse devrait la rassurer puisqu'elle est sa protégée. Elle ne peut néanmoins s'empêcher d'en redouter la vigueur obstinée, par trop farouche, qui ne se laissera pas aisément dompter. Comment fera-t-elle si François se montre trop têtu pour la suivre là où elle veut l'emmener ? Là où elle pourra enfin lui montrer la voie qu'il cherche depuis si longtemps.

Médard agite sa clef de bronze à bout de bras, comme un bébé son grelot, et trottine déjà vers la chapelle, entraînant le prieur par la manche. Frère Paul se laisse houspiller par le nain sans broncher. Il a tout juste le temps de sommer les autres de le suivre. Un malin sourire éclaire sa face ronde. Lui non plus, n'a rien manqué du spectacle. Cette joute n'était pas fortuite, il en est sûr. L'Italien y comptait bien. Comme s'il voulait s'assurer de quelque chose.

*

Arrivé au fond de la nef, Médard ouvre prestement le portail qui mène aux caveaux. En bas des marches, il allume une à une les torches plantées dans la paroi. Une douce odeur de sciure et de camphre embaume le soupirail. L'air y est étonnamment sec, la température agréable. À l'entrée de la salle principale, une légère brise vient caresser les joues des visiteurs. Cette fine fraîcheur, alliée au blanc souriant des murs, les met étrangement à l'aise. L'endroit n'est ni solennel ni austère. Une sorte de gaieté émane des reliures aux couleurs vives qui se pressent sur les rayons. À terre, des amphores minces et élancées, contenant des rouleaux de papyrus, côtoient de lourds coffrets cloutés. Il n'y a aucun banc, aucune table. C'est ici le royaume des livres. Mêlés ainsi les uns aux autres dans une sorte de danse muette et vide de sens, ils ne semblent pas être les œuvres de l'homme, ni pour lui, mais dotés d'une vie propre, dégagée des textes mêmes qu'ils renferment.

Villon aperçoit une splendide reliure estampée de motifs animaliers. Monstres et bêtes sauvages s'y ébattent, aériens, oublieux de leur carcan de peau. Aïcha suit le regard de François. Il y a quelque chose de physique, de sensuel même dans la façon dont il reluque l'ouvrage, en caresse la couverture. Elle remarque la même lueur d'avidité dans le regard de Federico qui, d'un vif coup d'œil, établit un rapide inventaire. Il y en a ici pour une fortune.

Colin s'arrête devant une statuette d'argile peinte de coloris variés et de traits noirs qui délimitent les parties du corps humain. Le crâne en est couvert de chiffres tracés à l'encre. À côté, un fœtus de babouin nage dans un bocal empli d'un liquide au ton jaunâtre de mauvaise huile. Plus loin, Colin bute sur un assemblage de cerceaux de fer qui s'entrecroisent autour d'un axe. Chaque cerceau porte une boule de laiton. Colin sursaute. En tapant du doigt l'une des boules, il a mis en branle une sorte de ronde mécanique. Les cerceaux se mettent à tourner lentement les uns autour des autres. Des nombres romains défilent au rythme de ce minutieux ballet d'arcs et de boules pendant que, sur un cadran bleu piqueté d'étoiles, une demi-lune en nacre poursuit, sans jamais le rattraper, un petit soleil de cuivre.

Frère Paul sourit, non sans orgueil, aux réactions ébahies de ses invités. Médard, lui, demeure grincheux. Vexé d'avoir introduit ces importuns dans son domaine, il désigne les exemplaires choisis pour la mission d'un geste désinvolte du bras. Ils sont cochés d'une petite croix tracée hâtivement à la craie.

Villon s'interroge sur les raisons qui poussent ces moines à prêter la main aux juifs de la "Jérusalem d'en bas". Les chasseurs de livres cherchent clairement à faire souffler un vent d'apostasie sur le monde chrétien. Et pourtant, la ferveur religieuse des Médicis, des Sforza, de Médard ou même d'un Guillaume Chartier ne saurait être mise en doute.

Frère Paul, remarquant le désarroi de François, s'éloigne un instant puis revient avec une liasse de feuillets manuscrits. Le parchemin est noirci de lignes serrées, bourré de ratures, encombré de fébriles notes au crayon qui donnent un aspect tourmenté à l'ensemble. Un sentiment de panique s'en dégage comme si l'auteur craignait de ne pas achever sa besogne à temps. Les traits saccadés, l'absence de ponctuation révèlent une âme dérangée ou bien l'anxiété d'un illuminé terrifié de voir quelque vision lui échapper avant qu'il ait pu la décrire. François reconnaît, sans pouvoir les déchiffrer, les caractères lourds du gothique. Il lève les yeux vers le prieur qui se contente de déclarer qu'un chrétien n'est pas obligé de parler à Dieu en latin.

En Angleterre, en Germanie et dans les contrées du Nord, les fidèles peinent à être inspirés par une langue dont les consonances, si plaisantes à l'oreille d'un Espagnol ou d'un Français, n'ont rien de mélodieux pour eux, Teutons et Saxons. Ces barbares convertis de Rhénanie ou d'Écosse n'éprouvent aucune affinité avec Rome. Eh quoi, ce ne sont tout de même pas les Italiens ou les Castillans que le Seigneur a élus pour assurer l'avènement de Son royaume. Et ce n'est pas dans ce langage de sacristie que Jésus et ses apôtres répandirent la bonne parole. De là à mettre en doute les préceptes du dogme apostolique, il n'y a qu'un pas.

Vivant depuis toujours en Terre sainte, Paul et Médard ressentent eux aussi de moins en moins la nécessité d'une intercession pontificale auprès du Sauveur. Ils Le côtoient journellement ici même, sur

174

les chemins de Galilée, parmi les ravins arides de la Judée, les champs de Samarie. Ils sont cependant loin de deviner la portée de l'écrit que François tient entre les mains. Plus avisés, les commandants de la Confrérie y ont décelé une ardeur mystique susceptible d'attiser un feu ravageur, voire une guerre de religion. Rédigé par un obscur curé de la Forêt-Noire, il n'est qu'un tout premier et timide balbutiement. Il proclame une nouvelle sorte de christianisme qui répudie la doctrine catholique. Par chance, ce sont justement les villes des bords du Rhin qui comptent le plus d'imprimeurs et de libraires indispensables à sa propagation.

Colin est le seul présent à flairer la menace. Ces lettres germaniques, trop appuyées, burinées dans la peau du parchemin, le mettent mal à l'aise. Colin ne lit presque jamais mais il connaît bien l'écriture de son bon ami François, d'une calligraphie enjouée, badine, alignant les cursives d'un leste coup de plume, glissant sur la feuille. Les caractères robustes de ce manuscrit allemand se prêtent mal au madrigal et au rondeau. En revanche, ils conviennent parfaitement aux exhortations enflammées d'un prédicateur. Rebuté par l'impétuosité des déliés, la brutalité des pleins, la rigidité des lignes, Colin en perçoit intuitivement le fanatisme intransigeant.

*

Animé de considérations plus terre à terre, Federico se demande s'il a prévu suffisamment de caisses. Il estime avoir assez de place dans les doubles fonds des carrioles, les poches intérieures des sacs à provisions, les cavités creusées dans les couvercles des tonneaux pour y cacher les ouvrages les plus compromettants. Sans compter sa riche garde-robe. Les plans d'astronomie seront cousus entre les pans de sa pèlerine d'hiver, les cartes marines des Égéens dans les manches de son pourpoint de chasse, les pamphlets d'Ésope dans les rebords de son chapeau. Balles de coton, sciure et plusieurs dizaines de livres bon marché boiront l'humidité des cales. Camphre, acides et pièges lutteront contre les rats.

Federico s'approche d'un paquet ficelé de ruban rouge dont il n'a pas encore choisi l'emplacement au sein de la cargaison. Frère Médard tente de le retenir mais l'Italien, tenant fermement le colis, exécute une brusque volte-face en direction de François. Il écarte le papier froissé, découvrant le contenu avec une lenteur théâtrale.

C'est Colin qui tressaute tout d'abord, reconnaissant, dès le premier coup d'œil, l'écriture familière à laquelle il vient juste de songer. Pantois à son tour, Villon regarde la première page sans oser la toucher. La dernière fois que François a vu cette feuille, la maréchaussée venait de débouler dans sa mansarde, l'empoignant par les coudes pour le mener en prison. Les gendarmes avaient fouillé son logis de fond en comble sans toutefois trouver la dague avec laquelle maître Ferrebouc, un respectable notaire, accusait François de l'avoir frappé lors d'une rixe nocturne avec les Coquillards. N'ayant pu identifier ses assaillants dans le noir, le maudit notaire avait tout simplement dénoncé le membre le plus célèbre de la bande. Comptant sur la clémence de ses protecteurs, Louis XI, Charles d'Orléans ou Marie de Clèves, Villon n'offrit que peu de résistance. Risquant néanmoins la peine de mort, il avait jeté un dernier regard désolé sur les feuilles éparpillées au sol, piétinées, se résignant à voir en elles son seul et unique testament. Et voici ses dernières rimes aux mains de la Confrérie, tout comme les ultimes paroles de Jésus consignées par Anân. Sont-elles aussi cachées ici, dans ce caveau même ?

François passe doucement la main sur les pages qu'il a composées, se souvenant de chaque ligne, de chaque rature. Colin demande des explications. Federico l'oblige. Dès qu'ils apprennent l'arrestation d'un auteur tendancieux, d'un savant de renom, d'un humaniste, les chasseurs de livres s'empressent d'intervenir, escomptant mettre la main sur les manuscrits cachés par les suspects. La plupart les abritent chez une personne de confiance dont il suffit de retrouver la trace. Dans le cas de Villon, la tâche fut bien plus aisée. N'étant pas poursuivi pour ses écrits mais pour un délit de droit commun, les gendarmes sont venus fouiller sa demeure en quête de l'arme du crime et non pour saisir ses ballades. Il n'y avait qu'à les ramasser.

*

François manipule son œuvre avec un soin attendri. Il a un brusque geste de recul, s'apercevant soudain que ses doigts sont blanchis d'une fine poudre de craie. Il rougit de colère. Son manuscrit est aussi marqué d'une croix ! Marqué pour l'embarquement !

Médard est visiblement embarrassé, Federico franchement amusé. Frère Paul s'empresse de préciser que c'est à Gamliel qu'il revient d'exposer à Villon les raisons de ce choix. François est outré. Le prieur lui fait miroiter les succès d'une édition imprimée par les bons soins de Fust. Avec privilège royal. Rien n'y fait. Villon exige que son bien lui soit restitué sur-le-champ. Il s'offusque, grogne et gesticule tout en se grattant la cervelle. Ces retrouvailles avec sa poésie, après tant de temps, et aussi loin de Paris, ne peuvent décemment pas être mises au compte du hasard. Son manuscrit l'a précédé ici, en Terre sainte. Il y est même arrivé bien avant lui puisque le procès intenté par Ferrebouc date de la maudite Noëlle de 1462, il y a de cela plus d'un an. Ces feuillets étaient donc aux mains des chasseurs de livres avant la visite de Chartier dans sa prison. Gamliel les a-t-il lus ? En tout cas, le rabbin savait certainement qui était François avant qu'il ne mette les pieds à Safed.

Federico sourit.

— Mon regretté maître Côme s'est délecté à la lecture de vos rimes.

Villon se raidit de tout le corps. Oui, ses poèmes l'ont précédé en Terre sainte, mais en passant par Florence. Et ce, avant même que Fust n'ouvre sa boutique de la rue Saint-Jacques ou que Chartier, ignorant tout de l'existence d'une Jérusalem clandestine, ne condescende à déléguer d'obscurs Coquillards vers les côtes de Palestine. François doit se résoudre à l'évidence. Rien n'a été négocié ici qui ne puisse être conclu sans son entremise, en plus haut lieu. Il n'a jamais été l'émissaire officiel du royaume. Tous les arrangements avec Fust et Schoeffer, et avec l'évêque de Paris, sont venus après. Après l'arrivée des ballades en Terre sainte ! Et juste après son arrestation ! Cette fois-là, à Paris, ce n'est pas sa propre astuce qui lui a évité la potence, ni l'intercession de Colin. Ce sont les chasseurs de livres.

Dès le départ, c'était lui qu'ils voulaient, François de Montcorbier, dit Villon. François tente de se recomposer, de réfléchir. Des dizaines de questions lui trottent par la tête. Pourquoi la Confrérie lui a-t-elle caché la présence de son manuscrit pendant tout ce temps ? Pourquoi Federico le lui montre-t-il à présent ? Qu'attend de lui Jérusalem ?

D'un autoritaire claquement de mains, Paul annonce qu'il est l'heure d'aller aux vêpres. Federico offre le bras à Aïcha. Colin, affamé par la longue marche de cet après-midi, leur enfile prestement le pas. François se résigne à suivre, marchant à la traîne. Il y a une question qui ne cesse de lui tourner dans la tête, qui le tarabuste plus que toute autre. Et le roi dans tout ça ? Et Louis XI ?

*

Resté seul, Médard éteint un à un les flambeaux, plongeant le caveau dans l'obscurité. Il grimpe, en sautillant, les marches qui montent vers la nef. Essoufflé, le nain se retourne une dernière fois, comme un seigneur inspectant son fief, avant de refermer le portail et de rendre les livres à leur profond sommeil.

De grands lustres en cuivre pendent du plafond mais il fait sombre. Trois bûches de gros chêne flambent dans l'âtre central, mais il fait froid. Vue de l'entrée, la salle gigantesque semble presque déserte. À l'autre bout pourtant, plusieurs rangées d'officiers et dignitaires se pressent devant le trône. Leurs paroles se perdent dans le fracas des giboulées qui martèlent le vitrail. Le roi écoute, caressant ses chiens d'une main distraite. Il est vêtu d'une tunique brune, sans apparat. Sa chevelure rêche est ceinte d'une petite couronne crénelée en or mat, sans pierres ni ciselures. Une longue dague pend de sa ceinture, bien visible.

Un laquais désigne un banc à l'écart sur lequel Fust prend place en évitant de faire le moindre bruit. Le vieil imprimeur contemple les parois moites, dépourvues d'ornements, les dalles grossières, brossées à l'eau, les poutres couvertes de poussière. Il se remémore les marbres polis des palais de Mayence, les tapisseries évoquant les fastes de la cour et les plaisirs de la chasse, les tentures scintillantes, les murs surchargés de trophées – boucliers d'ennemis vaincus, têtes d'ours, de cerfs, de sangliers, faucons empaillés posés sur des perchoirs en argent. Mais Fust ne regrette pas son choix. Paris brille d'un tout autre feu que celui des villes allemandes ou italiennes, consacrées à la gloire et à la beauté de façon trop flagrante. Le souci du bon goût règne sur les bords de Seine tout comme ailleurs, mais avec une élégance naturelle, un peu désinvolte qui, au lieu de toujours se prosterner devant le génial, sait aussi se laisser amadouer par des talents plus subtils, souriants ou en clin d'œil.

De l'avis de Fust, le métier du livre s'épanouira bien mieux ici qu'à Madrid, Turin ou Francfort. Jusqu'à présent, Louis XI s'est montré plus astucieux dans ses choix que les princes d'Italie ou les mécènes de l'aristocratie germanique. Côme de Médicis a nommé un philosophe, Marsile Ficin, comme directeur de l'Académie platonicienne. Il n'a pas hésité à ouvrir sa porte aux talmudistes, à encourager les recherches d'astronomes phéniciens, de mathématiciens arabes, à financer les travaux de médecins et d'alchimistes. À Mayence, Gutenberg ne survit que par la publication de bibles grandioses et d'exégèses fastidieuses. Mais le roi de France, contre toute attente, s'est pris d'amitié pour un pondeur de rimes à qui il a pardonné plus d'une fois ses incartades. Et Fust croit savoir pourquoi. Villon assiste Louis XI dans son dessein comme aucun brillant théoricien ni ponte de faculté ne pourrait le faire. En parlant de sa vie, des femmes, de sa douleur, de Paris, il invite les sujets du royaume à partager tous un même destin. Son chant unit les Français, poitevins ou picards, en un seul hymne, une seule langue, par-delà dialectes et chapelles. À la différence des Médicis, Louis XI n'est pas imbu de grec et de latin mais bien du parler de son pays que manie si bien maître François. Le roi n'est pas grand amateur de poésie. Il voit tout simplement en Villon le chantre d'une nation naissante.

Fust est néanmoins envahi par le doute. Le sujet dont il vient discuter aujourd'hui présente peu d'intérêt pour un souverain assailli de toutes parts. L'insurrection des nobles prend une ampleur imprévue. Charles le Téméraire, comte de Charolais, désormais à la tête d'une impressionnante coalition de ducs et barons, vient de déclarer ouvertement la guerre à la couronne. Bretons, Bourguignons et autres hobereaux jaloux de leurs prérogatives prétendent limoger leur ambitieux monarque et remédier aux problèmes de gouvernement par l'intronisation d'un garçon de dix-huit ans, le duc de Berry, qui n'est autre que le frère du roi. Pour mater cette rébellion, Louis XI a fait appel à ses alliés les plus sûrs, les Italiens. Les Sforza et les Médicis entrant dans la bataille, Fust voit mal comment déclencher l'opération des chasseurs de livres. Si Louis XI est évincé, l'accord secret de la Confrérie avec la France s'avérera nul et non avenu. Or la défaite de Paris serait bien plus grave qu'un simple revers politique. Elle offrirait un sursis intolérable aux forces obscures qui régissent la chrétienté depuis des siècles, repoussant une fois de plus l'échéance. Il faut absolument porter un coup fatal aux démons de ce passé abject qui ne se résigne pas à mourir. La victoire éventuelle du jeune roi contre la ligue des seigneurs ne sera complète que si elle sonne, du même coup, le glas de la chevalerie. Un haut fait militaire ne suffit pas. Si les champions et paladins insubordonnés ne périssent que par le glaive, leur mort sera glorieuse, leur bravoure légendaire. À moins qu'un soldat d'une tout autre légion ne leur dénie cet ultime honneur. Tout en composant leur élégie, il creusera leur tombe. Il les enterrera une fois pour toutes d'un mélancolique coup de plume. Et c'est sur Villon que Louis XI compte pour asséner ce coup fatal.

*

Fust ne bouge pas de son banc, attendant qu'on l'appelle. Le roi ne s'est pas prononcé sur les mesures à prendre. Il n'a donné aucun ordre, se contentant de remercier aimablement les intervenants et de chuchoter ici et là quelques mystérieuses instructions à son aide de camp. Notables et capitaines se retirent peu à peu. Il fait de plus en plus froid, de plus en plus sombre, dans la grande salle du conseil. Seul l'évêque de Paris demeure à sa place. Une fois tout le monde sorti, Guillaume Chartier entame un dialogue inaudible avec son souverain. Sa Majesté, qui jusque-là s'était montrée impassible, se penche pour mieux entendre, intervient à plusieurs reprises, sourit même avec un rictus sournois qui n'est pas sans rappeler à Fust celui de François.

Enfin convoqué à se joindre à la discussion, le libraire se lève péniblement et approche, appuyé sur sa canne. Il se prosterne maladroitement en ce qu'il pense être une révérence puis transmet au roi les bons respects de Jérusalem. Cet hommage ne manque pas de déconcerter Louis XI qui se souvient soudain, avec une certaine gêne, qu'il négocie avec des juifs. Doit-il considérer cette marque de leur déférence comme une courtoisie de protocole ou bien s'offusquer de tant d'arrogance ? Depuis quand ces impies sans terre ni patrie ont-ils des ambassadeurs ? Certes, il n'a aucune confiance en ses propres courtisans, pas même en son frère. Mais les juifs ? Après l'avoir aidé à miner la puissance du pape, ils tenteront sans doute de saper la sienne propre. Bien que recommandés par les Médicis, Louis XI soupçonne les patrons de Fust d'avoir des visées tout autres que celles de Florence ou de Paris. Il songe aux seuls juifs qu'il connaisse, des prêteurs à usure plus riches que Crésus, un médecin de Tolède qui lui a soigné un déboîtement de l'épaule et quelques misérables brûlés en place publique.

*

Fust tente d'exposer le plan de la Confrérie de son mieux. Après l'imposant défilé de soldats et diplomates qui vient d'avoir lieu, il n'est pas aisé de venir vanter les mérites d'une offensive livresque. Pour affaiblir la papauté sans déclencher un conflit de fait, la Confrérie a soigneusement choisi les textes à propager. Mais ce sont d'abord les livres eux-mêmes que l'opération aspire à changer, leur forme, leur poids, leur aspect. Elle va les libérer du carcan des cloîtres et des collèges. Imprimeurs, graveurs, brocheurs, colporteurs, vont les rendre plus maniables, plus légers, moins coûteux. Et bien moins sérieux. Au lieu d'attaquer la scolastique de front, ils vont la noyer dans un flot d'ouvrages en tous genres, inondant la place de récits de voyages, de traités de physique, de tragédies et de farces, de manuels d'algèbre ou de chaudronnerie, de chroniques historiques, de contes et de légendes. Et surtout, les libraires vont encourager l'emploi du français, de l'italien, de l'allemand. Le latin ne sera plus idiome sacré mais simplement la langue de Tite-Live et de Virgile.

Guillaume Chartier semble agréer. En amenuisant l'influence de Rome, le clergé de France renforce sa position au sein du royaume. Les biens de l'Église entreront enfin en sa pleine possession plutôt que de remplir les poches du pape. Or les frais occasionnés par l'insurrection des barons placeront rapidement les caisses royales à la merci des finances ecclésiastiques. Et ainsi, l'évêque de Paris deviendra à la fois chef spirituel du pays et trésorier principal de la cour.

Le roi, qui s'est remis à caresser ses chiens, ne daigne pas exprimer son opinion sur la stratégie proposée et congédie Fust. Son indifférence, feinte ou non, met l'imprimeur mal à l'aise. La lumière s'éteint doucement dans la cire fondue des candélabres, plongeant la salle dans l'obscurité. Alors qu'un majordome vient escorter Fust vers la sortie, Louis XI prend soudain la parole. L'Allemand se retourne, tendu, attentif.

— Dites à Jérusalem de prendre bon soin de messire François.

Aïcha s'assied sur la margelle du puits, espérant en tirer quelque fraîcheur. François reste debout, face à elle. Dès qu'elle lui prend la main, une chaleur animale, brûlante et délicieuse à la fois, se répand au creux de sa paume.

— Es-tu aussi bon poète qu'on le dit ?

La question innocente d'Aïcha fait sourire François. Il voudrait la prendre ici même, la coucher sur le sol, maudite pucelle. Il relève la tête, examinant longuement les traits de la jeune femme.

Villon ne peut s'empêcher de songer que la présence de cette nomade à ses côtés est loin d'être fortuite. À chaque fois qu'il a voulu la retenir, il n'a rencontré qu'une opposition de forme. Ou feinte. Elle est plus qu'un simple appât. Il le sait. Elle est son guide, au fil des sentiers et des oueds. Ou une ensorceleuse à la solde de Gamliel.

Une caresse sur la joue balaye d'un coup les anxiétés de François. Le voyant en proie au doute, Aïcha tente-t-elle de l'en détourner ? Rien là d'improbable. Mais pourquoi ne pas accepter cette trêve ? Il se serre contre elle, lui baise le front. Bien que mal lui en ait maintes fois pris, Villon n'a jamais résisté bien longtemps aux sortilèges des femmes.

Dans l'obscurité, un spectateur solitaire applaudit. Adossé au muret qui cerne la cour du cloître, Colin tire son chapeau bien bas, rendant hommage à la façon admirable dont la sauvageonne du désert s'y est prise pour mater le libertin des faubourgs.

*

Au réfectoire, les convives bavardent de vive voix. Le prieur tire son meilleur breuvage d'un tonnelet posé en bout de table, emplissant généreusement un gros pichet en grès. Tout guilleret, il chantonne pendant que coule le divin nectar. Federico est en grand conciliabule avec Médard qui continue de désapprouver le choix des ouvrages destinés à partir bientôt pour la France et l'Italie. Il est surtout critique du *Testament* de maître Villon, le trouvant frivole et sans consistance. Le moine s'offusque du titre pompeux de ce recueil. Il y a deux testaments, l'ancien et le nouveau. Qu'a-t-on besoin d'un troisième ?

Federico, un peu ivre, lui expose avec condescendance que c'est justement la désinvolture de Villon qui fera le plus de chemin dans les esprits. Et dans les cœurs. Dante et Pindare écrivent dans un langage pur qui touche les nuages, alors que Villon s'adresse aux bonnes gens, à hauteur du nez, en un parler bien vivant. Ce n'est ni l'odyssée des dieux ni celle des princes qui est célébrée dans ses ballades, mais celle d'un quidam, un bon bougre avec qui on viderait plaisamment un godet. Et c'est là toute leur force. Satisfait de ses effets oratoires, entrecoupés de hoquets, le Florentin se ressert généreusement dès que frère Paul dépose le pichet et invite la tablée à réciter les grâces.

Gamliel atteint le monastère de bon matin. Écourtant poliment les formules de bienvenue que lui débite le prieur mal dégrisé, le rabbin se dirige droit vers les caveaux. Frère Médard l'y attend, jambes ballantes, perché sur un coffre des Indes. Rabbi Gamliel longe rayons et étagères d'un pas sec, comme s'il inspectait des troupes. Rouleaux et volumes se tiennent bien droit, en un rigide garde-à-vous. Les agents les mieux entraînés peuvent défaillir, commettre des méprises, mais ni Caton, ni Averroès ne bégaieront face à l'ennemi. Et ce n'est pas à Homère qu'on passera la corde au cou. Les cartes marines, elles, n'intéressent pas encore les censeurs. Pourtant, les distances énormes qu'elles recouvrent rendront bientôt Rome minuscule, insignifiante. Les récents autodafés révèlent la panique qui s'empare déjà des curés. Mais plus ils brûleront de traités d'astronomie en place publique et plus les spectateurs suivront du regard les fumées qui montent des bûchers. Ils lèveront enfin les yeux, vers les étoiles justement.

Le rabbin effectue un rapide contrôle des listes. Les noms des plus grands penseurs, les titres des œuvres les plus marquantes se succèdent de ligne en ligne en un glorieux inventaire parsemé ici et là d'œuvres badines. Nul ne sait qui aura raison de l'adversaire. Les tragédies grecques ou les farces de village, la vérité des sciences ou la fantaisie du rêve ?

Gamliel salue les rangées de volumes en un adieu solennel. C'est d'une voix légèrement enrouée qu'il donne l'autorisation à Médard de charger les carrioles.

*

Assis à la longue table du réfectoire, Colin et François tiennent conseil. Les seules nouvelles qu'ils aient de France leur parviennent par l'intermédiaire de frère Paul. Elles ne sont pas toujours fraîches, mettant souvent plus d'un mois pour traverser la Méditerranée. Nul ne sait si le régime de Louis XI a survécu à l'insurrection des barons. C'est seulement lorsqu'ils arriveront à Gênes que les chasseurs de livres découvriront s'ils peuvent monter sur Paris ou s'ils doivent y renoncer et suivre Federico jusqu'à Florence. Auquel cas, Colin préconise de filer au plus vite et d'aller rallier la bande des Coquillards, où qu'elle se trouve, plutôt que de coller aux bottes du Florentin. N'en profiteraient-ils pas pour le détrousser et se venger du mauvais tour qu'il leur a joué ? Au moment où François va répondre, Colin hoche la tête en direction de la porte. Gamliel se tient sur le seuil. Il a sûrement entendu une bonne partie de la conversation.

Le rabbin affiche un sourire affable teinté de malice qui n'est pas sans rappeler à Villon celui de l'évêque de Paris lorsqu'il entra, il y a bien longtemps, dans sa cellule. L'aura de Chartier était accentuée par la pénombre, son aube blanche illuminée par le feu de sa lanterne. Ici, ce sont les rayons aveuglants du soleil qui enveloppent cet autre prêtre de leur lumière, lui donnant des allures de prophète. Mais François doute qu'il apporte la bonne parole. Gamliel approche et prend place. Il verse un peu d'eau dans une timbale, boit une courte gorgée puis, braquant Villon de son regard pénétrant, il lui annonce sans préambule que seul Colin rejoindra la France.

François se lève d'un bond, rouge de colère. C'est à lui, et non à Colin, qu'a été confiée la responsabilité de cette mission. Il doit s'assurer personnellement de l'arrivée de la cargaison à bon port. Le retenir ici, en Terre sainte, constitue une scandaleuse prise d'otage! Gamliel réprime avec fermeté ces protestations outrées. Il justifie la décision en affirmant qu'il serait mal venu de rapatrier maître Villon en même temps que ses vers rebelles, à un moment où Rome se montrera la plus susceptible d'en poursuivre l'auteur et où Louis XI, en plein conflit militaire, sera incapable de le protéger. Les ordres du commandant de la Confrérie sont formels, Villon reste.

Gamliel a reçu pour consigne de persuader le Français de retarder son départ. Il est cependant exclu de l'y contraindre par la force. Têtu comme une bourrique, Villon ne fera rien de ce qu'on attend de lui sous la menace. Il faut l'amadouer. Gamliel suggère aimablement à François de reprendre la plume. En attendant…

François, parodiant le ton amène du rabbin, le remercie humblement, se disant flatté que des chasseurs de livres tant avertis l'aient trouvé digne de venir lutter aux côtés d'Horace et Épicure contre la niaiserie et l'étroitesse d'esprit. Mais Épicure et

Horace sont morts depuis longtemps. De leur vivant, nul n'aurait songé les tenir ainsi à l'écart. Tout en pestant et protestant, François fait rapidement ses comptes, de moins en moins persuadé que ce prolongement de son séjour soit aussi funeste qu'il le clame. Personne ne l'attend à Paris, hormis Chartier. Il n'y retrouvera que ses dettes et ses tracas avec la justice.

Colin lui aussi, sous ses airs fâchés, se sent de moins en moins affligé par la nouvelle. Plutôt que de servir d'escorte à son vénérable compagnon, le voilà promu chef de l'expédition et donc en mesure de traiter directement avec l'évêque de Paris, si ce n'est avec le roi même. Il réfléchit déjà à comment tirer profit de cette aubaine.

Villon continue cependant de se rebiffer, déclarant que Gamliel ne peut le garder ici contre sa volonté, qu'il est hors de question qu'il écrive dans de telles conditions, que cette nouvelle vexation dépasse les bornes. C'est un affront à la couronne de France !

Gamliel ne se prive pas de l'occasion que François lui offre ainsi sur un plateau. Il le prend immédiatement au mot.

— Laquelle considère cet arrangement fort judicieux, comme elle vient tout juste de le réitérer à maître Fust.

François a du mal à en croire ses oreilles. Louis XI est de mèche ! Le rabbin ne se permettrait pas de mentir là-dessus. À Lyon, dans la mansarde, le prix était déjà convenu, la transaction conclue entre Paris et Jérusalem. Donnant, donnant. La plume de Villon contre les services de Fust. François n'a donc jamais risqué la potence ! Le roi l'avait gracié d'avance. Mais à quelle fin ?

La Confrérie a respecté sa part de l'engagement. Elle a procuré un atelier d'imprimerie et elle expédie maintenant les textes qui en alimenteront les presses. Villon, quant à lui, ne voit pas ce qu'il peut fournir en contrepartie d'une telle entreprise. Ce n'est tout de même pas pour pondre des rondeaux que son souverain l'a délégué aussi loin. Et qu'il accepte que ces chasseurs de livres le séquestrent.

Villon baisse les yeux, contemplant le bois grossier de la table. Une fourmi trotte par les chemins que tracent les veinures. Elle court de-ci de-là, franchissant fissures et interstices tel un esquif bravant les flots. Elle s'agrippe à une miette de pain, en tâte la texture rancie d'un coup de mandibules puis repart d'un trot allègre. Elle semble vagabonder à son gré. Mais en fait, c'est pour sa reine qu'elle besogne. Colin écrase la fourmi d'un coup de poing. François sursaute, brusquement tiré de sa rêverie. Colin l'a fait exprès, pour le secouer.

Villon courbe soudain l'échine mais un mince sourire s'étire vers ses pommettes, tendant la peau des joues, crispant le visage. Gamliel ne comprend pas le sens d'une telle grimace. Colin, lui, en reconnaît aussitôt les traits polissons. Ce sont ceux que François exhibait lors des veillées d'antan quand, entouré de toute la bande, il préparait un mauvais coup. Inquiet, Gamliel sent bien que les deux Coquillards se parlent sans piper mot. Colin, une lueur sardonique à la pupille, broie doucement le cadavre de l'insecte entre ses énormes doigts puis, d'une chiquenaude, l'envoie voler aux pieds du rabbin pendant que Villon, toujours penché, continue de scruter les aspérités de la table, comme si la fourmi y courait encore.

Alors que Gamliel s'efforce de déchiffrer le message muet que les deux Français s'adressent sournoisement l'un à l'autre, Federico surgit dans la salle, tout pimpant, coiffé de son chapeau à panache, brandissant un fouet de cavalier. Le Florentin annonce que tout est fin prêt. S'il part demain à l'aube, le convoi atteindra Acre en moins de deux jours.

Frère Paul trottine en tous sens, agitant son encensoir à bout de bras, enfumant la cour d'une odeur âcre de cinnamome et de résine qui brûlent trop fort. De l'autre main, il asperge mules et gens d'eau bénite, marmonnant vœux et prières. Un grondement éolien, comme en font les baleines, monte de sa poitrine essoufflée. Attroupés dans un coin, les moines observent le manège du prieur, craignant qu'il ne trébuche sur les dalles encore mouillées de rosée. Médard se contente de hausser les épaules, constatant que le bon Paul n'a pas manqué de s'éclaircir dûment le gosier par ingurgitation de quelques rasades matinales. En célébration de ce jour glorieux, il semble même avoir doublé la dose habituelle.

Federico rehausse la cérémonie à sa façon, gratifiant les assistants d'une tenue encore plus extravagante que de coutume. Il est vêtu d'une chemise de velours pourpre rembourrée aux épaules et aux coudes. D'élégantes broderies en camouflent les coutures. Les manches et le col sont bordés de fleurettes d'une soie pâle, faussement discrète. Trois rangées de piécettes d'or soulignent le bombement du torse. Elles miroitent au soleil et tintent à l'unisson à chaque mouvement du corps. La poignée d'une dague émerge d'un fourreau gainé de peau de lézard. L'arme est accrochée à une ceinture de cuir espagnole, cloutée d'argent niellé, dont l'allure guerrière tranche avec le reste, en une claire mise en garde. Le choix de ces excentricités vestimentaires est loin d'être anodin. Chaque détail est pensé avec soin de manière à impressionner tant les bandits que les inspecteurs du guet, tant les manants que les notables.

Après une rapide inspection, l'Italien monte en selle et salue galamment l'entourage. Colin, tenant son cheval par la bride, s'approche de François. Incapables de donner voix aux sentiments mêlés qu'ils éprouvent, les deux hommes se contentent d'un sourire dépité. Leur émotion, ainsi tue, n'en est que plus intense. Au moment où Colin se retourne pour enfourcher sa monture, François s'en va brusquement, se dirigeant vers les remparts pour assister au départ.

*

Le convoi parti, les moines s'en retournent à leurs tâches, à la bibliothèque, au pressoir, aux étables. La cour du cloître est maintenant déserte hormis Gamliel, assis sur un banc, en bas du clocher, perdu dans ses pensées. À ses pieds, la croix du beffroi étire son ombre menaçante, ses bras déployés comme les ailes d'un rapace. Le rabbin sent sa gorge se serrer. Il songe à la petite caravane qui entame paisiblement son chemin vers la mer. Elle s'en va, confiante, vers un monstre énorme aux mille tentacules.

La puissance de Rome s'étend sur le monde comme l'ombre de cette grande croix. Elle exerce son emprise bien loin de ce monastère, des humbles prêtres qui y vivent, de la campagne qui l'environne. Aucun pape n'a jamais foulé du pied les pistes de bergers qui sillonnent la Galilée, grimpé seul, appuyé sur sa crosse, les collines brûlantes de la Judée, dévalé les pentes rocailleuses qui mènent à la mer Morte. Dans son palais de marbre et de porphyre, le Saint-Père ne parcourt que le tracé des enluminures qui ornent son Évangile. De fines miniatures y dépeignent la douleur du Christ, son sang dégoulinant en coulées d'aquarelle teintées de vermillon. Gamliel, qui n'a jamais quitté la Palestine, se représente le Vatican comme une forteresse gigantesque. L'assaut de la Confrérie lui paraît soudain dérisoire. Il sera écrasé comme la fourmi qui courait hier sur la table du réfectoire.

François et Aïcha approchent, longeant la voie sombre que la croix dessine sur le sable. Ils remarquent l'expression soucieuse du rabbin mais leur apparition semble chasser d'un coup les pensées qui le tourmentent. Gamliel ne sait lequel des deux sourires le réconforte le plus, celui innocent d'Aïcha ou le rictus malicieux de François. Il leur annonce qu'il doit retourner à Safed au plus vite. Il est convoqué à comparaître devant le cadi de Nazareth à qui il a quémandé une entrevue dans l'intention d'apaiser les soupçons du califat. Et puis, le monastère pouvant faire l'objet d'une perquisition à tout moment, il est plus prudent de s'en éloigner. François prendra la route dès demain. Le commandant de la Confrérie a prévu pour lui une résidence isolée et sûre.

François qui croyait rester ici, parmi les moines, est pris de court. Il ne demande même pas où se trouve l'endroit où on va le conduire, ni si Aïcha l'accompagnera, d'autant plus que la jeune esclave, exaltée et ravie, a tout l'air de le savoir. Elle et le rabbin ne se soucient même plus de camoufler leur connivence.

De fait, Gamliel poursuit comme si de rien n'était, expliquant à quel point la période est favorable au voyage. À l'approche des fêtes juives de fin d'année les routes sont encombrées de villageois se rendant à la synagogue, de familles allant visiter leurs proches, d'artisans et d'ouvriers venant travailler aux préparatifs ou recevoir récompenses et oboles de leurs employeurs. Un jeune couple, elle déguisée en fiancée juive, lui en étudiant talmudique, n'attirera pas l'attention.

François ne peut réprimer un petit rire moqueur. Il s'imagine arpentant la Galilée, affublé d'une calotte et d'un caftan, peut-être même d'une fausse barbe. Il se voit bénir les vieilles, caresser la tête des enfants, lever les yeux au ciel comme s'il était en vif conciliabule avec le Tout-Puissant, et laisser sa jeune épouse se coltiner tous les paquets. Gamliel précise que le couple sera escorté, pour sa sécurité, mais que la présence d'Aïcha est plus qu'indispensable, en raison de sa connaissance du terrain. C'est une fille de l'Atlas. Gamliel exhibe un sourire amusé à son tour.

— Après tout, le désert n'a pas de secret pour elle.

Le bateau s'éloigne des côtes, toutes voiles dehors. Les remparts d'Acre ne sont plus qu'un trait gris soulignant l'ocre lumineux des dunes qui entourent la ville. Au sud, le mont Carmel étend son ombre sur la mer. Ses contours arrondis lui donnent l'allure d'une bête assoupie alors que plus au nord, des falaises abruptes, tels des fauves dressés sur leurs pattes, gardent jalousement l'accès du Liban.

Federico et Colin se tiennent en proue. Un vent d'ouest leur frappe la face, les soulageant à peine de la chaleur qui règne sur le pont. Colin se montre d'une humeur joviale, réjoui de quitter enfin la Terre sainte. Il ne s'y est jamais senti à l'aise. Imprégné des enseignements des curés, il avait escompté ressentir la commisération du Christ, se rapprocher de Dieu ou du moins trouver ici des réponses. Il a arpenté les sentiers de Galilée, longé le Jourdain, foulé le pavé de Jérusalem, croyant qu'ils le mèneraient quelque part. Il a partout cherché des indices. Mais comment s'y retrouver dans ce fatras de temples et de ruines, de tribus et de clans, de prophéties et de légendes ? À qui, diable, demander son chemin dans ces venelles bondées de fantômes, d'enfants en guenilles, de vagabonds miséreux, de prêtres, de nomades ? Et quelle question leur poser? Colin repart bredouille. Il est pressé de retrouver sa douce France. Il respire l'air marin à pleins poumons, comme si on venait de lui ôter un garrot, puis se retourne un moment, bien heureux de voir la ligne du rivage s'effacer et disparaître au loin.

Federico hume aussi la brise. Elle gonfle la misaine avec une vigueur saine et alerte qui semble de bon augure. Le vaisseau glisse agilement sur les flots, tanguant à peine. Le Florentin scrute le large, face au vent, les yeux brûlants, les lèvres piquées par le soleil et le sel.

Du haut de la chaire apostolique, Paul II écoute attentivement la lecture des dépêches. Les membres du Collège se tiennent assis le long des gradins qui se font face de part et d'autre de la salle du concile. Au centre de la nef, éclairé par un rayon de soleil, un jeune prêtre récite les dernières nouvelles d'une voix neutre. Il relate le déroulement de violents combats en Savoie, informe de l'état de santé d'un évêque liégeois, décrit les horribles châtiments infligés aux hérétiques de Séville, parcourt un rapport financier en provenance de Palerme, sans qu'aucune émotion ne trahisse son débit monotone. Nul n'ose piper mot. Le pape ne tolère aucune interruption. Il ne se prononce sur aucun sujet avant d'avoir entendu jusqu'au bout la morne liste des événements du jour. Le jeune orateur ne classe les annonces ni par ordre chronologique ni par importance, se contentant de les lire l'une après l'autre sans pause ni transition. C'est donc entre un message de l'évêque de Rouen, alarmé par la situation précaire de la France, et un compte rendu des coûts de réfection du palais d'Avignon, que tombe la missive de l'archidiacre de Nazareth concernant un possible complot juif contre Rome.

Un léger murmure s'élève des bancs épiscopaux. Le mot "juif", même lorsque prononcé au sein d'un banal communiqué, ne manque jamais de provoquer quelque remous. Or voilà les éminences confrontées à un autre terme, tout aussi troublant et chargé de mystère : "Jérusalem d'en bas". Mais le jeune prélat continue déjà, abordant les suggestions pour le menu et les décors floraux du repas de Toussaint.

Le Saint-Père semble faire peu de cas des accusations en provenance de Terre sainte. Éloigné, oisif, l'archidiacre de Nazareth veut sans doute faire bonne impression. Étroitement surveillé par les mamelouks, il se montre incapable de recruter sur place espions et saboteurs en vue d'une nouvelle croisade. Il n'arrive même pas à lever les fonds nécessaires à l'entretien de la basilique de Bethléem. Prétendant être saignées par le califat, ses ouailles ne versent pas la dîme. Croit-il vraiment pouvoir se distinguer en divulguant une sombre conspiration qui, si elle existe, est certainement le fait d'une poignée d'effrontés ? Rome ne prêtera foi à ces sornettes que lorsqu'elle verra une flotte de navires hébreux voguer à l'assaut des côtes italiennes ou quelque juiverie prendre les armes plutôt que de courber l'échine.

Paul II s'enquiert plutôt de la progression des troupes nobiliaires opposées à Louis XI, déçu de constater qu'elles piétinent sur place, non pas freinées par les régiments de la couronne mais par de ridicules divisions internes. Charles le Téméraire, Jean de Bourbon et René d'Anjou se disputent le trône avant même de l'avoir conquis. Le légat en place à Avignon met en garde contre une victoire de Louis XI, craignant qu'elle n'entraîne une annexion de fait du Comtat venaissin. Quant au clergé de

France, il est à prévoir qu'il se soumettra à son jeune souverain victorieux bien plus volontiers qu'au chef spirituel de l'Église, fort vénérable, certes, mais déjà âgé et sans poigne.

Depuis la chute de Byzance, le rayonnement de la papauté ne cesse de faiblir. Il n'y a que la péninsule Ibérique et quelques principautés italiennes qui voient en Rome la capitale de la chrétienté. Paul II est de plus en plus isolé. En combattant les humanistes avec une hargne de bigot, il a perdu l'estime des Sforza et des Médicis. Ses nonces lui reprochent le faste duquel il s'entoure alors qu'il diminue, de concile en synode, leurs budgets et leurs prérogatives. Depuis la réédition clandestine des écrits séditieux de John Wycliffe et de Jan Hus, un vent malsain de réforme souffle sur les diocèses allemands, anglais, tchèques, hollandais et partout où l'Inquisition n'a pas une prise aussi ferme qu'en Italie ou en Espagne. À Paris, Guillaume Chartier ne répond même pas aux injonctions le sommant d'interdire l'ouverture de nouvelles imprimeries au sein de son évêché. Or voici que le Saint-Père, ne s'inquiétant nullement d'un plan diabolique des juifs pour miner son pouvoir, se préoccupe de choisir les mets et ornements des prochaines réceptions pontificales.

Les cardinaux ignorent que, si le pape fait mine de ne prêter aucune attention aux avertissements de l'archidiacre de Nazareth, ce n'est pas par nonchalance. Bien au contraire. Il entretient secrètement l'espoir qu'ils se confirment, y voyant une occasion inespérée de redorer son blason. L'annonce d'une plaie satanique en provenance de Judée enflammera bien mieux l'ardeur des fidèles que les accusations rabâchées d'anathème et de meurtre rituel. Rome, aux prises avec les forces diaboliques d'une Jérusalem secrète, s'élèvera en dernier rempart de la foi. Elle pourra à nouveau unir tous les rois catholiques autour d'elle.

Pendant que l'un de ses conseillers évoque les mesures sévères à prendre contre les réformistes anglais, Paul II réfléchit au moyen de répandre la rumeur d'une conjuration des juifs. Il songe même à faciliter la tâche des conspirateurs afin que la menace prenne l'ampleur voulue. Se félicitant de ce stratagème, il congédie le Collège d'un bref signe de croix. Indignés, les prélats quittent lentement la salle, poursuivant leurs conciliabules à voix basse. Leurs murmures réprobateurs bourdonnent à travers les galeries avant de se perdre au loin, étouffés par les courants d'air qui soufflent des grandes fenêtres donnant sur la place Saint-Pierre.

Le souverain pontife demeure immobile, enfoncé dans les épais coussins de son fauteuil à baldaquin. Il envoie son camérier mander le chef de la garde. L'immense salle aux parois de marbre s'étend devant lui, vide, silencieuse. Paul II pense à Dieu. Il se représente le Tout-Puissant, assis là-haut parmi les astres, contemplant l'Univers. Se sent-Il aussi seul que le pape ?

Un pimpant soldat franchit le portail d'un pas raide et empressé. Il est affublé d'un pourpoint de parade et d'un sabre dont la poignée est ciselée aux armes du Saint-Siège. Le camérier trottine à sa suite, dos courbé, nez contre terre. L'officier s'arrête net aux pieds du trône apostolique et se fige en un grotesque garde-à-vous. Avec lui, Paul II n'a pas à s'encombrer du ton maniéré, ni des airs de bienveillance réfléchie qu'il doit emprunter pour s'adresser aux archevêques et aux princes. Il peut parler en clair, aller droit au but. D'une voix rauque de vieux général, il informe l'officier que les juifs viennent de déclarer la guerre à Rome.

Aïcha ne peut retenir un sourire de dérision à la vue de la vaillante escorte allouée par Gamliel. Maigre comme une ficelle, pâle comme un drap, le jeune garçon nage dans un caftan noir bien trop large pour lui. Quant à Villon, il se dit que, planté au milieu d'un champ d'orge, les bras écartés, ce gaillard ferait un excellent épouvantail à corbeaux. Mais frère Paul s'empresse d'assurer que, sous cette mince figure de talmudiste en herbe, se cache l'un des guerriers les mieux entraînés de la Confrérie. Descendant de la noble lignée des *shomerim*, les anciens gardiens du Temple, il maîtrise aussi bien l'art secret du pugilat mongol que le maniement des dagues mauresques. Et, comme ses aïeux, il est un excellent chasseur de livres. Cette dernière remarque impressionne dûment Villon qui toise désormais le nouveau venu d'un meilleur œil.

Tout ému, et déjà bien abreuvé, le prieur enlace François et Aïcha de ses énormes bras, les étouffant presque. Il marmonne une courte bénédiction avant de les confier au jeune mercenaire qui, sans mot dire, entraîne aussitôt ses protégés vers la vallée. Villon est désolé d'avoir à quitter frère Paul en qui il voyait son seul protecteur en cette terre inconnue. Aux côtés du gros moine, François se sentait en sûreté. Frère Paul a cependant refusé de dévoiler où la Confrérie cache les déclarations dictées par Jésus avant qu'Il ne soit livré aux Romains. Il préfère qu'elles demeurent secrètes. Les hommes ne sont pas prêts à en recevoir le message. Et d'ailleurs, a-t-il dit en riant, elles ne leur plairaient pas du tout.

Posté sur le seuil de la chapelle, frère Médard observe le départ, se disant que ces trois-là n'iront pas bien loin. Il est jaloux de leur jeunesse, de leurs espérances. Et surtout, il les envie de prendre la route qui mène au désert. Il y a vécu en ermite, au début de sa longue marche spirituelle. Il en a sillonné les ravins et les oueds pendant des mois, médité dans les grottes ou au sommet des plateaux, appelant en vain le Seigneur, la gorge desséchée par la soif, les membres tordus par la faim. Et puis, à bout de forces, il a été recueilli par frère Paul, ce joyeux serviteur de Dieu, cette bonne âme, solide et simple, qu'aucune angoisse ne ronge, qu'aucun doute n'assaille. Au monastère, le prieur lui montra la bibliothèque, non sans fierté, lui disant qu'il trouvait dommage de chercher des révélations dans le sable alors que les livres en regorgent. C'est ainsi que Médard devint archiviste. Et qu'il cherche toujours son Dieu, errant parmi rayons et étagères, dans la pénombre d'un caveau.

*

Vers midi, le jeune juif ordonne une halte, prenant la parole pour la première fois. Il guide délicatement Aïcha vers un rocher, à l'ombre d'une rangée de cyprès, et lui tend une outre, souriant avec une courtoisie galante qui n'est pas sans agacer Villon.

— Je m'appelle Éviatar, du nom d'un prêtre dissident proche du roi David.

Ces courtes présentations terminées, Éviatar relève les pans de son caftan et grimpe lestement jusqu'à la cime d'un arbre. Perché sur une branche, il scrute l'horizon. La ramure plie à peine sous son poids. Il demeure parfaitement immobile, flairant la campagne. Personne ne rôde dans les parages. Satisfait, il saute à terre d'un bond, amortissant sa chute d'un ploiement de genoux comme en font les félins. Puis, en un parfait arabe, il demande à Aïcha si elle a faim, tirant déjà de sa besace des galettes grillées à l'huile et au thym, tartinées d'une pâte d'olives concassées.

À la tombée du soir, les trois marcheurs atteignent une butte dont la cime est jonchée d'amas de pierres et de briques qui marquent l'emplacement d'une ville détruite. Éviatar avance avec précaution. Il retient Villon qui, voulant éviter un buisson d'orties, manque de tomber dans une fosse. Villon se penche. Le trou est profond, foré en vrille comme s'il avait été creusé par le tortillement d'une couleuvre géante. Ses parois abruptes sont hérissées de racines crochues, tourmentées, qui s'agrippent désespérément à chaque aspérité du roc pour ne pas dégringoler dans l'abîme. L'air s'engouffre dans ce boyau en sifflant, aspiré par le vide. Effrayée, Aïcha recule. François remarque soudain que les abords du gouffre sont jonchés de fleurs séchées, d'osselets, d'amulettes, de bougies éteintes. Sa stupéfaction amuse Éviatar, qui s'abstient de lui révéler à quel monstre souterrain sont destinées toutes ces offrandes. Il ne veut pas épouvanter Aïcha, qui tremble suffisamment de peur. Ce n'est que plus tard, en chemin, après s'être assuré que la jeune femme ne l'entend pas, qu'Éviatar révèle à François le nom du mystérieux endroit. Il ignore par quelle méprise Tel Megiddo, lieu-dit hébreu, simple bourg, relais d'étape, est devenu, tant en arabe qu'en latin, l'Armageddon. C'est là, à la fin des temps, à l'ère sanglante de Gog et Magog, que Lucifer sera vaincu par l'ange du bien. La fosse dans laquelle François a failli tomber est l'antre de la Bête, la porte des ténèbres. À moins que ce ne soit une antique bouche d'égout. Villon sourit, partageant le scepticisme de son guide. Mais Éviatar se fige brusquement, ordonnant de ne pas faire de bruit. Un grondement lointain parcourt la nuit. Il résonne au creux des tympans, insistant, amplifié par le silence paisible de la prairie. Inquiet, François se raidit, prêt à voir surgir les cavaliers de l'Apocalypse. Aïcha se tient juste derrière lui, mais ce sont les djinns qu'elle se prépare à affronter. Éviatar s'esclaffe, désignant derrière les buissons les ruches bourdonnantes d'un éleveur d'abeilles. François, en bon dindon de la farce, tape Éviatar sur l'épaule. Mais Aïcha observe le vol des insectes avec méfiance. Leurs essaims virevoltent au clair de lune, en rangs serrés, comme une nuée de démons.

*

Jour après jour, Aïcha et François se laissent docilement mener par Éviatar, marchant à l'aveuglette le long des sentiers tortueux, grimpant les côtes escarpées, dévalant les pentes abruptes en hurlant comme des enfants.

Après bien des bifurcations impromptues, Villon constate que l'itinéraire n'a pas été fixé d'avance. Éviatar avise sur le moment ou selon l'humeur, n'hésitant pas à rebrousser chemin, allant jusqu'à gaspiller une demi-journée de marche pour fuir quelque mauvais présage : gazelles affolées qui détalent, vol en rond de vautours, crottes de chevaux. Ou bien, reniflant la brise, il décide de suivre une senteur plaisante de potager, un parfum rance de vendanges, la puanteur d'un troupeau de chèvres. Il lui arrive d'accompagner un berger afin de découvrir un point d'eau qu'il ne connaît pas, de lui acheter un peu de lait, de s'informer des récents mouvements de patrouilles ou tout simplement pour bavarder un brin. À tous, artisans, fermiers ou colporteurs, aussi miteux soient-ils, il demande s'il n'y a pas de vieux parchemins à vendre dans les parages. Certains lèvent les bras en souriant bêtement. La plupart ne savent même pas lire. D'autres indiquent l'atelier d'un tanneur qui récupère les peaux ou le passage récent d'une caravane de marchands. Villon trouve les sollicitations d'Éviatar plutôt cocasses. Pourtant les gens, ne marquant aucun étonnement, répondent aimablement comme si ce garçon leur avait demandé où se procurer des œufs frais ou des oranges.

*

Les brèves conversations qu'engagent Villon et Éviatar tissent le fil d'une complicité tout d'abord hésitante. Malgré un panaché peu savoureux de grec, d'hébreu de catéchisme et de quelques bribes de mauresque, les deux hommes découvrent vite qu'ils partagent un même sens de l'humour, salé mais sans aigreur. Ces prouesses de langage amusent fort Aïcha qui découvre à quel point François aime s'écouter discourir. Pour lui tout est verbe comme, pour un peintre, tout est couleur. Même les arbres causent. Même les pierres ont quelque chose à dire. Il n'y a qu'Aïcha qui se taise. Son silence agace Villon la plupart du temps. Sauf quand il en perçoit la subtile douceur. Elle est de ces égéries, à la fois altières et pleines d'humilité, dont parlent les bibles.

À moins qu'elle ne soit une fieffée comédienne, comme le dit Colin. Lequel, s'il voyait François à l'heure qu'il est, se taperait fort sur la panse. De quoi en épater plus d'un en contant à la veillée comment son bon ami Villon descendit au désert, sans âne blanc ni apôtres, aux bras d'une donzelle et d'un gringalet, l'une sarrasine et l'autre juif à souhait. François s'imagine Colin entouré de Coquillards, leurs faces hilares rougeoyant au coin de l'âtre, trinquant à la santé du brillant narrateur. En quoi il a bien tort.

Une file d'éleveurs quittant la foire pour s'en retourner chez eux retarde l'avancée du convoi. Bouviers bien en chair, la joue rose, la moustache longue et fournie, mènent le gros bétail à travers les rues étroites, obligeant les passants à se réfugier sous les porches. Colin peste. Ses trois carrioles sont coincées à un carrefour. Mais il préfère attendre plutôt que de passer par la grande avenue qui longe le palais des papes. Les imposants édifices de la Légation apostolique le terrorisent.

Les frayeurs du Coquillard amusent les hommes de la Confrérie qui l'accompagnent. À Avignon, même les juifs n'ont rien à craindre des redoutables officiers de l'Église. Cardinaux et archevêques viennent ici pour se prélasser, se concerter, se gaver. Nul sycophante de l'Inquisition ni gendarme du guet ne se tiennent en embuscade. Colporteurs, ambulants, troupes de comédiens circulent librement à travers tout le Comtat, jusqu'aux frontières de la Provence. Les jeunes gens de Palestine redoutent le moment où ils quitteront cette région bénie pour rejoindre Paris que Colin est si impatient de revoir. Ce sera à leur tour d'avoir peur. Ils ne craignent pas tant la maréchaussée que les hordes de brigands qui

rôdent dans les forêts, ou les patrouilles de mercenaires qui pillent fermes et villages pour le compte
des hobereaux. Des frontières du Comtat jusqu'à
l'Île-de-France, s'étend une contrée barbare, brutale
et, par endroits, tout aussi sauvage que les confins
de la Russie ou de l'Afrique.

*

Colin, qui a tout fait pour passer inaperçu, manque
de s'évanouir lorsque son convoi atteint enfin le
quartier juif. La communauté a dressé un banquet
de bienvenue dans la cour de la grande synagogue.
Des enfants rient et dansent, des femmes s'affairent
autour d'énormes chaudrons. Les hommes ont
revêtu leurs habits de fête. Dressée à ciel ouvert,
bruyante et plutôt désordonnée, cette joyeuse réception ne se prête certainement pas à une réunion
secrète. Plutôt à un repas de noces.

Rabbins enveloppés de leurs châles de prière, négociants à la tenue soignée, mendiants en caftans mités
se pressent autour des jeunes gens venus de Canaan.
Les questions fusent, en hébreu, sans que les visiteurs
puissent même y répondre. Les fidèles demandent
des nouvelles de leurs proches, s'enquièrent du temps
qu'il fait, du produit de la récolte, comme si les étrangers auxquels ils s'adressent venaient d'un village
voisin. Les vendanges ont-elles bien donné ? A-t-on
enfin colmaté les fissures qui laissaient la pluie inonder le caveau funéraire de rabbi Yohanan, bénie soit
sa mémoire ? Le vénéré Avshalom de Tibériade est-il
toujours de ce monde ? Quel âge a donc ce sage parmi
les sages ? Soixante-huit ans ? Que le Tout-Puissant
lui accorde longue vie ! Amen !

Un vieillard ratatiné demande à Colin comment se porte rabbi Gamliel ben Sira, le *gaon* de Safed. Colin ne comprend pas la question, posée en hébreu, reconnaissant juste le nom cité. Un autre juif traduit, précisant que *gaon* signifie à peu près "génie", titre qui n'est attribué qu'aux plus grands docteurs de la Loi. Lorsque Colin, peu impressionné par ces lettres de noblesse judaïques, rétorque qu'il sait fort bien qui est ce Gamliel de malheur et qu'il a argumenté plus d'une fois avec lui, le vieillard se prosterne et lui baise les mains.

*

De son côté, Federico s'attarde à Gênes le temps de s'assurer que Colin ait atteint Avignon sans encombre. C'est du moins ce qu'il prétexte. Le Florentin se garde de révéler à ses hommes qu'une mission de la plus haute importance l'attend ici même. Elle représente une phase capitale de l'opération. C'est elle qui va mettre fin aux velléités de croisades vers la Terre sainte. Si le stratagème réussit, les armées catholiques seront repoussées au loin sans qu'un seul boulet de canon ne soit tiré. Elles délaisseront la Méditerranée, renonçant une fois pour toutes à reconquérir Jérusalem. Mais surtout, elles se feront la guerre.

La Confrérie s'inquiète de l'essor maritime que connaissent les chrétiens depuis peu. Leurs flottes grandissantes, rapides et bien armées, constituent une menace bien plus alarmante que les hordes arrivant par voie de terre. À la différence des chevaliers, souvent épuisés de leur long périple, repus des pillages menés en route, les capitaines de marine peuvent atteindre d'une traite les rivages de la Palestine. Avec des troupes fraîches et disposes, des provisions, des cales emplies de munitions. Sans compter que la mer offre un effet de surprise et une mobilité de loin supérieurs à tout assaut terrestre. Par le passé, seuls quelques bateaux traînaient au large, atteignant Acre ou Jaffa en piètre état, forcés de réparer les avaries et de se ravitailler avant d'être à même de monter une attaque. À présent, des escadres fringantes fendent les flots, affrontant sans peine courants et remous. La Confrérie redoute surtout l'ardeur des Espagnols qui, pour un vœu pieux ou même un simple caprice d'amiral, mettent le cap où bon leur semble. Forcée de prendre les devants, Jérusalem a décidé d'envoyer tous ces bâtiments voguer ailleurs.

Le paysage se dénude. Une végétation de plus en plus rabougrie parsème la campagne. Les villages se font rares, plus pauvres, les champs plus caillouteux. Les maisons de briques disparaissent, puis celles en argile séchée, puis celles en boue mêlée de paille. On ne voit, ici et là, que quelques tentes de toile plantées à flanc de colline. Bien que la chaleur se fasse plus intense, un air sec caresse les poumons, les revigore, les épure. La progression est lente désormais, mais moins pénible qu'auparavant.

Éviatar et Aïcha avancent d'un pas ferme, avec autant d'assurance que s'ils empruntaient la grand-rue d'un bourg. Mais Villon traîne, dévie, chancelle, telle une embarcation à la dérive. Il éprouve une étrange sensation de vide qui semble croître de jour en jour, au fur et à mesure de sa longue marche vers le sud. La trame de son passé s'effiloche, lambeau par lambeau, s'accrochant aux arbustes épineux qui bordent le chemin. Ses regrets, ses espoirs s'envolent, emportés par le vent, brûlés par le soleil, comme si un mystérieux larron l'en dépouillait petit à petit. François se retourne parfois, désemparé, scrutant la garrigue à la recherche du brigand qui s'empare ainsi de son âme. Les oiseaux qui virevoltent dans le ciel, les bouquetins qui détalent vers l'ombre des adrets, les scorpions qui titubent entre les ronces se font les muets complices de ce malandrin qui, lui, fugace, ne se montre toujours pas. François sent juste son haleine brûlante qui le nargue, de loin, de près, au gré de la brise. Elle lui pénètre les narines d'une odeur de roussi. À l'approche d'un promontoire, la présence du voleur d'âmes se fait soudain plus lumineuse. Villon la palpe dans l'air de plus en plus chaud qui l'oppresse. Et voilà le coupable qui surgit d'un coup, de l'autre côté du plateau.

Éviatar et Aïcha observent François, le laissant découvrir la marée de solitude et de silence qui l'assaille. Pris de vertige, il se penche, cherchant du regard l'appui d'un rocher, d'un buisson, au sein de l'immensité. Puis, peu à peu, il se redresse et fait face. Il écarquille les yeux pour discerner les traits de l'adversaire mais rien ne bouge. Nul ravisseur ne vient à sa rencontre pour le détrousser.

Enivré par l'espace, grisé de lumière, il écarte les bras et se met à tourner sur place en brassant l'air à pleines mains, comme s'il tentait d'enlacer l'infini. Dansant presque, il esquisse un pas chassé vers Éviatar et lui chuchote en confidence que l'endroit manque tout de même de tavernes. Et puis, comme honteux de son sarcasme, il s'incline soudain, ôte son tricorne et, mimant une révérence, salue bien bas la majestueuse étendue. Éviatar a la mine réjouie. Il redoutait les réticences de François. Mais le commandant de la Confrérie, lui, comptait sur ce moment. Il l'avait dit à Gamliel, insistant sur un trajet sinueux pour préparer Villon, l'initier. La recette était infaillible. D'abord, une longue marche pour délester le Français des considérations futiles dont il s'encombre, le libérer des fantômes qui le hantent. Ensuite, une flânerie qui apaise sa méfiance, le rendant plus enclin à prendre le large. Et puis, soudain, la collision subite avec le désert et son nouveau destin.

Villon, conscient du tour qu'on lui joue, s'y prête volontiers. Cette terre lui tend enfin les bras. Il va bientôt accomplir ce pour quoi il est venu. Pas la mission de Chartier, ni l'opération des chasseurs de livres, mais sa propre prouesse. Ce pays n'attend d'ailleurs rien moins de sa visite, il le sait. Il s'y sent chez lui, en dépit de tous ses mystères. C'est ici la patrie des prophètes et des psalmistes, des manants et des anges déchus, des pires désespérances et des rêves les plus fous. Elle lui a ouvert ses portes, donné une de ses plus belles filles, et mené jusqu'à ce désert parce que Villon est aussi manant et psalmiste et, à sa manière, bon apôtre. Il ne peut tout de même pas décevoir. Évêques et rois, émirs et rabbins, peu importe. Il saura leur donner le change. Ce qui compte désormais, c'est un fait d'armes qui le rende à nouveau maître de sa destinée. Un poème fracassant, quelque cuisant méfait, une escroquerie de haute volée ? Grâce à quel testament François de Montcorbier, dit Villon, entrera-t-il dans la légende ? Le sien, publié sous le manteau, ou celui du Christ, arraché aux griffes des bigots qui le détiennent ici en otage ?

Éviatar se félicite de l'aisance avec laquelle le Parisien a passé cette épreuve. Il voudrait lui serrer la main. Mais Villon avance déjà d'un pas décidé, entamant le premier la descente, impatient de pénétrer le royaume inconnu. Le chemin de sable qu'il dévale si joyeusement l'entraîne vers une contrée aux confins imprécis, aux dunes vierges, loin des sentiers battus.

Ce monde mystérieux, envoûtant, défie l'homme depuis des millénaires. Mais il en existe un autre, tout aussi immense et sauvage, que l'homme n'a pas encore affronté. Et dont les portes s'entrouvrent, comme prévu par le chef suprême de la Confrérie, au moment où François franchit le seuil de celui-ci.

Federico, une large sacoche en bandoulière, se rend vers les quartiers cossus qui bordent les quais. De nombreux armateurs et capitaines y demeurent malgré le vacarme incessant et les odeurs pestilentielles qui montent du port. Le Florentin se bouche le nez à l'approche des pêcheries. D'un bond par ici, d'un détour par là, il évite les filets tendus, les monceaux de poissons agonisants, les déchets et les algues, craignant sans cesse de salir les atours de gentilhomme qu'il a revêtus pour l'occasion.

Gênes est le fief de Francesco Sforza, concédé par Louis XI afin de souder une alliance tant économique que militaire avec le duché de Milan. Sforza tient à étendre son commerce maritime bien au-delà de la seule Méditerranée. Promettant de lui fournir les relevés et cartes dont il a besoin, la Confrérie a obtenu du duc Francesco qu'il arrange une réunion secrète lors de laquelle Federico remettra des chartes marines que nulle autre flotte ne possède. Le marchand de livres sait que sa visite est fort attendue. Les Génois sont d'excellents navigateurs mais, à la différence de leurs collègues de Porto et de Lisbonne, de piètres cartographes. Les pilotes de vaisseaux portugais disposent de minutieux plans de route qui leur permettent de trouver aisément leur chemin parmi les océans les plus lointains. Voler leurs chartes ne suffit pas à leur faire concurrence. Rien ne sert de voguer dans leur sillage puisque, pour prendre possession d'un territoire et y installer des comptoirs, il faut y accoster le premier. Cet élémentaire droit de précédence suscite une course effrénée. Et c'est sur cette ruée que compte la Confrérie pour lancer les flottilles chrétiennes à l'assaut d'autres rivages que ceux de Palestine. Mais nul preux commandant ni hardi armateur n'entreprendra de louvoyer sur des mers inconnues sans avoir d'abord consulté une autorité fiable. C'est donc un navigateur expérimenté, reconnu et respecté de tous, qu'il faut convaincre en premier lieu. Or il s'en trouve un juste ici, à Gênes.

*

Federico frappe à la porte d'une grande bâtisse. Il est accueilli par la maîtresse de maison, Suzanne Fontanarosa, bonne amie des dames Sforza. Dans la pièce principale, la famille attend au complet devant des bols remplis d'olives, de raisin, de petites galettes : Domenico, le père, Giacomo, l'aîné des fils, un grand gaillard basané âgé d'environ dix-huit ans et, à l'écart, sagement assis, les filles, qui ne manquent pas d'adresser des sourires coquets au pimpant visiteur, et leur frère cadet, Christophe, un adolescent à l'air timide et renfermé. Les civilités d'usage rapidement expédiées, la mère se retire, entraînant les filles à sa suite. Federico ouvre aussitôt sa sacoche et déploie, une à une, les chartes marines qui feraient l'envie de bien des capitaines.

À Safed, Villon avait surpris Gamliel en train de confier un rouleau de papyrus au marchand florentin, une sorte de carte de la terre. C'est elle que Federico tend maintenant à Domenico. Cet antique dessin du monde, inspiré de la géographie de Ptolémée, provient de la bibliothèque d'Alexandrie. Mais, à lui seul, il est loin de fournir une preuve. La Confrérie possède d'autres plans, bien plus récents, qu'elle a acquis des Turcs lors de la conquête de Constantinople. Ces archives byzantines, compilées d'après les témoignages de marins phéniciens, mauresques, hindous, confirment l'existence de vastes contrées inexplorées. Les chroniques de Marco Polo y font également allusion. Mais ce sont les récits de voyage de Benjamin de Tudela, moins connus des navigateurs chrétiens, qui ont donné l'idée aux chasseurs de livres de lancer une chasse au trésor. Juif pratiquant, Tudela ne partit pas dans le but d'explorer et conquérir. Il était en quête du jardin d'Éden. En Orient, il traversa des contrées féeriques, certaines sauvages, d'autres bien plus avancées que sa Navarre natale. Mais il ne trouva jamais le paradis.

En recoupant les informations données par Tudela avec celles des cartes de Ptolémée et des plans conservés à Byzance, la Confrérie a tracé la charte d'un eldorado que tous les voyageurs et géographes s'accordent à situer aux confins de l'Asie, derrière les Indes et la Chine. Et puis, elle a juste inversé le dessin, transposant ce pays des merveilles au ponant. Elle légitime ce tour de passe-passe en se fondant, cette fois-ci, sur les textes de Critias, du *Timée* et les dialogues de Platon. Tous, en effet, font aussi allusion à un pays mirifique. Mais, eux, le situent à l'ouest, et l'appellent Atlantide.

*

Domenico et Giacomo examinent les précieux documents, leurs yeux profonds de marins braqués sur les lignes et les flèches qui strient le bleu délavé de la mer. Le père semble surpris de l'étendue des continents, presque vexé de les voir empiéter à ce point sur l'océan. Son fils Giacomo trouve qu'il y a bien trop de taches brunes, comme si un peintre à l'esprit dérangé les avait jetées là au hasard. De minuscules îles en pattes de mouche côtoient d'énormes traces d'ours dont deux sont aussi énormes qu'un continent. Moins soucieux de géographie, le cadet s'amuse à doter ces lieux inconnus ou imaginaires de surnoms fantaisistes. Au lieu d'être rebuté, comme ses aînés, par la pagaille irrespectueuse qui perturbe ainsi l'ordre du monde, Christophe applaudit muettement aux facéties de ce cartographe un peu fou. En remodelant ainsi la planète à sa guise, il la rend plus belle, plus mystérieuse et invite à l'aventure et au rêve. Le jeune garçon suit du regard ces tracés qui pointent vers l'infini. Il imagine un navire en suivre les méandres à l'aveuglette pour aller jeter l'ancre tout au bout de la terre, parmi les étoiles. Un vrai bateau n'est pas fait pour mener d'un port à un autre, telle une carriole rejoignant un relais d'étape. Il a une tout autre destination, toujours la même, qui porte le doux nom d'"ailleurs".

Domenico Colombo promet poliment à Federico d'étudier les plans qu'il lui soumet. En fait, le Génois ne prête pas plus foi à ces cartes qu'aux racontars d'un moussaillon. Les marins sont réputés pour être d'invétérés conteurs de fables. Ils décrivent des montagnes plus hautes que les nuages, prétendent avoir vu des monstres happer un navire entier d'un seul coup de gueule, affirment avoir visité des plages dorées où de jeunes femmes nues s'offrent aux étrangers sans crainte, les couvrant de fleurs géantes et de caresses amoureuses. Aucun armateur sérieux ne croit en ces fadaises de matelots mal dessoûlés.

Federico ne s'attendait pas à être cru sur parole. Cette rencontre n'est qu'un tout premier pas. La rumeur d'une route menant à un pays de cocagne va pourtant s'insinuer lentement dans les couloirs de l'amirauté espagnole, sur les embarcadères des ports flamands, parmi les comptoirs vénitiens, les factoreries portugaises, les capitaineries françaises. Qu'ils croient ou non à de telles fables, les seigneurs de la chrétienté y verront vite un bon prétexte pour lever de nouveaux fonds et agrandir leurs flottes. Anxieux de voir leurs banquiers mordre à l'appât, ils se chargeront eux-mêmes de rendre l'histoire plausible.

Satisfait, le Florentin remercie les Colombo et prend congé. L'étranger sorti, Domenico éclate de rire. Même si ces terres existent, il est hors de question de risquer un navire pour les atteindre. Il n'y a pas une seule escale en vue. Giacomo acquiesce. Il est l'héritier. La réputation de son père auprès des armateurs italiens lui procure un avenir assuré. Mais Christophe pense en cadet. Lésé par le droit d'aînesse, il vient en dernier. Ses sœurs auront besoin de bonnes dots pour se marier. Les gendres rentreront dans l'affaire comme associés, réduisant encore la faible part de Christophe. Les vieux parents à charge nécessiteront des dépenses que son grand frère ne manquera pas de couvrir en puisant dans la caisse commune. Comme tous les benjamins de bonne famille, Christophe devra alors faire un choix difficile entre une carrière dans l'armée et l'entrée dans les ordres. Il ne se sent ni l'âme d'un soldat, ni celle d'un prêtre. La mer est sa seule échappée. À l'est, elle appartient à son frère et à tous les aînés bien nantis. Il ne reste à Christophe que l'ouest dont personne ne semble vouloir.

*

Federico peut enfin quitter ce monde rude de marins et de pêcheurs pour aller retrouver la douceur de Florence, sa boutique aux abords du Ponte Vecchio, et aller se recueillir sur la tombe de son défunt maître, Côme de Médicis. Il n'est pas mécontent de la graine qu'il vient de semer. Jérusalem lui en a donné un sac plein. Celle-ci germera néanmoins différemment des autres. La Confrérie encourage les gentils à redécouvrir la sagesse des anciens, à étudier les trouvailles des astronomes et des médecins, dans l'espoir de les guider vers un monde nouveau. Mais cette graine-là va élargir leurs horizons d'une tout autre façon, en leur offrant un Nouveau Monde.

Un berger émerge d'un oued hérissé de hauts joncs qu'aucune brise ne soulage, poussant son troupeau de chèvres vers les marécages qui bordent la mer Morte. Sa silhouette un peu floue longe l'immense flaque huileuse prisonnière des montagnes. L'eau, pétrifiée en une banquise de lumière et de sel, scintille à peine. Les rayons du soleil s'y enlisent, jaspant un moment l'indigo mat de la surface avant d'être happés par les profondeurs. Le reflet d'un cumulus solitaire patine sur l'onde, dérapant comme une mouche sur l'étain poli d'un miroir. Il se déplace péniblement, contracté par la chaleur, alors qu'en haut, le nuage dont il est l'ombre poursuit sa course, glissant avec aisance sur la face du ciel. Rien d'autre ne bouge. L'image des falaises alentour se pose bien à plat sur la nappe inerte. Chaque détail s'y dessine avec netteté, comme sur une plaque de graveur. Ce sont les vraies collines qui semblent vaciller, leurs contours voilés par un trop-plein d'éclairage, leurs escarpements se dissipant dans le bouillonnement de la rocaille.

Perché sur un promontoire, François regarde le pâtre disparaître au loin puis il entre dans la grotte. Une fraîcheur apaisante l'accueille. Aïcha se balance sur une escarpolette accrochée à de lourdes chaînes. À bout de souffle, François s'assied sur un pouf en peau de mouton. La demeure, bien que chichement meublée, est confortable. Le sol rêche, égalisé à la pioche, est recouvert d'une natte de raphia, tressée de mille couleurs. Un renfoncement caché par un rideau de toile sert d'armoire. Des réserves d'huile, de baume médicinal, de cire à chandelle, d'amandes, de fruits secs, de biscuits, d'eau-de-vie en tonnelets, de linge frais, d'ustensiles en tout genre s'y entassent pêle-mêle. Une grande table et deux bancs font office de salle à manger. Au fond, il n'y a qu'un seul lit, une large couche protégée d'un filet de tulle en forme de tente. Une écritoire sur pied et deux lutrins occupent le reste de la pièce. Quelques livres sont soigneusement disposés dans une niche creusée à même la roche. Un gros morceau de bois, peint de rayures imitant les aspérités de la pierre, est appuyé contre l'une des parois. Il est découpé de façon à camoufler l'entrée de la caverne, ses contours extérieurs s'alliant parfaitement au relief de la falaise.

François n'a pas encore décidé si cette résidence était prison ou refuge, lieu de tourmente ou havre de paix. Éviatar a beau vanter les bienfaits d'une telle retraite, la force que donne le désert, les révélations que souffle le silence, Villon reste perplexe. Et peu inspiré. Il a toujours écrit dans le vacarme des tavernes, cadencé ses vers sur les beuglements des buveurs, les rires d'enfants, les bruits de la rue, les blagues que se lancent les charretiers. C'est dans ce tintamarre assourdissant qu'il a trouvé ses mots, puisé ses musiques, composé sa rengaine. Éviatar est d'accord avec ce besoin de bruit. Nul n'apprend la Torah en anachorète, reclus dans une tour d'ivoire.

C'est dans les salles des *yeshivot*, bondées d'élèves tapageurs qui se disputent sur un point d'exégèse, braillent des cantiques, se jettent des citations du Talmud à la face, que résonne le mieux la Parole. Elle s'y transmet haut et fort. Mais vient aussi le moment de la sagesse, réservé aux seuls maîtres. Le moment par-delà.

Ce moment s'offre désormais à Villon. C'est ici, dans ce coin de désert, que la providence a fixé le rendez-vous qu'il s'était jusqu'ici évertué à remettre. En lui forçant la main, il est vrai. Mais quel que soit le motif de ce face-à-face avec soi-même vers lequel Éviatar le pousse, François n'a pas l'intention de se défiler. Bien au contraire, il y voit une occasion inespérée de regagner prise. Depuis son élargissement des geôles du Châtelet, il s'est senti bringuebalé de-ci de-là, au gré d'une houle capricieuse et fantasque, sans pouvoir résister à la dérive. Par goût de l'aventure, il le reconnaît. Mais un aventurier n'est digne de ce nom que s'il maintient le cap à sa guise. Il ne se laisse pas envoûter par les terres inconnues qu'il traverse, ni par les belles étrangères qu'il rencontre sur sa route. Et certainement pas capturer par les indigènes.

*

Éviatar tire sa gourde, avale une gorgée d'eau puis prend brusquement congé. Il promet de revenir le lendemain à l'aube, pour conduire Villon auprès de Gamliel. Le rabbin, venu expressément de Safed, devrait atteindre la mer Morte dès ce soir. François n'a pas le temps de réagir. Le garçon détale déjà, sautant d'un rocher à l'autre, rasant le sol, le corps penché pour maintenir l'équilibre, la main droite tendue en avant, tenant une rampe invisible. Son ombre file derrière lui, ondoyant par-dessus les ronces, telle celle d'un cormoran sur les vagues. Il s'enfonce dans le lit d'un oued, en resurgit un instant puis disparaît au loin parmi les ergs.

*

Enflammant le ciel d'une ultime salve rougeoyante, le soleil plonge derrière les plateaux, telle une sentinelle pressée de quitter son poste. Un vent mordant en profite aussitôt pour surgir de sa tanière. Tapi tout le jour, il a attendu ce moment pour se ruer sur les dunes laissées sans défense, les arbrisseaux abandonnés à leur sort. Son sifflement mugit d'étroits ravins qui lui font office de tuyaux d'orgue. François regarde le ciel s'assombrir. La nuit ne tombe pas ici comme à Paris ou en Champagne. Elle s'élève. Elle déborde du gouffre noir de la mer Morte, montant en crue, se répandant lentement sur le sable comme de l'encre sur un buvard. Les étoiles s'allument, une à une, nettes et perçantes. Elles ne tremblotent pas timidement dans quelque brume, éparses parmi les cimes des arbres. Elles s'étendent ici à l'infini, déployées en une immense armada.

Une lueur dorée attire le regard de François. Accroupie devant un maigre feu dont elle attise les brindilles, Aïcha fait rôtir des boulettes de fèves roulées dans l'huile. Elle en pique une, bien brunie, à la croûte crépitante, qu'elle saupoudre de thym et la tend à François. Le festin se déroule en silence. Cette soudaine intimité cause une gêne inattendue. Jusqu'à présent, Aïcha et Villon se sont taquinés et courtisés sous l'œil de chaperons, Moussa, Colin, Gamliel, Éviatar. Les voilà maintenant confrontés l'un à l'autre comme les fiancés d'un mariage arrangé, isolés un moment dans une antichambre, juste avant la cérémonie des noces. Ils passeront la nuit ensemble, cela ne fait de doute pour personne. Sauf pour eux. Justement parce que c'est ce que tout le monde escompte.

C'est Aïcha qui se lève la première et, prenant la main de François, l'emmène jusqu'à sa couche. François hésite un moment. Obéit-elle aux consignes du rabbin ?

Dehors, les chacals se joignent au souffle du vent qui hurle à la lune. La Terre sainte s'étend dans l'obscurité, consentante, et la nuit étoilée accepte son offrande.

*

Lorsque vient le matin, François se lève, se gardant de réveiller Aïcha. Il va s'asseoir devant le lutrin, le dos tourné à l'entrée de la grotte. À la lumière pâle de l'aube, il dispose parchemin, encrier et plume avec précaution, sans faire de bruit. Et, pour la première fois depuis qu'il a quitté Paris, Villon se met à écrire.

Le soleil se lève aussi sur Florence mais le ciel y est nuageux, l'air lourd. Une courte averse vient brusquement frapper le pavé, éclaboussant joyeusement les guêtres des passants qui courent se réfugier sous les porches. Les femmes crient et ricanent en se précipitant vers les arcades de la via Por Santa Maria où les boutiquiers les attendent de pied ferme. Si la pluie dure, il faudra bien qu'elles achètent quelque chose. Sur le Ponte Vecchio battu par les flots tumultueux de l'Arno, colporteurs et camelots recouvrent leur marchandise d'épaisses toiles huilées tout en pestant contre le mauvais temps.

À la différence de Colin parti en secret vers Paris, Federico tient fièrement pignon sur rue. Alors que le Coquillard doit prendre d'infinies précautions pour tromper la vigilance des indicateurs apostoliques, le Florentin annonce ses dernières trouvailles à tous vents. C'est en plein cœur de Florence, sur une voie commerçante, qu'il livre bataille.

Depuis son retour, Federico s'enrichit à vue d'œil. Banquiers ventrus, affublés de jabots et de basques, dames poudrées, voilées de mousseline, s'arrachent ses vieux bouquins et répandent, sans s'en rendre compte, les doctrines les plus hardies, les idées les plus téméraires, les théories les plus aventureuses. C'est à qui surprendra l'autre et, ouvrant un tiroir, exhibera un mystérieux essai dont il ne saurait divulguer la provenance de peur de s'attirer les foudres de l'Inquisition. Tout émoustillés, ces conspirateurs de bibliothèque feuillettent des pages compromettantes sans nécessairement les lire mais, à force, ce sont eux, plutôt que les membres austères des facultés, qui propagent le renouveau de la philosophie, de salon en salon, jusqu'aux antichambres des princes. Et en bravant ainsi les interdits de la censure, ils découvrent peu à peu leur puissance. Ce qui a débuté comme un courant souterrain devient aujourd'hui une véritable mode. Bourgeois et nobles ornent désormais leurs palais des meilleures éditions du *Corpus Hermeticum* ou des discours de Démosthène pour être en vogue et briller à la cour, au grand dam de leurs confesseurs.

*

Un bonhomme, son bonnet en laine rabattu sur les oreilles, trotte parmi les étals, perdu dans ses pensées, oublieux des grosses gouttes qui dégoulinent le long de sa cape, pataugeant dans les flaques de boue, se cognant aux bornes, passant distraitement devant l'endroit où il est supposé se rendre. Il s'arrête au bout de la rue, se retourne, l'air surpris, puis rebrousse chemin en haussant les épaules. Un commis posté devant un large portail le hèle.

— Maître Ficin ! Maître Ficin ! C'est ici !

— Oui, oui, je le sais bien…

Marsile Ficin est un vieil ami de Federico. Tous deux ont eu le même patron et mentor, Côme de

Médicis. Ils continuent son œuvre, chacun à sa manière. L'un débusque de rares manuscrits, l'autre les traduit et commente en latin. Lorsque la censure pontificale interdit l'édition d'un ouvrage de Ficin, Federico s'arrange pour le faire publier sous le manteau, à Lyon ou Francfort. La Confrérie compte sur cette collaboration de longue date. Elle sait bien que la boutique de Federico ne peut à elle seule modifier la façon de voir des puissants de ce monde. Mais, fondée par les Médicis, l'académie que Ficin dirige est une institution de renom qui a toutes les chances de s'attirer leurs faveurs. Réputée jusqu'à Paris, Liège ou Amsterdam, elle fait autorité tout autant que la Sorbonne. Cependant, à la différence des universités, elle est le fief de la noblesse et non du clergé. Grâce à elle, les princes peuvent défier les cardinaux sans se compromettre. Eh quoi, si leurs choix de lecture déplaisent à l'Église, à qui la faute ? À Marsile Ficin.

*

Le commis débarrasse maître Ficin de sa pèlerine trempée et l'introduit dans le magasin. Plusieurs clients circulent avec empressement parmi les rayonnages, désireux de mettre la main sur un rare volume avant les autres acheteurs. Les plus riches tiennent absolument à avoir la primeur d'une œuvre inédite, préférablement reliée avec goût, de grand format, et dont le dos soit agrémenté d'une pièce de titre bien visible de loin. Ce qui est indispensable afin de gagner l'approbation admirative d'un invité de marque avant même qu'il n'ouvre le précieux exemplaire ou plutôt afin qu'il ne l'ouvre point.

Federico va de l'un à l'autre, assistant chaque client de ses conseils. De même qu'il sait juger de la qualité d'un manuscrit au premier coup d'œil, il lui suffit d'une poignée de main ou d'une expression du visage pour sonder sa proie, en deviner les goûts, évaluer les chances qu'il a de lui vendre un traité de médecine plutôt qu'un psautier. Bousculant presque deux pimpants négociants en vin qui portent des chapeaux trop larges, il se dirige vers un fade personnage tout vêtu de gris, courbé sur un pupitre. C'est un habitué du lieu qui sait ce qu'il cherche. Et un avare. Federico va d'abord lui présenter des livres qui ne l'intéresseront que modérément et en demander des montants exorbitants, coupant court à tout marchandage. Puis, au moment où le pingre se retirera, quelque peu vexé, désolé de repartir bredouille, Federico se souviendra soudain d'un parchemin de derrière les fagots, consacré à la géométrie d'Euclide, sujet de prédilection de ce client. Le prix en semblera d'autant plus raisonnable qu'il sera en dessous de ceux mentionnés précédemment pour des ouvrages de moindre importance. Federico le fixera en fonction de la ristourne que l'acquéreur escompte. Il s'abstiendra de jouer la comédie du marchand qui regrette de devoir se départir de sa plus belle pièce ou qui, soi-disant pris à la gorge par ses créanciers, se résout à accepter une offre qu'il refuserait certainement en d'autres circonstances. Le Florentin se montrera ferme, peu patient, et laissera percer une moue légèrement dédaigneuse à l'égard de celui qui n'est manifestement pas assez connaisseur pour apprécier un objet d'une telle rareté à sa juste valeur.

*

Dès qu'il aperçoit le bonnet de laine de Ficin, Federico, abandonnant brusquement la clientèle, se précipite vers le maître et l'entraîne à l'arrière. Il l'installe dans un grand fauteuil, lui place un repose-pieds sous les jambes, lui verse un plein godet d'eau-de-vie. Sa profession de chasseur de livres a amené Federico à un cynisme un peu blasé. S'il admire tant Ficin, c'est parce que plutôt que de se percher sur la plus haute branche et de faire le paon, il creuse le sol et fouille l'humus jusqu'aux racines. En allant à l'essentiel, il rend simple ce qui est ardu, clair ce qui est confus et prodigue une sagesse abordable à tout un chacun. C'est sur le franc-parler d'un Villon et l'honnêteté intellectuelle d'un Marsile Ficin que la Confrérie compte pour gagner la partie. Grâce à eux, les muses de l'Olympe conversent enfin dans le langage des hommes. Les secrets de l'Univers se livrent gentiment au coin du feu. Ce qui, par la même occasion, est fort lucratif pour les vendeurs de bouquins.

Federico tend une liste d'ouvrages qui laisse l'érudit pantois. Un traité de Porphyre de Tyr voulant dégager l'âme humaine du joug trop strict de la religion. Ce rare exemplaire est accompagné d'une lettre autographe de saint Augustin qui en recommande vivement la lecture à son fils Adeodatus! Un manuscrit de Pythagore qui prétend que la terre ne plane pas, immobile, dans l'éther, mais tourne autour d'un axe. Elle surnage dans un cosmos en furie, empli d'astres qui se consument. Au verso, quelques lignes de la main de Dante précisent que Pythagore confirme donc l'existence de l'enfer. Federico reverse de l'eau-de-vie pendant que Ficin feuillette maintenant les minutes du concile de Bâle. Nicolas de Cues est venu y démontrer que la *Donation de*

Constantin, par laquelle l'empereur aurait cédé son pouvoir sur Rome à la papauté, est un faux grossier. Il revient maintenant à maître Ficin de disséminer ces diverses thèses sans provoquer d'esclandre et, en pieux érudit, de les concilier avec les postulats de la foi. Pas d'attaque de front. Juste un discret coup de pouce, ici et là. Pour commencer.

Federico vérifie le bon état des volumes une dernière fois puis appelle un commis pour l'empaquetage. Il escorte Ficin jusqu'au seuil de la boutique. Le vieux savant ôte son bonnet pour saluer son hôte puis l'enfonce à nouveau sur son crâne, jusqu'aux oreilles. La pluie s'est arrêtée. Le commis arrive, tenant le précieux paquet à bout de bras, et s'élance déjà au-dehors, forçant maître Ficin à galoper à sa suite. Federico les regarde trotter à la hâte vers l'arc-en-ciel qui auréole le bout de l'avenue. Le libraire s'attend presque à les voir s'envoler à l'horizon et aller virevolter parmi clochers et tours de guet, battant gaiement des ailes par-delà les toits orangés de la cité.

Villon déclame ses vers à pleine gorge pour s'assurer de leur bonne sonorité. Sa voix enjouée, légèrement taquine, résonne sur les parois de la grotte. Il n'est pas mécontent. La cadence est juste, la mélodie plaisante à l'oreille. Mais Aïcha y décèle des pointes plus aiguës, presque acerbes, qui la troublent. Tournée vers un petit miroir d'obsidienne accroché à même la paroi, elle est occupée à nouer ses longues tresses noires. François ne parvient pas à voir son visage. Il se demande si une telle sauvageonne peut être apprivoisée. Elle semble ne prêter allégeance qu'au soleil et au vent.

Il est sans doute tout aussi farouche qu'elle. Les couplets indociles qu'il récite maintenant, composés ce matin à la diable, n'en sont-ils pas la preuve ? Ce périple en Terre sainte aurait dû donner lieu à une splendide élégie. Or François a juste pondu quelques strophes sarcastiques qui ne s'encombrent pas de lyrisme. L'imbroglio des intrigues et manigances, déboires et tribulations qui l'ont conduit jusqu'au cœur du désert n'est prétexte à aucune noble quête ni douloureux chemin de croix. C'est une lente pénétration des lignes de l'ennemi !

Après la ballade du pendu, voici l'ode de la revanche. Que ce soit à coups de dague ou de couplets frondeurs, Villon a toujours combattu de face et payé chèrement le prix de ses affronts. Il a maintenant l'occasion d'attaquer en douce, de miner les positions de l'intérieur. Il ne s'agit pas seulement de régler ses comptes avec l'Église et la maréchaussée. L'injustice ne porte pas que mitre ou cabasset. Mais qu'elle s'abrite sous bonnet d'usurier, perruque de juge ou fez de calife, elle n'a qu'un seul et même visage. Et François a bien l'intention d'en gommer le détestable sourire.

*

Éviatar surgit à l'entrée de la grotte. Il vient chercher Villon pour le conduire auprès de Gamliel. Le rabbin l'attend tout près d'ici à Qumrân. François empoche rapidement le brouillon de sa ballade et va embrasser tendrement Aïcha. Ce qui ne surprend nullement Éviatar, lequel réprime à peine un sourire amusé. Aïcha s'abstient de jouer les prudes. Le drap taché de son sang est encore étalé sur la couche. Elle confronte le sourire du garçon en femme accomplie, devinant ses fantasmes et surtout qu'il va s'empresser d'annoncer la nouvelle à qui de droit. Après tout, bien que Gamliel ne fasse pas opposition à cette idylle, il craint qu'Aïcha ne faillisse à sa tâche de belle geôlière et change de camp.

Les deux hommes grimpent au haut du plateau avant que la brume matinale qui monte de la mer salée ne les rattrape. Ils longent la ligne de faîte en direction du nord. Le terrain est plat, érodé, dépourvu de tout repère. Ni arbuste, ni bloc de pierre. Au bout d'une heure de marche, Éviatar tourne brusquement à droite, entamant la descente au pas de course. Le rabbin apparaît à mi-pente.

Il accueille François d'une chaleureuse poignée de main, ne dissimulant pas son émotion. Derrière lui, un homme en habit de berger barre l'accès à une faille étroite excavée dans le roc. Il a la peau tannée, le cheveu crépu. Son air hautain n'est pourtant pas celui d'un pauvre pâtre. Gamliel le présente à Villon. C'est le commandant de la garde de Qumrân. Il descend en droite ligne des esséniens. Son clan règne sur ce domaine depuis des siècles.

La guerre d'indépendance que menèrent les Maccabées contre l'occupant séleucide restitua sa souveraineté au peuple hébreu. Bien que chassés de la Terre sainte, les Macédoniens y laissèrent une empreinte profonde. De loin, ils continuèrent à exercer une énorme influence sur Jérusalem. Partageant le goût des Hellènes pour les choses de l'intellect, de l'éducation et de l'éthique, les juifs voulurent s'imprégner des enseignements de Socrate et des stoïciens. Certains savants hébreux allèrent jusqu'à apprendre le grec pour lire les précieuses notes rapportées d'Athènes par les chasseurs de livres. Mais d'autres s'opposèrent farouchement à cette union spirituelle qui liait le peuple élu à une civilisation païenne. Se coupant alors du reste de la communauté, les esséniens formèrent une secte dissidente de puristes et d'ascètes qui vint s'installer autour de la mer Morte. Craignant que les nouveaux courants de pensée qui se répandaient à Jérusalem et à Safed ne corrompent la Torah, ils la cachèrent ici, dans ces grottes. Jusqu'à ce jour, ils en sont les gardiens intransigeants.

Le faux berger s'écarte obséquieusement pour laisser passer Gamliel et Éviatar mais décoche une œillade peu engageante à l'égard de l'étranger qui les accompagne.

François s'attend à trouver de longs couloirs aux parois plantées de flambeaux. Il se prépare à rencontrer des sentinelles, à entendre des crissements de gonds, des cliquetis de serrures. Mais il n'y a ici personne. Aucun portail ne sépare cette cachette de l'extérieur. La cavité, peu profonde, basse de plafond, est éclairée d'une unique lampe à huile. Et pourtant, Gamliel se montre bien plus ému ici que dans les caveaux de frère Médard ou l'antre de la Jérusalem secrète. Éviatar, lui, pose deux doigts sur la muraille puis, les ayant portés à ses lèvres, récite une prière à voix basse.

Dans un coin, une douzaine d'amphores sont posées à même le sol graveleux. Le rabbin hésite un moment puis se décide à révéler à François ce qu'elles contiennent.

*

Lorsque les Romains incendièrent le Temple de Jérusalem, le grand prêtre des juifs fit appel à la Confrérie afin de sauver la Torah des flammes. Les chasseurs de livres s'emparèrent des rouleaux sacrés. Ils les dissimulèrent dans de simples amphores qu'ils entreposèrent ensuite parmi les grottes qui bordent la mer Morte. La Confrérie a reçu pour consigne de n'en révéler l'emplacement que lorsque les juifs reprendront possession de leur terre.

— Crois-tu vraiment que les juifs reviendront régner ici en maîtres?

— Les textes enfouis dans ces vases l'affirment. Sans eux, Jérusalem ne serait qu'un tas de pierres comme un autre. Tu as vu de tes propres yeux ce qu'elle est devenue. Le destin de cette ville ne se joue pas sur les champs de bataille ni ne se négocie autour d'une table. Il est scellé dans ces écrits.

Les trois visiteurs prennent place par terre, leurs jambes croisées dans la position du tailleur. Le garde, resté debout, extrait un rouleau de l'un des récipients de terre cuite et le tend à Gamliel. Le rabbin le déroule avec précaution.

— Ceci a également été sauvé des flammes, sur requête du grand prêtre.

Gamliel brandit le parchemin. La facture en est primitive mais Villon a peine à en croire l'ancienneté. Il est à peine jauni. Le texte s'en détache nettement, en colonnes régulières qui longent les coutures en boyau de chat. Aucune ponctuation n'interrompt le flot continu des lettres.

Philon d'Alexandrie, Flavius Josèphe, Pline l'Ancien mentionnent tour à tour les péripéties d'un prêtre juif, surnommé le "Maître de justice", qui inaugura une nouvelle alliance avec Dieu fondée sur la pénitence et l'humilité. Ce prédicateur reprochait à ses frères leur prétentieuse arrogance, la trouvant peu en accord avec la vraie loi de Moïse. Ses harangues déplurent fort aux dignitaires du peuple élu, les pharisiens, en qui il voyait des usurpateurs vaniteux. Rabbins et notables le chassèrent du Temple. Renié par les citadins de Jérusalem, il s'en alla prêcher sur les routes, dans les villages, dans les tanières des lépreux, parmi les pauvres et les abandonnés, qui virent bientôt en lui leur sauveur. Poursuivi par les autorités qui redoutaient une rébellion, il dut fuir vers le désert avec ses disciples. C'est ici qu'il continua de dispenser sa lumière. Esseulé, harcelé sans cesse, il connut une fin cruelle aux mains de ses ennemis. Cet infortuné messie s'appelait Osias, troisième du nom, de la lignée de Sadoc. Le document que Gamliel tient entre les mains est le *Manuel de discipline* compilé par ses adeptes, les esséniens.

François lève les yeux vers le gardien. Cet homme qui évite dédaigneusement son regard ignore que Villon a lui aussi porté la bonne parole, dénoncé la rapacité des grands, chanté la misère des petits et été condamné à mort. François ne brigue pas l'appréciation de l'essénien, loin de là. Il se félicite au contraire que ses ballades soient déclamées dans les auberges ou chuchotées dans les boudoirs. Ce qui vaut tout de même mieux que de moisir dans une amphore.

Gamliel déclare avec solennité que ce manuscrit a servi à monter la plus audacieuse des opérations jamais menées par Jérusalem. Et la plus lourde de conséquences. Les traits soudain crispés du rabbin rougeoient à la lueur vacillante de la lampe. Éviatar reverse de l'huile. La flamme, maintenant dorée, se hisse le long de la mèche, projetant avec force les ombres des hommes sur les parois de la caverne. Gamliel parle à voix basse, articulant chaque syllabe, comme le font les tuteurs pour obliger leurs élèves à tendre l'oreille.

Osias l'essénien tomba vite dans l'oubli. Cinquante ans après sa mort, sous le règne de Tibère, les procurateurs de Judée durcirent âprement le régime de Rome, plongeant le pays dans une profonde misère. La "Jérusalem d'en bas" décida d'inciter le peuple à la résistance passive. Mais un appel en clair, propagé par les hommes de la Confrérie, aurait été vite étouffé, les attroupements dispersés, les émissaires arrêtés sur-le-champ. C'est alors que la Confrérie se souvint du "Maître de justice". Le plan était simple. La Confrérie choisit plusieurs jeunes juifs parmi ceux qui venaient à Jérusalem afin de parfaire leur éducation religieuse, comme c'était alors la coutume. Le plus âgé avait dix-huit ans, le plus jeune seulement douze. Les chasseurs de livres enseignèrent l'histoire d'Osias à ces adolescents. Ils leur firent apprendre par cœur le *Manuel de discipline*. Une fois prêtes, ces recrues s'en allèrent parcourir le pays et ameuter la foule, gagnant sa sympathie de village en village, tout comme l'avait fait Osias.

Tant qu'ils s'en tinrent à un prudent éveil des consciences, sous couvert d'allégories et de paraboles, les autorités ne s'inquiétèrent pas de ces prêcheurs aux pieds nus. Mais lorsque les jeunes gens revinrent à Jérusalem, ils commirent une erreur tragique. Ne pouvant vilipender l'empereur même, ils s'en prirent aux juifs nantis qui travaillaient main dans la main avec l'oppresseur. À l'instar d'Osias contre les pharisiens d'alors. L'agitation que l'un d'eux causa au cœur de la capitale obligea la garde romaine à intervenir avec fermeté. Témoin de l'incident qui avait lieu sous ses fenêtres, le grand prêtre du Temple, Anân ben Seth, entraîna le jeune fugitif chez lui. Mais un indicateur avait aperçu l'agitateur grimper les marches du Temple et se réfugier dans la demeure du prêtre. Le gouverneur de la ville, Ponce Pilate, menaça d'accuser tout le Sanhédrin de complicité si le coupable n'était pas livré sur-le-champ. Au bout de plusieurs heures, Anân dut céder. Et faire de son mieux pour dissocier la communauté de cet affront à César. Il remit le prisonnier aux mains des soldats, jurant qu'il désapprouvait sa conduite outrancière. Pilate fut peu convaincu de cette tardive marque de loyauté et, pour montrer qu'il n'était pas dupe, fit inscrire "Roi des Juifs" sur la croix du supplicié en qui il voyait un dangereux provocateur. Tristement, la plupart des jeunes hommes impliqués dans cette affaire furent pris et exécutés à leur tour. Ils étaient au nombre de douze.

François s'esclaffe en battant des mains. Les apôtres, des agents de la Confrérie ? La plaisanterie est fort cocasse. Mais le rabbin, sans sourciller, désigne les murs de la grotte. C'est ici que Jésus et Jean le Baptiste séjournèrent lors de leur descente au désert. Les ermites esséniens de Qumrân leur accordèrent l'hospitalité afin qu'ils puissent se familiariser avec la vie et les préceptes du Maître de justice. Jésus a tenu dans ses mains le rouleau de parchemin posé maintenant sur les genoux de Gamliel.

— Réfléchis, Villon. Les évangiles racontent la naissance du Christ, sa petite enfance, et puis ils perdent brusquement sa trace dès que, encore tout jeune, il arrive à Jérusalem. Toute une période de sa vie demeure sciemment dans l'ombre. Et nul apôtre n'en a jamais trahi le secret. Jésus ne réapparaît qu'une quinzaine d'années plus tard, fin prêt pour entreprendre sa longue marche à travers la Terre sainte.

En fin de compte, ni les juifs ni les Romains ne firent grand cas de cette affaire, pensant que Iêsous, le Nazaréen, tomberait vite dans l'oubli, tout comme Osias, l'essénien. Mais ses paroles firent leur chemin dans l'esprit d'un autre jeune juif, Saül de Tarse, dit Paul, qui posa les bases d'une foi nouvelle. Paul fut décapité au pied du Capitole. Trois ans plus tard, la grande révolte des Hébreux eut lieu. Elle fut jugulée et le Temple détruit par les légions de Titus. Mais, contre toute attente, un petit groupe sans armes ni boucliers continua de résister à la tyrannie, répondant à l'appel de Yeshu, obéissant aux préceptes de Paul. En dépit d'une répression constante, la secte des baptisés s'étendit à travers tout l'empire, jusqu'à sa chute. Ce furent ces soldats de la foi, ces premiers chrétiens qui, à la longue, emportèrent sur Rome la victoire que Jérusalem n'avait pu obtenir.

*

Gamliel considère qu'il en a assez dit. Il donne un discret coup de coude à Éviatar. Le jeune homme se racle la gorge et, dans un parfait français qui fait sursauter Villon, clame avec fermeté :

— Le Nazaréen a fait trembler Rome, maître François. Avec des paraboles. C'est désormais votre tour.

Abasourdi, Villon contemple la grotte, les mystérieuses amphores. Il est outragé d'apprendre que le Christ ait été manipulé de la sorte. Il n'a qu'une idée en tête. Réparer cette injure ! Et duper ces gens à leur tour. Oui, il se prêtera à leur jeu, faisant office de plumitif, comme ils l'escomptent. Contre Rome une fois encore. Mais nul ne détournera plus la sainte Parole !

François est traversé d'un éclair. C'est donc Elle qu'il est venu secourir ! Voilà la raison de sa présence ici. Libérer la Parole de ceux qui La détiennent en otage, dans leurs chapelles et leurs caveaux, depuis des siècles. Car les manigances des curés sont tout aussi captieuses que celles du rabbin. Elles relèvent de la même escroquerie. François jubile. Il saura défendre la rengaine de l'Homme mieux que quiconque, comme il l'a toujours fait. Au nez et à la barbe des censeurs et des clercs.

Deux voleurs furent mis en croix sur le Golgotha, aux côtés du Sauveur. Deux malfaiteurs, tout comme Villon. Si n'est pour le doux Seigneur, alors du moins est-ce pour ces deux-là qu'un brave manant doive prendre offense et montrer à tous ces bigots de quel bois, de croix ou de potence, se chauffe un hardi Coquillard.

Une femme gémit, étendue parmi les ruines fumantes. Elle se débat contre un démon invisible, griffant l'air de ses doigts ensanglantés. Ses jambes tremblent avec frénésie. Autour d'elle, des cadavres gisent, couverts de gravats et de mouches. Certains sont démembrés. Des pendus se balancent aux branches d'un grand chêne. L'un d'eux porte une pancarte clouée sur la poitrine. "Louis est mon roi." Les chiens du village se disputent des morceaux de chair. Colin et ses hommes avancent avec précaution. Les pillards ne sont sûrement pas loin, occupés à partager le butin. Sans doute des mercenaires montant vers la Bourgogne pour aller combattre à la solde des ennemis de Louis XI.

Colin empoigne fermement la femme par la nuque et la force à boire. L'un des muletiers va fouiller les granges en quête de nourriture. Il ne reste même pas un sac d'avoine pour les bêtes. Seule l'église est intacte, bancs et prie-Dieu sagement alignés face à l'autel, mais bougeoirs de cuivre et calices d'argent ont disparu. Petit à petit, des bambins crasseux émergent de la forêt communale. Colin voudrait les empêcher d'approcher. Mais les petits, plus alertes, arrivent déjà, cherchant leur mère parmi les décombres, sachant bien qu'aucun homme n'a survécu au massacre. Un agent de la Confrérie est penché au-dessus d'un puits. Un bruit sourd a arrêté la chute du seau. Un monceau de corps bouche le fond.

Une puanteur âcre pénètre les narines. Et bien que la plupart ne l'aient jamais sentie auparavant, tous devinent que cette odeur est le parfum aigre de la mort. Plus haut, les moineaux piaillent gaiement dans les arbres. Au milieu d'un champ de pâquerettes, un ânon broute, insouciant, oublieux de la folie des hommes.

Colin n'est pas très rassuré. Il monte en selle et donne sèchement l'ordre de reprendre la route au plus vite. Ce n'est qu'une fois arrivé au sommet d'une butte qu'il se retourne. Le village a disparu derrière un rempart touffu de marronniers et de platanes. Seul un vol de corbeaux marque l'endroit maudit d'un cercle noir dans le ciel.

*

La grand-chaussée qui mène de Valence à Lyon est encombrée d'une cohue de cavaliers et fantassins allant rejoindre les forces de la Ligue. À l'arrière, un essaim de mendiants virevolte autour des charrettes de cantine à la façon des mouettes dans le sillage d'un navire. Colin envisage de se mêler aux colporteurs venus vendre leur marchandise aux militaires : tonnelets de vin, pierres à affûter, fioles d'élixir, linge frais, chapelets de buis, ornements de bride, cartes à jouer et même quelques renseignements sur les mouvements de l'ennemi. Mais, redoutant une fouille, il décide d'emprunter des chemins moins fréquentés, au risque de briser les essieux des carrioles.

Il va falloir éviter la Bourgogne, fief du Téméraire, avant de monter sur Paris. Colin hésite à passer par l'Auvergne dont les petits seigneurs miséreux rançonnent les convois qui traversent leurs terres. Il songe à virer vers l'est, en direction de la Savoie, espérant vaguement croiser l'un des détachements envoyés par les Sforza à la rescousse de Louis XI. En tout cas, pas question de passer par Lyon. Colin ne s'attendait pas à retrouver sa patrie ainsi déchirée. Il est désemparé. Mais c'est d'un ton assuré de général qu'il donne l'ordre de bifurquer en direction des montagnes.

*

Parmi les jeunes gens de Jérusalem, les rires ont fait place à un silence confus. La violence et la guerre ne leur sont pas étrangères. Chacun a perdu au moins l'un des siens dans ce genre de massacre, que ce soit un parent proche de Samarie ou un cousin éloigné de quelque juiverie. Ce ne sont pas tant les monceaux de cadavres qui les troublent que cet étrange sentiment de culpabilité, ou de honte, dont l'horreur frappe sournoisement ceux qu'elle épargne.

Le branlement régulier des carrioles berce les voyageurs, apaisant peu à peu leur rancœur. La luxuriance de la campagne les ébahit. Toute cette verdure ! Tous ces cours d'eau ! Des saules caressent les rivières, filtrant le courant du bout des doigts, tel un rêveur assis sur la berge. Les sous-bois sont tapissés de mousse et de fougères. Les châtaigniers croulent sous le poids des frondaisons. Les champs de blé ondulent au vent. À la fin de l'été, même la Galilée paraît teigneuse. Et le Jourdain, bordé de ronces cramoisies, a tout juste la largeur d'un ruisseau, alors qu'ici la terre même est humide. Elle colle au pied. Là-bas, elle brûle les semelles. Mais dès qu'il se met à bruiner, les jeunes gens rechignent. Et au bout d'une heure de grisaille, ils ont des envies de soleil.

*

Un bruit de ferraille monte de la vallée. Les mulets se cabrent et hennissent. Des chevaux leur répondent, de loin, encore cachés par le rebord du plateau. Leurs sabots frappent les cailloux, les envoyant bouler dans la descente. Essoufflés par la grimpée, ils renâclent à pleins naseaux. Des voix rauques les encouragent. Puis, d'un coup, un escadron surgit, barrant l'horizon. Ce ne sont pas les troupes du roi. Leur bannière, grossièrement brodée, fripée et sale, arbore les armes de quelque obscur baron local.

Colin cherche en vain un sentier par où s'enfuir, des buissons où s'abriter. Il est trop tard. Les soldats entourent déjà le convoi. Sans démonter, leur commandant inspecte les caisses, faisant sauter les couvercles d'un simple coup de sabre. Les hommes de Colin se tiennent prêts à bondir sur l'adversaire. Un muletier saute à terre et détale dans la forêt. Il s'écroule quelques mètres plus loin, transpercé d'une flèche.

Le commandant semble perplexe. Que font ici tous ces livres? Colin approche, la main tendue, prétendant qu'il est bien heureux de rencontrer des gens en uniforme plutôt que des brigands. L'autre ne répond pas. Colin explique que cette cargaison est destinée à l'évêché de Dijon. Il n'a sur lui aucun document pour le prouver. Le militaire se montre peu convaincu. Il observe les garçons robustes, légèrement basanés, assis sur les bancs des carrioles. Ils n'ont ni la mine de novices ni celle d'inoffensifs charretiers. Ils ne baissent pas les yeux lorsqu'il les dévisage.

Sentant le grabuge venir, Colin s'empresse de préciser qu'il est un excellent pourvoyeur de bibles et missels. Il se déclare prêt à offrir ses services à tout pieux chevalier désireux d'orner sa chapelle des meilleurs textes sacrés. Agacé, l'officier repousse Colin qu'il trouve trop bavard. Il réfléchit un moment puis donne l'ordre de confisquer le chargement.

D'un bond, les jeunes guerriers de la Confrérie se jettent sur les soldats avec une furie de chats sauvages, hurlant, cognant, tailladant la chair à coups de dagues. Le commandant tombe au sol, la gorge tranchée. Mais ses hommes continuent de se battre âprement. Aucun ne prend la fuite. Colin trouve une telle bravoure surprenante. La raison lui en devient vite claire. Alors qu'il se replie petit à petit vers les sous-bois, un second détachement apparaît, bien plus important que le premier, et s'élance aussitôt dans la mêlée. Les lames fendent l'air, le sang gicle. Une charrette tombe à la renverse. Des dizaines de volumes se répandent dans la boue, piétinés par hommes et bêtes. L'échauffourée est brève et sans merci. Au bout de quelques minutes, le vacarme des armes s'atténue, faisant place aux geignements étouffés des blessés. Un jeune juif est étendu parmi les livres déchirés, son regard mort fixant une page du *Protagoras*. Un mulet broute les feuilles éparpillées d'un traité d'astronomie. Un chirurgien se met à panser les plaies des soldats avec des morceaux de parchemin et du papier à la cuve.

Le soleil est encore haut dans le ciel. Des corneilles s'attroupent sur les branches, attendant sagement que les survivants évacuent le champ de bataille et leur abandonnent les morceaux de chair qui jonchent l'herbe. Blotti sous une pierre, un crapaud coasse, vexé du tapage qui trouble la paix de son domaine. Un peu plus bas, sous le couvert des feuillages, le dos courbé, Colin dévale l'adret à toutes jambes.

Un scorpion enterre ses œufs dans le sable puis détale, les pinces tendues en l'air. Aïcha s'écarte pour le laisser filer. Elle arpente le rivage blanchâtre, non loin de l'endroit où la femme de Lot, se retournant vers Sodome, fut changée en statue de sel. Aucune brise ne souffle. Les pierres cuisent au soleil. L'ombre d'un épervier raye la surface de l'eau. Tout se passe ici sur fond de silence. Aïcha sait à quel point François déteste ce calme plat. Ce matin, il lui a gaiement chanté un poème mais sa voix était éraillée de mélancolie. C'était celle d'un oiseau en cage. Il a besoin du vacarme de la foule, des bruits de la rue, de la fanfare incessante des jurons et des rires. Finira-t-il par se retourner lui aussi, comme la femme de Lot ?

Et si oui, comment Aïcha pourrait-elle lui en faire le reproche ? François a parcouru l'immensité des dunes sans rechigner, laissant leur baiser lui dessécher les lèvres. Aurait-elle été capable de le suivre aveuglément parmi les faubourgs crasseux d'une grande ville ? Tôt ou tard, son maître de vent et de sable la rattraperait. Elle aurait trop soif de lumière. Et de liberté, tout comme François.

*

Là-haut, dans la grotte, Villon et Éviatar sont penchés sur un lutrin. Éviatar traduit un texte de Luc. François a peine à en croire ses oreilles. Bien qu'il n'ait jamais mis les pieds hors de Terre sainte, le garçon parle le français à merveille. Il l'a appris auprès des moines. Depuis son plus jeune âge, il étudie cette langue dans le seul but d'approfondir sa compréhension de la Torah. Comme beaucoup, Villon ignore que la Bible hébraïque est parsemée de commentaires en bon vieux français du terroir. Depuis plusieurs siècles, les juifs du monde entier, qu'ils soient d'Espagne ou de Russie, de Constantinople ou de Chandernagor, fondent leur lecture de la Bible sur l'interprétation qu'en a donnée Rashi, un rabbin de Troyes. Lorsqu'il ne trouvait pas de terme hébreu lui permettant d'exprimer une nuance du texte saint avec suffisamment d'exactitude, ce Champenois de naissance n'hésitait pas à faire appel aux subtilités de la langue française. C'est pour mieux saisir la pensée du maître qu'Éviatar a voulu connaître plus à fond le langage dans lequel celui-ci s'exprimait avec tant d'éloquence et de justesse. Tout comme un érudit apprend le grec pour mieux lire Aristote. Et ce n'est donc pas en raison de ses compétences martiales qu'Éviatar a été choisi pour accompagner Villon au désert, mais pour faire office de traducteur et secrétaire, assistant François dans la mission que va lui confier la Confrérie.

*

L'amitié entre les deux hommes, née de la longue route parcourue ensemble, se consolide au fil de l'étude. Éviatar continue de guider François, le tirant par la main le long de nouveaux sentiers. Car les commentaires de la Bible sont aussi sinueux que les oueds. Et, comme eux, ils semblent ne mener nulle part. Leurs méandres s'enfilent les uns après les autres, creusant inlassablement la roche aride de la Loi. Les controverses des sages sont aussi ardues à suivre que les traces des gazelles parmi la rocaille, leurs questions aussi épineuses que des aiguilles de cactus. Le doux fruit de la sagesse ne se décroche qu'au prix de maintes égratignures, en glissant la main toujours plus loin parmi les branches. Villon n'est pas un habitué de ces ravins tortueux. Il vient des vertes prairies de Picardie, des vallons de Touraine, où toujours un clocher pointe à l'horizon, où calvaires et statues des saints rassurent le voyageur égaré. Il amuse Éviatar en lui révélant les arcanes d'autres sages, vendeurs à la criée, braconniers, chasseurs de palombes qui ont aussi leur mot à dire. Éviatar et François peinent maintenant sur un texte de Luc, s'usant la semelle, raclant le gravier, étrangement solidaires. Car tous deux, le juif et le gentil, attendent de leur dieu bien plus que secours et miséricorde. Ils lui demandent des comptes. Villon s'étonne néanmoins du choix du jeune talmudiste.

*

De tous les apôtres, Luc est celui qui a le plus parlé de la femme. Étant médecin, il la voit d'un œil mieux avisé que ses contemporains. Bien qu'il ne doute aucunement de la virginité de Marie, Luc n'y accorde pas grande importance. Pour lui, ce n'est pas l'acte de procréation, même miraculeux, qui fait la gloire de la mère du Christ. C'est son rôle de conseillère et de guide, et non de vestale. "Elle conservait avec soin toutes ces choses, les méditant en son cœur."

Or ces "choses" sont des doutes, des questionnements que s'interdisent les docteurs du dogme. C'est avec un audacieux commentaire sur les écrits de Luc, un faux que Villon rédigera de sa plume, que la Confrérie entend aiguillonner ceux qui, en Angleterre, à Prague ou dans le Palatinat, tentent de réformer l'Église. Jérusalem voit dans les hussites de Bohême ou les prélats oxfordiens des alliés bien plus sûrs que les humanistes. Leur doctrine n'est pas en rupture avec la loi de Moïse. De fait, ces fervents chrétiens sont harcelés et persécutés tout autant que les juifs par les gens de l'Inquisition.

La Confrérie aurait pu faire appel à l'un de ses propres érudits et pondre un pastiche tout à fait acceptable. Mais son commandant estime que seul un chrétien de souche, victime lui aussi du pouvoir des prêtres, saura parler aux hommes qui luttent aujourd'hui contre la tyrannie apostolique. Il a donc longtemps cherché une voix qui convienne, parmi les moines récalcitrants, les prêtres dissidents, les mystiques de tout poil. Il n'aurait jamais pensé qu'un évêque parisien la lui fournisse sur un plateau. Avec l'accord tacite du roi de France.

Villon rechigne à tremper ainsi sa plume dans un bénitier et à l'ébrécher pour une querelle de clochers qui ne le concerne en rien. Surtout pour le compte de ceux qui le séquestrent. Toutefois, à bien y réfléchir, il y a peut-être là une occasion à saisir. L'occasion de régler quelques comptes tout en gagnant la confiance de ses geôliers. Après tout, Jérusalem n'est-elle point le mécène dont il a toujours rêvé? Un discret protecteur qui n'exige pas de lui une soumission dévouée mais, bien au contraire, le meilleur de son insubordination.

François courbe le dos et, nez sur la feuille, se met à griffonner quelques notes. "Mon âme exalte le Seigneur", dit Luc. François gratte le papier d'une écriture alerte. Il sait que ces premières lignes seront transmises au chef de la Confrérie. "Il renverse les puissants de leurs trônes, il élève les humbles." Éviatar tend le cou, curieux de lire l'exégèse. Il ne voit pas le rictus de Villon s'étirer doucement, jusqu'aux joues. Exilé bien malgré lui en terre lointaine, François moisit dans une grotte, sous bonne garde. Et pourtant, il ne s'est jamais senti aussi libre.

Car Luc dit encore : "Si un aveugle guide un aveugle, tous les deux tomberont dans un trou."

Leurs tâches terminées, les commis ont abaissé la devanture et sont allés rejoindre leurs pénates. Federico, déjà en robe de chambre, allume deux chandelles de suif et prend place devant son écritoire. Il trempe longuement sa plume dans l'encrier, ne se décidant pas à l'en retirer, comme s'il craignait de s'en servir.

Guillaume Chartier enrage et l'a fait savoir par l'entremise des Médicis. Les livres promis ne sont jamais arrivés. L'évêque de Paris menace d'incarcérer Fust et son gendre au Châtelet, se repent d'avoir traité avec des juifs, parle de représailles, d'une croisade même. La Confrérie doit monter une nouvelle expédition au plus vite. Or réunir les volumes requis prend du temps.

Federico est sans nouvelles du convoi destiné à la cour de France. Le dernier à l'avoir vu est un juif de Valence, il y a de cela plus d'un mois. Depuis, aucun message, hormis un pigeon voyageur revenu au bercail sans aucun billet attaché à la patte mais dont la bague indique qu'il est l'un de ceux fournis aux jeunes chasseurs de livres partis avec Colin. Aucun agent n'a retrouvé la trace du petit détachement, comme si hommes et charrettes avaient été happés par des sables mouvants.

Federico a attendu qu'un mois entier s'écoule avant de décréter l'échec de la mission. Maintenant, il ne peut plus tergiverser. Au moment où il pose enfin la pointe de sa plume sur la feuille, il entend un léger grattement au volet du magasin. Il resserre le cordon de sa robe de chambre et va ouvrir.

Devant lui, tout recroquevillé, un vieil homme en caftan noir tend la main pour quémander une obole. Federico lui jette une pièce et claque la porte. Mais une force robuste repousse violemment le battant. Un coup de poing fulgurant vient fendre l'air. Federico l'évite tout juste et, du revers effilé de sa main, frappe l'assaillant à la gorge. L'homme chancelle, étranglé par la douleur. Au moment où Federico va lui décocher une botte au bas-ventre, trois silhouettes surgissent, brandissant des matraques. Atteint à la tempe, Federico succombe. Recouvert d'un drap de toile, bâillonné et ligoté, il se sent brusquement soulevé par quatre paires de bras et transporté de par les rues comme un vieil édredon.

Lorsqu'il reprend ses esprits, il est assis au milieu d'un spacieux salon. Ses mains sont attachées derrière son dos par une chaîne qui lui étreint les poignets. Deux gardes se tiennent à ses côtés. En face, un petit bonhomme lui adresse un sourire aigre-doux. Il a la mine pâle, plutôt affable. Il dévisage le libraire avec une curiosité amusée. Lorsqu'il se lève, Federico comprend qu'il est inutile de poser des questions. Son hôte porte une tunique blanche à larges manches, frappée à la poitrine de la croix écarlate de l'Inquisition.

Federico examine rapidement la pièce du coin de l'œil, cherchant le moyen de fuir. Portes et fenêtres sont verrouillées. Il pourrait se ruer en avant et renverser les deux candélabres posés sur la table massive qui le sépare du prélat. Mais son regard s'arrête soudain. Dans un coin, une ombre vient de bouger. Elle approche lentement vers la lumière. Un immense gaillard apparaît, tout en guenilles, les joues couvertes d'une barbe crasseuse, le front caché sous une cagoule mitée, enfoncée jusqu'à hauteur des sourcils. La lueur des bougies se reflète brièvement dans ses yeux cernés qui évitent de confronter le prisonnier. L'homme vient se placer aux côtés de l'inquisiteur et lui souffle quelques mots dans le creux de l'oreille, désignant Federico du doigt. Le vieillard acquiesce de la tête et lui remet une bourse en peau de daim. Le dénonciateur fait une courbette et empoche prestement sa récompense. Il contourne la table pour regagner la sortie. Federico ne lui adresse même pas un regard bien qu'il ait reconnu la grande brute.

Tête baissée, Colin dévale les escaliers et se précipite dehors. Il se met à courir à toutes jambes parmi les rues désertes. Il a enfin eu sa revanche. C'est désormais au tour du Florentin d'aller tâter de la prison.

Aïcha se désole. François la délaisse, plongé dans ses lectures pendant des nuits entières, composant homélies et fausses exégèses tout le jour, la plume entre les dents. Il lui jette bien des œillades attendries ici et là en pâture, mais lorsqu'il la prend, juste avant l'aube, c'est avec passion, avec fougue, pour s'étendre ensuite à ses côtés, épuisé, sans une caresse, sans rien dire. Ce silence lui pèse. Elle, la muette prêtresse du désert, a soudain besoin de mots, de paroles douces. Elle hésite pourtant à parler la première. Car si le silence de François l'afflige tant, ce n'est pas parce qu'elle doute de son amour. C'est parce qu'elle sait qu'il lui cache quelque chose. Et puis, il s'est remis à boire.

Aïcha a le sentiment d'avoir échoué dans sa mission. Elle devait être la corde qui tiendrait Villon enchaîné. Colin parti, elle aurait dû devenir sa confidente. Gamliel, en tout cas, y comptait. En échange de ses services, il lui a promis de l'affranchir. En fait, elle est retenue ici en otage tout autant que François. Mais lui n'a jamais été esclave. Alors pourquoi besogne-t-il ainsi pour la Confrérie ? Sans broncher.

*

Chaque lundi, un messager emporte les brouillons. Il revient le lundi suivant, essoufflé par ses cavalcades, avec les commentaires de Gamliel, les corrections, les passages à peaufiner, à réécrire. Le rabbin rature, biffe, gribouille. Et Villon renâcle, les narines fumantes. Il a toujours parlé franc, dit ce qu'il avait sur le cœur. Mais Gamliel veut lui enseigner le sortilège de ce qui n'est pas dit, le pouvoir de l'insinuation, les bottes secrètes de la rhétorique. François s'exerce à leur maniement parce que c'est avec leurs propres armes qu'il compte vaincre ses ennemis. Ceux d'ici, ceux de Rome, de Paris, tous les bigots et intrigants qui croient pouvoir lui faire courber l'échine. Alors, dans ses écrits contre le dogme, il se garde désormais d'affirmer quoi que ce soit de précis, ne donnant aucune prise ferme au grappin des censeurs. Il sème le doute, subodore, conjecture, se rétracte, tente une sortie puis bat à nouveau en retraite, laissant le lecteur perplexe, insatisfait, mais ébranlé à jamais dans ses convictions les plus intimes. Un doute semé au vent germe mieux dans les esprits qu'une vérité plantée à la bêche. C'est du moins ce que croit Gamliel. Et qu'il faut lui laisser croire.

Quoi qu'en pensent Jérusalem et les Médicis, ce sont les rimailleurs qui changeront la donne, pas les docteurs et les métaphysiciens. Les humanistes ne sont que papes d'un nouveau genre, pontifiant de même, briguant chaires de faculté et rentes à vie tout autant que les clercs. Maître Villon ne saurait dire si les temps à venir seront pires ou meilleurs, juste qu'ils manqueront de coins d'ombre où s'abriter du trop-plein de lumière, et par là de poésie. Aucun lendemain enchanteur n'apportera de salut autre que celui qu'il suffit de saisir dès à présent.

C'est donc maintenant qu'il faut agir. Pour sauver la poésie justement.

*

Aïcha dépose un plateau d'amandes et de fruits secs sur la table. Un mince rayon de soleil pénètre dans la grotte. Éviatar fait nerveusement les cent pas. Le Français est de nouveau saoul. Il a vidé deux calebasses d'alcool de dattes. Éviatar retire brusquement une cruche à moitié vide des pattes de François, renversant la corbeille de fruits. Villon se lève d'un bond, rouge de colère, obligeant Éviatar à faire un pas en arrière. Le garçon brandit un poignard. L'arme est apparue comme par magie. Éviatar ne porte pas sa lame en gaine mais en haut de la manche, juste au-dessus du coude. D'une secousse de l'avant-bras, il l'a fait glisser jusqu'au poignet. François connaît bien l'éclair perçant que lance maintenant vers lui son rival. Il l'a vu scintiller dans la pupille de plus d'un adversaire. À force de décortiquer textes antiques et vieux parchemins avec lui, Villon a oublié que ce jeune homme studieux était un guerrier accompli, toujours sur le qui-vive. Un sifflement d'air lui frôle la joue. Le poignard va se planter dans une calebasse accrochée au mur. Un flot de nectar fermenté en jaillit aussitôt puis s'en va dégouliner le long de la paroi. François se retourne. La gourde béante saigne comme un lapin éventré. Aïcha, qui a redouté le pire, est prise d'un ricanement nerveux. Elle applaudit. François a assez bu pour aujourd'hui.

Éviatar s'assied, un sourire paisible aux lèvres. Il est ravi que François s'insurge enfin. Car ce ne sont ni de pernicieux commentaires de l'Évangile, ni des pamphlets bien tournés que les chasseurs de livres escomptent obtenir de Villon en le tenant si ostensiblement en laisse. Ils attendent de lui qu'il ronge son frein, qu'il les brave. À la différence d'un Fust ou d'un Chartier, de Ficin ou de Gamliel, Villon est sans attaches. Il est le seul qui puisse jouer la partie en franc-tireur. Tôt ou tard, il fera bande à part. Le chef de la Confrérie mise sur l'impétuosité du Français, certain que, le moment venu, Villon décochera une flèche qui ne peut jaillir d'un autre arc que le sien. Une flèche solitaire dont Rome ne pourra pas tracer l'origine aussi aisément que pour un tir groupé venant de Florence ou de Jérusalem.

Éviatar craint que ce stratagème ne se retourne contre ceux qui l'instiguent. Mais surtout, et bien qu'il ait du mal à l'admettre, il a pitié de ce pauvre bougre que tous manipulent à leurs fins. S'il déçoit, nul ne lui portera secours. Et Aïcha, qu'adviendra-t-il d'elle une fois que ses services ne seront plus nécessaires?

Un bruit de pas coupe court à ces interrogations. Éviatar se précipite vers l'entrée de la caverne. Le berger essénien grimpe la pente à la hâte en s'aidant de sa houlette. À peine arrivé sur le seuil, l'homme de Qumrân débite quelques courtes phrases. Sa voix est saccadée. Il gesticule avec fièvre. Éviatar traduit, informant François de l'arrestation de Federico. Il ajoute que la nouvelle a mis plus de trois semaines à arriver, relayée par pigeons voyageurs. Le Florentin a peut-être déjà succombé aux sévices de ses tortionnaires.

Villon a du mal à s'imaginer le pimpant marchand enchaîné à quelque horrible instrument de torture. Il saura se sortir d'affaire.

— Ce coquin a plus d'un tour dans son sac. Et c'est un fieffé menteur.

Éviatar répète les paroles de Villon à l'essénien, croyant l'apaiser. Mais le berger répond sèchement, lançant un regard sévère à François. Éviatar pâlit. Il est tellement déconcerté qu'il n'arrive pas immédiatement à traduire. Lorsqu'il parle enfin, il semble lui-même incrédule. Le gardien de Qumrân connaît bien Federico. Il l'a souvent hébergé. Il vient ici pour s'adonner à l'étude. Lire les textes cachés dans les grottes alentour. En grec, en hébreu, en araméen. Chaque matin, il se lève pour la prière, affublé d'un grand châle et de phylactères, puis va se purifier dans les oueds qui bordent la mer Morte comme l'ordonne la sainte Torah.

Courbé sur son écritoire, le nez à même la feuille, un scribe transcrit une à une les questions que posent les enquêteurs. Ignorant les hurlements du supplicié, il griffonne une petite croix pour noter que l'accusé n'a pas répondu. Trois prêtres assistent à l'interrogatoire. Ils observent les réactions du prisonnier d'un air détaché, se résignant à s'armer de patience. Après chaque cri ou contorsion, ils se concertent brièvement à voix basse puis, d'un signe du doigt, font savoir au bourreau s'il doit infliger plus de peine ou marquer une pause.

Federico est ligoté sur un grossier fauteuil en bois. En face, bien en évidence, une panoplie de pinces, de maillets et de pointeaux luit à la lumière des torches. Des charbons ardents rougeoient au creux d'un chaudron en fer posé sur un trépied. Le préposé à la torture se meut avec lenteur. Il chauffe des tenailles à blanc, contemplant tranquillement la flamme dansante qui caresse le métal. Lorsqu'il les retire, fumantes, il les brandit un moment en l'air comme s'il était indécis, puis il examine les différentes parties du corps, prenant tout son temps. Chaque membre qu'il fixe des yeux brûle déjà d'angoisse. Il promène ensuite longuement l'instrument le long de la peau de sa victime, sans la toucher tout à fait, remontant des cuisses vers la poitrine, puis, d'un coup saisit le téton droit et serre avec insistance, sans bouger ni sourciller, ses yeux vaguement dirigés vers le fond du cachot. La graisse fond aussitôt en chuintant. Foudroyé par la douleur, Federico se met à trembler frénétiquement. Un courant bouillant se rue le long de ses veines. Son cerveau va éclater. Malgré l'odeur terrifiante de la chair qui se consume, il sent la forte haleine d'alcool qui se dégage de la bouche édentée de son tortionnaire. Cette odeur d'ivresse est le seul indice d'humanité auquel s'agripper. Au milieu des pires affres, le corps arqué, la tête jetée en arrière, le Florentin tente de rester braqué sur la brute, de croiser son regard vitreux, tordant les lèvres en une sorte de sourire complice, comme si tous deux étaient du même camp. Le bourreau relâche doucement l'étreinte puis disparaît du champ de vision. Il revient, un seau à la main, et se plante devant Federico, attendant de nouvelles instructions. Un jet d'eau glacée vient frapper la face du détenu pour l'empêcher de s'évanouir. Federico sait que les souffrances qu'il endure à présent ne sont qu'un prélude. Il cherche à puiser des forces dans chaque spasme de ses muscles, du courage dans les recoins les plus secrets de son âme.

L'un des inquisiteurs se lève. Il tient un épais volume qu'il feuillette distraitement tout en s'approchant. Arrivé près du fauteuil de bois, il referme le livre d'un claquement sec et le montre à ses collègues, à la lueur du brasier, puis à Federico. La reliure est frappée des armes des Médicis entourées d'une devise en hébreu. La dorure du blason brille au centre du plat. Son scintillement familier réconforte le chasseur de livres. Il s'y accroche comme un noyé à une épave. Le moine crache sur l'emblème. Alors que Federico reprend péniblement son souffle, il entend un bruit métallique. Une barre terminée d'un cachet en forme de croix trempe dans la braise.

L'archevêque Angelo tend la main pour que le visiteur puisse baiser l'énorme saphir qu'il porte au doigt puis il repose mollement le bras sur le coussinet brodé de son accoudoir. Ayant marmonné une bénédiction de circonstance, il s'enquiert de la santé de Pierre de Médicis, s'étonnant qu'il ait envoyé son fils plutôt que de venir traiter en personne d'une affaire aussi importante. Lorenzo se confond en plates excuses, expliquant que, suite au décès de Francesco Sforza, son père doit assurer la transmission rapide des pouvoirs afin de sauvegarder les intérêts des deux familles, Sforza et Médicis, concernant le commerce maritime de Gênes, les manufactures de Milan et les divers comptoirs gérés en commun.

L'archevêque invite le jeune seigneur à s'asseoir plus près. Lui tenant désormais le poignet avec une douceur quelque peu embarrassante, il prend courtoisement des nouvelles de Florence. Lorenzo répond patiemment. Ce n'est pas à lui de porter la conversation sur le sujet de sa venue ici, à Rome, ni de retirer son bras de l'emprise affectueuse du prélat. Angelo, prenant le jeune homme par le coude, l'entraîne vers la bibliothèque. Lorenzo redoute qu'il lui fasse des avances plus pressantes. Dès qu'ils entrent dans la salle bondée de livres, le nonce désigne un ouvrage posé en évidence sur un guéridon. Lorenzo reconnaît immédiatement l'écusson doré de son clan et les signes cabalistiques qui l'entourent. L'exemplaire provient certainement de la collection privée de son grand-père. Depuis son plus jeune âge, Lorenzo a vu Côme de Médicis occupé à classer ses livres avec amour. Il ignore cependant la signification de cet emblème. C'est le prêtre qui la lui explique. Seuls les volumes provenant d'un libraire florentin du nom de Federico Castaldi portent cette marque pour le moins étrange. Et tous sont frappés des interdits apostoliques les plus sévères.

Dans sa clémence, et par respect pour la mémoire de Côme, le Concile aurait fermé les yeux sur cette incartade. Malheureusement, l'Inquisition vient de découvrir un grave complot fomenté par les juifs contre la chrétienté. Ledit Federico Castaldi a été arrêté et subit la question en ce moment même. Les enquêteurs le suspectent d'être à la solde d'une mystérieuse confrérie basée à Jérusalem. Ses aveux risquent fort d'impliquer les Médicis dans cette sordide affaire. D'autant plus que leur célèbre protégé, Marsile Ficin, se fournit régulièrement chez ce Federico. Bien des ouvrages qu'il y acquiert sont frappés des célèbres armoiries mêlées à la devise en hébreu des ennemis jurés de Rome. Il va de soi que les retentissements d'un procès obligeraient l'Église à prendre position et à montrer de la fermeté dans l'application du verdict. Ficin risquerait le bûcher et ses complices l'excommunication.

Lorenzo tente de garder son sang-froid, fronçant juste les sourcils. L'anxiété manifeste de son invité amène monsignore Angelo à adoucir le ton. Dans le souci de ne point souiller le noble nom des Médicis, il suggère de remettre le prisonnier aux autorités florentines afin qu'elles poursuivent elles-mêmes l'interrogatoire et prennent publiquement la défense de la foi. Cette preuve d'allégeance est indispensable pour convaincre les inquisiteurs de ne pas écrouer Ficin et éviter l'embarras que son incarcération causerait à ses distingués mécènes.

Lorenzo ne se laisse pas intimider par cette menace à peine couverte. Il sait que l'archevêque entend être rémunéré pour son intercession. Une grasse donation suffira. Mais il faut aussi dédommager le Vatican. Trop content de tenir les Médicis à la gorge, le pape se montrera exigeant. De fait, Angelo annonce que Sa Sainteté ne saurait se contenter d'une rançon en espèces. Il se trouve que les juifs détiennent de tout temps un document dont le Saint-Père estime que la place est à Rome. Ce sont les minutes de l'entretien qu'eut Jésus avec le grand prêtre du Temple avant que celui-ci ne le livre à Ponce Pilate. Le Christ employa les quelques heures qu'il passa chez Anân à dicter un plaidoyer destiné à innocenter le reste de la communauté juive. Assumant l'entière responsabilité de ses actions, il sauva son peuple de terribles représailles. Mais, en sus de cette confession, Jésus dicta à Anân ses dernières volontés, une sorte de *Testament* qui est, en somme, l'ultime message du Christ à ses frères humains.

Croisés et templiers ont tenté plusieurs fois de mettre la main sur ce texte, fouillant Jérusalem de fond en comble, prenant des otages, menaçant de mettre les juiveries à feu et à sang. En vain. L'Église a même envisagé de restituer certains des ornements sacrés du Temple, emmenés à Rome par Titus pour fêter son triomphe sur la révolte des Hébreux. Mais, jusqu'ici, le Vatican ignorait avec qui traiter. Dispersés à tous vents, morcelés en une ribambelle de communautés, les juifs n'ont ni roi ni ministres. Or voilà que se présente l'occasion de négocier avec une coterie capable de prendre des décisions. Les chasseurs de livres de Palestine, puisqu'ils attaquent Rome, font clairement figure de camp adverse avec qui entamer d'éventuels pourparlers. Et surtout, ils ont des ambassadeurs de renom, les Médicis, par l'entremise desquels les deux parties peuvent parlementer.

Lorenzo doute fort que Jérusalem accepte de payer un prix aussi élevé pour extirper ses éminents alliés du pétrin. Après tout, les Médicis sont suffisamment puissants pour se tirer d'affaire. Les relations entre Rome et Florence ont toujours été ambiguës, parfois tendues, mais jamais ouvertement hostiles. Lorenzo se demande donc pourquoi l'archevêque choisit de jouer une telle carte. Le Saint-Siège se sentirait-il soudain assez fort pour passer à l'offensive ? Ou bien à ce point menacé qu'Il doive recourir au chantage ?

Le jeune homme s'agenouille et promet de revenir promptement avec une réponse. Le prélat l'embrasse vivement sur le front en guise d'adieu.

*

Escorté par deux novices, Lorenzo traverse le long couloir qui mène hors de la basilique. Il pense au libraire, priant qu'il tienne bon. Il a toujours senti qu'il existait une connivence intime entre son grand-père et ce Federico. Tout jeune, sagement assis dans un coin de la grande bibliothèque, il a souvent assisté à leurs longues conversations. Lorsqu'ils regardaient des livres, les deux hommes oubliaient sa présence. Côme, d'habitude si autoritaire, parlait d'une voix douce, presque enfantine. Le vieillard s'égayait à la vue de chaque reliure, s'émerveillait de chaque touche de calligraphie, déclamait tout haut des passages de *L'Iliade* ou des *Fables* d'Ésope, décrivait avec enchantement les détails d'une gravure. Il savait que son petit-fils l'écoutait, l'observait, mais il faisait mine de l'ignorer. Il voulait communiquer sa passion à Lorenzo sans la lui imposer, l'invitant tacitement à venir le rejoindre dans ce monde merveilleux d'encre et de papier. Parfois, Côme et Federico baissaient le ton, chuchotant en cachottiers, leurs expressions soudain sérieuses. Les visites du libraire étaient entourées de mystère, de magie. Federico disparaissait pendant de longs mois. L'annonce de son retour mettait Côme en joie. Il délaissait toutes ses préoccupations pour recevoir le marchand et soufflait solennellement à l'oreille de son petit-fils : "Il arrive de Terre sainte !"

Une fois dehors, Lorenzo scrute les bâtiments qui cernent la grande place. Dans lequel l'Inquisition tient-elle ses salles de torture ? Lorenzo tend l'oreille. Le piaillement des moineaux résonne le long des murailles, le claquement des sabots frappe le pavé, les cloches de Saint-Pierre carillonnent, étouffant les cris des suppliciés.

La faible lueur des lampes à huile éclaire à peine la petite grotte. Le berger essénien reste à l'entrée, tendu, se retournant parfois pour scruter l'obscurité. À l'intérieur, Gamliel et Éviatar sont assis autour de la petite table qui sert d'écritoire. François se tient debout, se demandant s'il doit s'agenouiller ou même se prosterner. Il tremble d'émotion. Aïcha est assise à même le sol, ébahie sans trop savoir pourquoi. Elle ressent juste l'intensité du moment. Et la panique de Villon.

C'est Éviatar qui ouvre la boîte en fer et en extrait le précieux manuscrit. Ne sachant trop comment le manier avec la solennité qui convient, il le tient à bout de bras telle une offrande. Gamliel dénoue la cordelette en roseau qui entoure le parchemin. Le rabbin se contente d'un bref examen puis renoue la cordelette sans rien dire. Éviatar replace aussitôt le rouleau dans la boîte, soulagé d'avoir surmonté une telle épreuve.

— Il faudra l'envelopper de chiffons secs. Froissés, pas trop propres. Pour ne pas exciter la curiosité.

Villon est abasourdi. Gamliel ne lui a même pas offert de toucher la peau du manuscrit. François contemple le petit coffret, consterné de voir une telle relique traitée comme un vulgaire colis de poste. Et surtout d'apprendre qu'elle va servir de monnaie d'échange.

— C'est payer fort cher votre amitié avec les Médicis.

— Il s'agit d'un engagement moral, maître François. Et de gagner du temps. Le manuscrit mettra plus de trois semaines pour parvenir en Italie, par voie de mer. En attendant, nous…

— En attendant, cette reddition constitue un dangereux aveu de votre part.

— Mais elle est aussi la preuve de notre force. L'Église a toujours redouté que les minutes d'Anân soient rendues publiques avant qu'elle ne puisse en étudier le contenu.

— Eh bien, maintenant, elle sait qui les possède. Peut-être même où elles se trouvent !

Les traits de François se crispent en une grimace exaspérée.

— Une telle profanation justifiera un appel à la croisade. Ou des représailles dont pâtiront les juiveries. Les dernières paroles du Christ ne peuvent faire l'objet d'un vil marchandage. Ni être l'enjeu d'un bras de fer.

— À moins qu'elles ne sauvent à nouveau notre peuple de la fureur de Rome.

François se tait. Une larme coule sur sa joue. Le Sauveur va-t-il donc être crucifié une seconde fois ? Et lui, François, est-il un autre Judas ?

Gamliel emballe le coffret dans les chiffons qu'a préparés Éviatar. Les franges du tissu s'effilochent. Une ficelle de chanvre tient maladroitement le tout en place. Le paquet est assez anodin pour ne point éveiller la suspicion des douaniers ou la convoitise des matelots. De simples prêtres, vêtus de la bure, entreprendront le voyage. Sans escorte. Le rabbin affirme qu'il a choisi d'excellents candidats, des émissaires sûrs, qui parlent plusieurs langues et, bien qu'ayant la mine humble, sauront se conduire en société. Des hommes ayant assez d'aplomb pour braver tant les ruses des brigands que les traquenards de la cour apostolique.

François sait que plusieurs clercs du monastère parlent couramment l'italien. Et parfaitement le latin sacerdotal de mise au Saint-Siège. À la différence de Paul, simple curé de campagne, la plupart viennent de bonnes familles. Il y a parmi eux des cadets de la noblesse, des fils de négociants, des bourgeois ruinés. Villon s'étonne cependant que la Confrérie confie une telle mission à des moines chrétiens plutôt qu'à ses chasseurs de livres, mieux entraînés et certainement plus loyaux à la cause.

Gamliel chuchote les noms des émissaires à l'oreille d'Éviatar dont la réaction ne se fait pas attendre.

— Le commandant de la Confrérie approuve-t-il ce choix?

— Absolument.

Cette réponse laconique ne prête pas à discussion. Éviatar sent pourtant une sorte d'embarras dans la voix du rabbin.

Gamliel regrette d'avoir à mentir. Mais comment avouer qu'il n'est pas en mesure d'obtenir l'accord de son chef? Lequel ne permettrait sans doute pas qu'on joue si gros pour sauver la mise. Et encore moins qu'on se serve de gentils pour le faire. Gamliel n'a néanmoins pas le choix. Nul ne doit savoir que le commandant de la Confrérie moisit en ce moment dans les geôles de l'Inquisition.

Sa présence en Italie était indispensable. Un personnage de la stature de Côme de Médicis n'aurait jamais accepté de traiter avec un sous-fifre. Et il comptait bien que le général de Jérusalem mène l'opération en personne et l'assiste sur le terrain, en Italie puis en France.

— As-tu d'autres questions?

Éviatar se résout à tendre le colis ficelé au rabbin.

Dès que Gamliel quitte la grotte, Villon s'effondre à terre et se signe vingt fois en travers de la poitrine. Désemparé, il se figure ces moines de Galilée, tonsurés, les sandales mal décrassées de leur long périple, se prosternant devant le pape et ses cardinaux, extirpant le testament du Christ hors d'une vieille besace. Aïcha n'a jamais vu François ainsi, à genoux, les mains jointes en prière. Elle se tourne vers Éviatar qui n'a pas l'air surpris de tant de ferveur. Il n'a jamais douté que, sous le couvert de sa grande fâcherie avec le ciel, Villon tenait un intime conciliabule avec les anges et leur Seigneur. Ne serait-ce que pour les tarabuster. Aïcha ignore si Éviatar, transi sur place, prie aussi en ce moment. Impossible à dire. Les juifs prient debout.

François se relève. Il se dirige vers l'entrée de la caverne. Au loin, sur fond des reflets argentés de la mer Morte, il distingue la silhouette du rabbin qui avance parmi les pierres d'un pas sûr, traversant un rayon de lune, son paquet sous le bras.

L'archevêque, noyé dans ses coussins, parle d'une voix doucereuse, pesant chaque mot, feignant l'indécision. Assis sur un pouf, Lorenzo se montre impatient. Il n'est pas disposé à s'encombrer des finesses d'usage ni à débattre des conditions. Les réticences du prélat l'agacent. Les Médicis se sont montrés suffisamment généreux pour pouvoir escompter un prompt dénouement de cette regrettable affaire. Eh quoi, les dernières paroles du Seigneur ne se prêtent certainement pas à des intrigues de couloirs! Mais Angelo ne lâche pas prise. Il craint d'être dupé par les habiles maîtres de Florence. Pierre de Médicis est bien trop malin pour payer si cher une promesse que le pape ne tiendra sans doute pas. La seule faveur concrète qu'il est certain d'obtenir est la libération du marchand de livres. En soi, elle justifie mal tant de largesse.

Certes, la Confrérie exige que le pape s'engage à ne plus jamais monter de croisade. Si le Vatican n'honore pas cette clause, le texte du précieux document sera rendu public. Des dizaines de libraires se tiennent prêts à le propager. Mais comment Lorenzo compte-t-il attester que la Confrérie ne mettra pas sa menace à exécution de toute manière? En se portant garant? Le monsignore continue donc de faire le difficile. Toutefois, le temps presse. Federico refuse d'avaler la moindre goutte d'eau. Il recrache tout ce que les geôliers lui enfoncent dans le gosier. L'archevêque craint de perdre gros si le prisonnier se donne la mort. Il l'a tenté à plusieurs reprises.

*

Lorenzo jure sur la sainte Bible, avec une émotion non dissimulée et de toute évidence sincère, que les Médicis n'ont aucun intérêt à tricher. Ce serait encourir le risque d'un opprobre public dont le pape serait trop aise de les couvrir. Tout comme le Saint-Père, le père de Lorenzo ne préconise pas une joute à ciel ouvert dont ni le Vatican, ni Florence ne sortiraient indemnes. Il préfère de loin s'en tenir à cet arrangement plus discret, à l'amiable.

Cette candeur touche Angelo qui demande néanmoins à savoir quelles garanties d'authenticité les fourbes de Judée entendent fournir aux experts de l'Église. Les érudits les plus éminents de la chrétienté devront examiner le manuscrit avant que Rome ne puisse conclure l'échange. Lorenzo rassure Angelo sur ce point. Les notes consignées par Anân ont été transmises à de pieux serviteurs de Dieu qui en redoutent la divulgation tout autant que le pape. Ce sont des moines de Terre sainte qui se chargent de les amener. Ils naviguent sans doute déjà vers Gênes.

Fatigué des questionnements du vieil ecclésiastique, Lorenzo se lève et jette une bourse d'écus sur le divan épiscopal avant de quitter abruptement la pièce. Angelo compte rapidement les pièces d'or en ricanant sous cape. Ces pourparlers de chancellerie étaient tout à fait superflus. Les ordres du pape ne laissent en effet aucun champ de manœuvre. Obtenir le précieux manuscrit coûte que coûte. Promettre aux juifs ce qu'ils veulent. De toute manière, ils ne l'emporteront pas au paradis.

Le soleil se couche. Un dernier rayon de lumière embrase la dentelle des rideaux, inondant la pièce de reflets rouges qui montent doucement le long des murs et s'en vont mourir au plafond. L'archevêque fait mander son secrétaire. C'est à la lumière des chandelles qu'il dicte la courte lettre informant le Saint-Père du résultat de son entretien avec Lorenzo. Cela expédié, il rédige une demande d'enquête concernant le statut des juifs d'Espagne qui semblent se porter à merveille.

Deux moines dévalent les ruelles qui mènent aux quais. L'un, long et efflanqué, marche le cou tendu, tandis que l'autre, plus court sur pattes, est recroquevillé sous sa capuche. Ils trottent parmi les étals de poisson, les barriques d'huile, les cageots de dattes, évitant les sarcasmes des filles de joie qui les taquinent. Elles lancent des "Bénissez-moi, mon père" et, tirant sur l'étoffe brune des bures, leur demandent ce qu'ils cachent là-dessous, au grand amusement des prévôts et marins qui longent la digue. Fâché, le premier moine empoigne soudain un commis qui rit aux éclats.

— Es-tu baptisé, mon fils ?

Sans attendre la réponse, il jette le malheureux à l'eau, parmi les détritus que charrient les vagues puis se redresse d'un air de dire "À qui le tour ?" Son compagnon resserre la lanière de sa besace, redoutant une bagarre. Mais loups de mer et mercenaires, d'habitude peu respectueux de la calotte, se montrent révérencieux. L'air décidé du prêtre décourage toute rodomontade. Cet humble serviteur de Dieu sait convaincre sans sermonner.

Frère Martin reprend dignement son chemin. Frère Benoît cavale à sa suite en se dandinant de la hanche, comme s'il avait mal au côté. Calé au fond de sa besace de toile, le précieux coffret bringuebale et lui bat les flancs. Ses sandales de corde dérapent sur le pavé poli par la crasse. Le chanvre de son froc lui râpe la peau. Pourquoi courir ainsi ? Le bateau ne lève l'ancre que dans quelques heures. Le chargement est à peine commencé. Des ballots sont entassés à terre, à l'ombre des poulies. Un matelot graisse le gouvernail. Un autre somnole à l'ombre de la misaine. Le second de vaisseau, plus alerte, se tient en haut de la passerelle. Les moines le saluent vivement et lui glissent quelques deniers pour qu'il prenne bon soin d'eux durant la traversée.

Frère Benoît éprouve un léger vertige lorsque, poussé à bord par Martin, le sol se dérobe sous ses pieds, tiré comme un tapis par les mouvements indolents de la mer. Dépité, il se retourne vers la terre ferme des collines de Galilée. Il n'a pas eu le temps de leur dire adieu comme il l'aurait voulu. Tout s'est précipité, dans un tourbillon de préparatifs, d'instructions de dernière minute, sans qu'il puisse mettre de l'ordre dans ses idées. Doit-il être reconnaissant de l'honneur que lui fait la Confrérie ? De la confiance du rabbin de Safed ? Ou bien se désoler d'être le triste sire choisi pour aller remettre les paroles du Sauveur aux dignitaires et intrigants du Vatican qu'il a toujours méprisés ? Dans la cour du cloître, avant de partir, il s'est agenouillé pour que frère Paul le bénisse. Tout ému, le prieur l'a étreint dans ses grosses paluches. Et il a chuchoté tout bas, afin que Gamliel ne l'entende pas.

— N'oublie pas ! Tu es l'envoyé de Dieu. Pas du rabbin…

Mais ce n'est pas au Seigneur que songe Benoît, tentant d'apercevoir une dernière fois la ligne de crête qui se perd dans les vapeurs de la canicule. Martin le sait bien. Il ne dit toutefois rien, contemplant lui aussi l'horizon, songeant aux coupoles de la place Saint-Pierre et à la frayeur qu'il aura, seul parmi les cardinaux et les nonces qui l'attendent si âprement. N'est-ce pourtant pas ce qu'il a toujours voulu ? Cette mise à l'épreuve. Cette confrontation.

Plusieurs marins approchent, se décoiffent respectueusement et quémandent une bénédiction pour le voyage. Les deux prêtres tracent des signes de croix sur leurs fronts nus tout en marmonnant des Pater noster.

Les matelots repartis à leurs tâches, Martin se tourne soudain vers son compère, la mine embarrassée.

— J'ai une confession à vous faire, mon bon Benoît.

Benoît, inquiet d'entendre Martin bredouiller ainsi, rabat sa capuche et toise le jeune moine avec appréhension. L'autre se tient sur ses gardes, comme prêt à esquiver un coup de poing.

— Je t'écoute, Martin.

— C'est… C'est au sujet d'Aïcha.

Frère Martin ne sait comment annoncer la nouvelle. Il s'assure que personne ne puisse l'entendre.

— Elle n'est pas retenue en otage, maître François. Son état…

Frère Martin hésite. Villon lui empoigne le bras avec force.

— Parle donc, Éviatar.

— Elle attend un enfant.

Maître Ficin observe patiemment, accoudé à la fenêtre, baigné par la douce lumière de l'automne florentin. En bas, les pèlerins se lavent les pieds à la fontaine du patio. Des oiseaux dansent sur la margelle, picorant les miettes de galette rancie que les deux voyageurs viennent de faire tomber en retournant les poches de leurs bures. Un étudiant apporte du linge frais et des chaussons de toile. Il ramasse ensuite les sandales usées par la route, avec un air franchement dégoûté qui fait sourire les étrangers. Le plus jeune des deux moines s'asperge gaiement d'eau fraîche. Son compère, lui, reste légèrement en retrait, craignant d'être éclaboussé, s'humectant juste les doigts. Pendant tout ce temps, il ne lâche pas sa besace, la passant d'une épaule à l'autre, tenant la courroie entre les dents quand il veut avoir les mains libres. Celui-là est certainement frère Benoît, se dit Ficin qui s'attendait à quelqu'un de plus imposant, à l'allure sévère. Or l'émissaire des chasseurs de livres passerait aisément pour un benêt. Il arbore un sourire amène bien qu'un peu niais et légèrement de travers. Ficin se garde toutefois de juger frère Benoît sur l'apparence. Il a été averti que, sous ces dehors quelque peu désarmants, se dissimule une belle âme, et un grand érudit. De toute manière, Ficin ne peut qu'admirer le courage dont fait preuve celui qui accepte de mener une mission aussi périlleuse.

Pendant que l'étudiant emmène les visiteurs se restaurer aux cuisines, Ficin débarrasse sa table de travail des manuscrits qui l'encombrent, replace son fauteuil bien droit, époussette les manches de son habit, comme s'il allait recevoir la visite d'éminences.

Lorsque Benoît et Martin apparaissent enfin sur le seuil, il se lève pour les saluer. Les deux moines restent bouche bée, ignorant les formules de bienvenue de leur hôte. Leurs yeux écarquillés longent les rangées de volumes aux reliures impeccables, errent parmi les rouleaux de parchemin ficelés de rubans, se posent ici et là sur les instruments de science et de médecine. Il y a ici tout autant de raretés que dans le caveau de frère Médard mais pas de serrures ni de grilles. Escabeaux et lutrins invitent à fouiner et à aller consulter librement n'importe quel ouvrage sans qu'un nain hargneux n'en barre l'accès de son gourdin. C'est là la fameuse Académie platonicienne, fondée par Côme, à l'usage de tout esprit curieux et en quête de savoir.

Derrière le bureau de Ficin, plusieurs exemplaires sont posés de face. Tous sont frappés du blason des Médicis entouré d'une devise en hébreu. Le vieux savant laisse ses hôtes s'ébahir un moment puis s'adresse à Benoît, considérant que le novice qui l'accompagne est un auxiliaire. Il ignore que ce grand maigrelet aux joues pâles est là pour tenir l'autre en bride.

— Vous connaissez messire Federico, je présume.

— Je ne l'ai rencontré que deux trois fois. Un excellent libraire…

— Et un grand ami.

— Un gaillard fort rusé, en tout cas. Je m'étonne qu'il ait été si facilement pris au collet.

Ficin, quelque peu refroidi par cette remarque, écourte les politesses.

— Puis-je?

Le moine tend sa besace. Il laisse échapper un soupir de soulagement en dégageant son cou de la lanière. Tout le temps du voyage, il n'a pas laissé une seule fois le précieux paquet hors de sa portée, le tâtant, l'ouvrant et le refermant sans cesse, le calant sous sa tête pendant qu'il dormait, l'agrippant des deux mains lorsqu'il marchait. Débarrassé de ce fardeau, il s'écroule d'épuisement sur une chaise. La fatigue accumulée s'empare de ses membres.

Ficin démêle chiffons et ficelles puis ouvre le coffret en fer. Il retire le manuscrit avec précaution. En tant que directeur de l'Académie platonicienne, il a examiné quantité d'ouvrages rarissimes, restauré des volumes précieux acquis par Côme, étudié des originaux contemporains de Platon, d'Horace, de Virgile, traduit des traités datant de l'époque de Ptolémée, mais il n'aurait jamais imaginé tenir dans ses mains un texte aussi sacré. Il en lit les premières lignes avec appréhension. Ce sont bien des minutes. Chaque alinéa est précédé d'une mention : "Je dis, je demande et Yeshu répond, Yeshu dit." Le document est dûment paraphé par Anân. En bas, il porte le sceau du grand prêtre. La cire en est craquelée, noircie comme du sang caillé. Ficin frissonne de tout le corps. À côté du cachet, il y a une autre signature, tracée d'une main sûre, en hébreu. Celle du déposant.

Surmontant son émoi, maître Ficin reprend sa lecture. Il ânonne lentement, ponctuant chaque phrase d'un balancement de la tête admiratif, s'interrompant par moments, comme ébloui par une lumière trop éclatante. Il y a là tant de sagesse, d'humanité, de clarté. Tout est dit. En quelques mots. À jamais.

— Qu'y a-t-il d'écrit, juste là? Mes yeux me trahissent.

— Désolé, maître. Je ne lis pas l'araméen.

— N'as-tu donc pas lu ces minutes?

— Mon avis importe peu.

Ficin est quelque peu surpris de cet aveu. Et de ce manque de curiosité. Éviatar, lui, s'est toujours étonné de ce que François n'ait jamais demandé à connaître la teneur du saint document dont il avait la garde. Comme s'il avait peur. Comme si le lire aurait été sacrilège et non acte de foi. Mais Villon s'est montré ferme sur ce point. Il ne veut rien savoir des ultimes dires de Jésus.

*

Il fait déjà nuit noire lorsque Ficin achève la lecture des minutes d'Anân. Le vieux professeur trouve le parchemin étonnamment frais, trop même. Les érudits pontificaux, surpris par un tel état de conservation, risquent de se montrer suspicieux. Éclairé d'une lanterne, Ficin se penche sur sa grande écritoire. Il gratte légèrement la peau avec une râpe en os, balaye les fins copeaux en soufflant à petits coups, asperge les traces laissées par la râpe d'une fine poudre grise pareille à de la cendre. Éviatar épie ses moindres gestes, tenant les feuillets bien tendus, craignant que les mains tremblantes du vieux savant ne défaillent. Tordant le cou pour mieux voir, il lit et relit le texte sacré pendant que Ficin travaille. La langue en est parfaite, bien qu'un peu froide, l'écriture élégante et sûre. C'est celle d'un grand prêtre. Mais ce sont les paroles du Christ qui le bouleversent, plus simples, presque ordinaires. Elles le troublent d'autant plus qu'un juif n'a pas le droit d'y prêter foi. Et encore moins d'y succomber. Ficin, lui, ne cache pas son émotion, se forçant à retenir ses larmes, de peur qu'elles ne tombent sur le manuscrit saint.

À l'aube, le professeur emballe enfin les feuillets. Il les dépose dans un splendide coffret qu'il enveloppe d'une pièce de velours pourpre à franges dorées. Plus de vieux chiffons ni de boîte en fer. Par contre, toujours la même besace, mangée par le sel de la mer, jaunie par la poussière des chemins, pour ne pas attirer l'attention. Le vieux maître remercie le novice qui l'a assisté la nuit durant.

— Êtes-vous prêt à faire votre devoir, frère Martin?

— Il est trop tard pour reculer.

— Alors, il ne nous reste plus qu'à prier.

Les deux hommes s'agenouillent. Ficin se tourne vers frère Benoît pour le convier à se joindre à ce moment de recueillement. Mais le bon moine somnole, bras ballants, ronflant comme un vieux chat. Un sourire béat lui plisse les lèvres. Il rêve à celui qui va bientôt naître dans un coin perdu de Palestine, à ce bâtard qu'il ne verra peut-être jamais si son plan échoue.

*

Le soleil dépasse maintenant la ligne des toits, teintant les tuiles d'une lumière cuivrée, dorant les coupoles de son auréole de feu, frappant le pavé étincelant comme s'il en battait le fer gris à l'enclume. Après cette nuit emplie d'ombre et de mystère, Éviatar et François se sentent revigorés. Le temps radieux chasse d'un coup tous les doutes, toutes les angoisses.

Les envoyés de Terre sainte revêtent leurs bures rapiécées, chaussent leurs sandales de corde. François cale soigneusement le colis avec des morceaux de parchemin d'une facture grossière, durcie par le temps, froissés et roulés en boule pour que la cassette, en bringuebalant, ne lui blesse pas les reins. Éviatar se demande où Villon a déniché ces lambeaux de peau à l'encre toute délavée. Il s'en dégage une écœurante odeur de moisi qui ne risque pas d'affrioler les voleurs à la tire.

Le professeur escorte ses invités jusqu'au portail de l'académie. L'étudiant de la veille apparaît, tout fringant, toisant les moines de haut.

— Conduis ces bonnes âmes au palais. Les hommes du duc les y attendent pour les mener à Rome.

Les pèlerins reprennent la route. François marche derrière Éviatar et le guide, la tête levée en l'air, admirant les balcons fleuris, les statues encastrées dans les façades, les fresques qui ornent les frontons. Il déambule tel un promeneur insouciant, son sac en bandoulière. Il s'arrête au bout de quelques pas. Un bout de parchemin racorni dépasse de la sacoche. Il l'enfonce d'un coup de patte qui en fait craquer la corne toute desséchée. Occupé ainsi à tasser les vieux bouts de peau qui gonflent la toile de sa besace, il ressemble à un mendiant rangeant jalousement ses haillons. Ficin l'observe de loin, peu rassuré par ces facéties. Mais c'est le sourire narquois que frère Benoît lui décoche avant de disparaître au coin de la rue qui ébranle tout à fait la confiance du vieux savant.

Paul II traverse majestueusement la salle. Les cardinaux s'inclinent sur son passage. L'ondoiement des soutanes forme une vague violacée que fend son aube blanche, telle une voile. Le Saint-Père suit la ligne du tapis qui mène à l'estrade. L'archevêque Angelo se tient à l'écart de la nef, appuyé à une colonne. De là, il n'aperçoit que la mitre apostolique dont la pointe s'élève au-dessus des calottes. Il tend le cou vers le fond de la basilique, là où se trouvent les bancs réservés aux invités de marque. Pierre de Médicis n'est pas là, marquant ainsi son dissentiment. Après tout, le pape lui a forcé la main. C'est de nouveau son fils, Lorenzo le Magnifique, plus fin, plus diplomate, qui le représente. Le jeune seigneur est vêtu d'un pourpoint étincelant dont les brocarts d'or et d'argent rutilent à la lumière des vitraux. Il se tient le dos droit, la tête haute, narguant l'austérité des lieux de sa beauté fougueuse, de l'insolente richesse de ses atours, de ses bagues à clinquants, de son immense panache posé bien en évidence sur l'accoudoir d'un prie-Dieu. Les deux moines qui l'accompagnent sont assis derrière. Leurs silhouettes floues se profilent timidement en retrait, légèrement de biais, comme si elles n'étaient que l'ombre du pimpant aristocrate. Une besace rapiécée est posée sur les genoux de l'un d'eux. Elle est encore bourrée des feuillets qui ont servi d'empaquetage. Leurs bouts jaunis et tout chiffonnés dépassent du rabat, durs comme de la peau de truie, piquetés de moisissure, le luisant du tannage rogné par les années. Le pauvre moine tente de les repousser dans son sac comme s'il était honteux d'un si piètre emballage. Mais le cuir récalcitrant se déplie sans cesse, l'embarrassant de plus belle. Angelo observe le bonhomme, songeur. Ses sandales sont poussiéreuses. L'étoffe de sa bure est ternie par le soleil. Et pourtant, une luminosité altière, presque arrogante, éclaire son regard. Il est peut-être, ici, le seul homme de Dieu.

*

Une cassette ornée de pierreries repose sur le siège pontifical. Le scintillement des gemmes se projette en un prisme limpide. Le pape monte lentement les marches, cachant maintenant le halo des émeraudes et des cristaux de roche. Il prend la clef que lui tend son secrétaire puis s'agenouille pour l'introduire dans la serrure. L'assemblée se prosterne. Il ouvre le couvercle avec précaution, murmurant une bénédiction puis, apercevant soudain les lettres ternies, il se signe et tombe en larmes. Le silence est si absolu que l'on croit entendre la voix du Seigneur s'élever du coffret. Le Saint-Père baise le manuscrit sacré du bout du doigt, sans oser le prendre en main. Le parchemin est friable. Les archivistes du Vatican ont recommandé de ne pas l'exposer à la lumière. L'un d'eux entame la traduction latine qui en a été faite par les experts.

Jésus sait qu'il va bientôt mourir. Il ne dissimule pas sa frayeur. Anân tente de le réconforter, lui assurant que son sacrifice ne sera pas en vain. Mais le Christ refuse d'être consolé. Il ne se résigne aucunement à son sort. Ne le tue-t-on pas pour éviter qu'il ne parle? Parce que ses confessions dérangent tout autant Jérusalem que César? Les juifs ont tort de croire que son exécution apaisera la colère des Romains. Bien d'autres périront, comme lui. Le Temple sera détruit, dit Jésus. Et Rome tombera.

L'interprète interrompt subitement sa lecture. Paul II se relève, annonçant sévèrement que les révélations qui suivent se rapportent à des temps futurs et qu'il n'est pas opportun de les divulguer avant l'heure. Répandu prématurément, l'ultime message du Christ sera mal compris des fidèles et surtout déformé par les adversaires de la foi. Nonces et légats chuchotent et grognent, frustrés, déçus, mais le Saint-Père referme déjà le coffret. Il remet la clef à son secrétaire puis laisse un majordome emporter prestement le fabuleux écrit vers les caveaux. Le soir même, les soldats de la garde vaticane rassemblent tous les exégètes qui ont eu accès aux notes d'Anân et les passent au fil de l'épée.

*

— *Écris ceci. Il y a un début et il y a une fin. Le Temple sera détruit. Et Rome tombera. En dernier lieu, Dieu succombe avec l'homme…*

— *Tu blasphèmes!*

— *Quel père voudrait survivre à son enfant?*

Je demande à l'accusé de se rétracter. En vain. Il s'obstine.

— *Écris ceci. Il y a un avant et il y a un après. Tout commence et tout finit lorsque meurt le premier innocent. Et Dieu meurt avec lui. C'est toi qui blasphèmes en Lui niant cette mort, ce chagrin.*

— *Quelle sorte de juif es-tu donc pour parler ainsi ?*

*

Assis au coin du feu, Paul II relit une dernière fois la déclaration du Nazaréen, sa diatribe contre les prêtres et les césars, ses prédictions concernant les atrocités qui seront perpétrées en son nom, son refus de tout traitement de faveur, de toute sépulture, sa lettre d'adieu à Marie. Au fond, les reproches du Christ nuisent autant aux rabbins qu'aux curés. La Confrérie n'a jamais eu l'intention de les propager. Il s'agit donc d'un règlement de comptes entre Rome et Jérusalem, qui ne regarde personne d'autre. La libération de l'un des leurs n'est qu'un prétexte. Les chasseurs de livres attendaient juste le moment propice. Les temps leur sont en effet favorables. Un vent insidieux souffle sur la chrétienté. Alors, ils se jettent aveuglément dans la bataille aux côtés de ceux qu'ils croient pouvoir gagner à leur misérable cause, à Paris, à Florence, à Amsterdam, et qui les berneront à la première occasion. Les voilà soudain bien trop sûrs d'eux-mêmes. La preuve ! En communiquant les minutes d'Anân, la Confrérie lance bien plus qu'un défi à la papauté. Elle montre sa force, persuadée d'avoir remporté une première victoire. Mais c'est l'Église qui gagnera la guerre contre les juifs et les humanistes. Louis XI et les Médicis feront une tout autre mine lorsqu'ils verront leurs alliés brûler sur les bûchers de justice.

Paul II remercie le Seigneur de lui avoir confié la garde de la foi et de restituer enfin l'ultime parole du Christ à qui de droit. Il saura se montrer à la hauteur. Le pape somme son secrétaire à qui il dicte aussitôt ses instructions aux clercs de l'Inquisition, ordonnant un durcissement de la censure à l'égard des hérétiques et la suffocation des juifs, où qu'ils se trouvent. Il rédige un appel aux rois catholiques pour qu'ils le soutiennent dans sa lutte contre l'abominable agression des ennemis de Dieu. Il ne doute plus. Il sait maintenant qu'il a été élu par la Providence pour protéger le message du Sauveur de la folie des hommes. Ils ne sont pas encore prêts à recevoir tant de Lumière. Lui, Paul II, sera leur guide. Le Vatican détient désormais la vérité dans ses caves, sous scellés, jusqu'au jour de la Révélation.

Si les infidèles de Palestine n'ont pas perçu le sens profond des paroles du Nazaréen, c'est parce qu'ils ne les ont pas lues en croyants, en adeptes. Anân se trompe gravement, le Christ ne blasphème pas. Dieu saigne bien du sang de l'Homme et Il pleure de ses larmes. "Il succombe", comme le dit Jésus avec tant d'éloquence, malgré les protestations outrées du grand prêtre. Ceux qui rejettent cet enseignement de notre Seigneur Jésus, nient donc la souffrance de Dieu. Eh bien, il faut maintenant leur enseigner cette souffrance.

— Je ne vois ni titre ni signature.

— C'est pourtant bien le manuscrit du *Testament*.

— Un testament sans valeur, au fond.

— Sans valeur ?

— Villon n'est pas mort, que je sache !

Fust s'abstient de répondre. Il ignore lui-même ce qu'il est advenu du poète. Chartier rend la liasse de feuilles. L'évêque de Paris s'oppose fermement à la mise sous presse des ballades de maître François. Il en circule déjà bien assez de copies. Désolé, le libraire range le recueil dans un tiroir.

Les deux hommes se penchent sur le bureau surchargé de livres. Chartier se montre intraitable. Il trie les volumes en vitesse, rejetant la plupart des ouvrages proposés. Les moues menaçantes du prélat n'intimident pas Fust pour autant. Après tout, Louis XI, satisfait des premières éditions parisiennes, continue de protéger les imprimeurs. Il parraine même deux facultés dédiées aux études humanistes, l'une à Valence, l'autre à Bourges, la Sorbonne s'opposant fermement à abriter de tels foyers de dissipation intellectuelle. Pas étonnant que Chartier soit de mauvaise humeur. Il sait que bien des clercs d'université rendent visite aux libraires, en secret. Alors qu'importe qu'il autorise ou condamne telle ou telle publication. Elle leur parviendra de toute manière.

Guillaume Chartier se souvient d'avoir montré à Villon une édition tronquée de *La République* de Platon, mal reliée, bourrée de fautes et qui se vendait alors sous le manteau. Du fond de son cachot, à deux doigts du gibet, Villon avait aussitôt compris la portée d'un tel texte. De fait, le roi s'est tant épris de l'idée de *Res Publica* ou "chose commune" qu'il veut la reprendre à son compte. C'est à son intention que Marsile Ficin vient de traduire en français les notes de Nicolas de Cues qui évoquent le principe d'un gouvernement "par le peuple et pour le peuple". Louis XI s'en délecte au point qu'il a affirmé trouver "fort belles" les récentes œuvres soumises par les chasseurs de livres à l'approbation de la couronne. Depuis ce mot heureux, courtisans et professeurs ne parlent plus que de "belles-lettres" et de "beaux-arts". Curieusement, il n'y a ni belles sciences ni sciences laides.

L'imprimeur range docilement les volumes refusés dans une caisse, au fur et à mesure que l'évêque les repousse en bout de table. Traités de Lucrèce et madrigaux napolitains, plans de la voûte céleste et contes galants s'entassent pêle-mêle au fond du cageot.

Lorsque Guillaume Chartier part enfin, Fust s'écroule sur sa chaise. Il ouvre le tiroir de son secrétaire et en tire le *Testament* de Villon. Il en lit quelques lignes au hasard. Catins et gentes dames, bandits et notaires, seigneurs et ouvriers, touchants ou grotesques, déambulent parmi les strophes, tous plus préoccupés d'amour et de bonne chère que de savoir si la terre est plate, ronde ou quadrangulaire.

Car Villon n'est pas seulement le héraut d'une ère nouvelle. Il est le croque-mort de celle-ci. Il tire un trait attendri sur une époque qui se meurt. Mais, lui, refuse de mourir avec elle. Il s'est éclipsé, plantant là curés et gendarmes, rois ambitieux et évêques véreux, léguant, à qui en voudra, sa légende, sa rengaine. Aux hommes de demain, il n'adresse ni beau discours, ni proclamation. Juste un gentil clin d'œil.

La pluie crépite sur l'ardoise du toit, assourdissante. Les battants des volets claquent au vent. Le hurlement de la bise tente de se faufiler par la cheminée mais, étranglé par la fumée et la suie, n'émet plus qu'un gémissement sourd lorsqu'il parvient au-dessus de l'âtre. Paysans toscans en haillons et bourgeois florentins emmitouflés dans leurs capes sont blottis sur les bancs. Un froid glacial vient brusquement leur gifler les joues lorsque la porte de l'auberge s'ouvre avec fracas. Les chandelles grelottent, menaçant de s'éteindre. Un grand gaillard apparaît sur le seuil. Sa carrure, doublée d'une large pèlerine en peau, tient tout le chambranle, barrant l'accès à la bourrasque. Il scrute la pénombre, dévisageant les buveurs, comme s'il cherchait quelqu'un. Le tenancier va le gronder mais se ravise lorsque la brute se tourne vers lui. Son sourire grimaçant, perdu parmi les balafres et cicatrices qui lui entaillent la face, a la séduction d'une plaie béante, ouverte au couteau. C'est donc avec un vif soulagement que l'aubergiste voit le lascar fermer enfin la porte et se diriger droit vers le fond de la salle.

Un moine en capuche est assis dans un coin. Il tient un bol de cidre chaud dans ses mains gercées, pour les réchauffer. Le prêtre ne bouge pas lorsque l'ombre gigantesque de l'homme en pèlerine se profile sur la paroi.

— Frère Benoît?

Le religieux acquiesce de la tête. L'ogre s'assied aussitôt et se verse à boire.

— Quelles nouvelles apportez-vous de Galilée?

Pour toute réponse, le religieux lève son bol, engloutit une bonne rasade de cidre puis s'essuie les lèvres d'un coup de manche. La capuche laisse les traits de son visage dans la pénombre. Seul son menton dépasse. Ses lèvres se dessinent vaguement dans la lueur rougeoyante de l'âtre. Elles sont légèrement tordues, comme pincées aux coins, les commissures relevées vers les pommettes en un déconcertant rictus.

— Bonsoir, Colin.

Le Coquillard perd l'équilibre. Son banc tombe en arrière. Il s'étale de tout son long sur les dalles crasseuses de la taverne, au grand amusement des convives. Colin se relève en grognant, prêt à frapper les moqueurs mais, lançant un regard méprisant à ce pitoyable auditoire, il lui tourne le dos et se jette sur François pour l'embrasser de toutes ses forces. Le public reste pantois, ne sachant pas décider si le monstre va dévorer la proie qu'il serre dans ses paluches ou si le moinillon va brandir sa croix de bois et repousser cet assaut d'un fulgurant "*Vade retro, Satanas!*"

Colin finit par relâcher son étreinte et se rassoit sagement, les joues rouges d'émotion. La galerie, déçue, perd tout intérêt. Les deux hommes décident néanmoins de parler à voix basse, penchés l'un vers l'autre par-dessus la table. Colin reluque François.

— Tu as bonne mine pour un curé.

— J'en rends grâce aux bons soins des chasseurs de livres.

François s'amuse à contempler les rides de perplexité qui plissent le front de son vieux compère. Lorsque Colin réfléchit intensément, ses traits se convulsent, ses veines ressortent, comme s'il soulevait un tronc d'arbre.

— Tu t'es fait le complice de ces mécréants !

— À chacun sa perfidie…

— Eh, comme tu y vas !

Colin se montre offensé. Après l'embuscade de son convoi, à laquelle il a échappé par miracle, il a filé vers l'Italie afin d'avertir Federico et de se faire payer son dû. Il a commis quelques larcins en chemin, pour ne pas mourir de faim, et s'est fait prendre par la maréchaussée, non loin de Parme. C'est pour sauver sa peau qu'il a dénoncé le libraire. Il n'a fait que rendre au Florentin la monnaie de sa pièce, après tout.

— Alors que toi, tu t'es occupé de le faire libérer. Mais à quel prix ! En bradant les paroles de notre Seigneur Christ !

François hausse les épaules. Il vide sa chope d'un trait, boudant son ami, évitant son regard plein de colère. Au bout d'un moment, il semble même oublier sa présence, perdu dans ses pensées, contemplant les reflets du feu qui dansent sur le mur. Outragé, Colin pousse un grognement et se lève, jetant deux deniers sur la table, pour son cidre. François le retient par la manche. Il tend sa besace, rabat ouvert.

Colin, toujours debout, soupèse le sac. Il n'y a là ni écus, ni lingots. Il palpe les contours d'une main experte, comme savent le faire les brigands.

Le Coquillard se méfie des attrapes de François. Il écarte doucement les pans de toile, la tête en arrière, tenant le tout à bout de bras, ne voyant qu'un emballage en boule. Il se résout à extirper le paquet, le retourne dans tous les sens puis le décortique comme un oignon, jetant un à un les lambeaux froissés qui l'entourent. Il n'y trouve qu'un quignon de pain sec. Agacé, il plonge brusquement la main dans la sacoche, en tâte le fond rêche à coups d'ongles, cherche même une poche secrète tandis que Villon se penche pour ramasser les pelures tombées à terre. Il en brandit soudain une pleine liasse.

— Voici le dire de Jésus.

Le faible éclairage de l'estaminet rend les feuillets encore plus piteux. L'encre défraîchie, le parchemin terni leur donnent un teint terreux. Les lettres se perdent parmi les pliures de la peau, les taches de moisi. Pas d'enluminures, ni même de marges, juste des gribouillis en pattes de mouche noircissant presque toute la page. Colin se demande si François ne se moque pas de lui. Ce qui serait sacrilège.

— Ne sont point les dernières volontés du Sauveur que le pape garde en son palais. Mais un tout autre testament.

— Celui d'un malandrin de ton espèce ?

— Mieux placé que quiconque pour narrer les tracas d'un condamné à mort.

— Et d'un saint ?

Villon évoque alors sa descente au désert, sa lente initiation, sa familiarisation avec les Écritures de Qumrân, les parodies et contrefaçons qu'il a pondues, corrigées par Gamliel, traduites par Éviatar. Nul ne s'était douté à quel point ces facéties et exercices de style viendraient à point. Pas même François qui ne se prêtait au jeu qu'en attendant l'occasion d'en tirer son épingle et d'échapper aux griffes de la Confrérie.

— Il fallait bien se sortir d'affaire. Mais pas comme toi.

— Et comment, alors ?

— En bernant tout le monde.

Colin regarde les bouts de parchemin racornis. Il se demande pourquoi le doux Seigneur n'a pu échapper au supplice alors que le voyou qu'il a en face de lui prétend avoir mené Rome, Jérusalem et même Satan en bourriques. La réponse est sans doute là, dans ces pages jaunies, jetées en vrac sur la table de l'auberge. Elles sont étalées entre deux misérables voleurs, tout comme Jésus sur sa croix.

— Que dit le Christ ?

— Je n'en sais trop rien. Je ne lis pas l'araméen.

Colin en a le souffle coupé. Villon n'a pas lu le testament de Jésus. Il s'est contenté de composer un pastiche de son cru et à son goût. Colin se gratte la barbe. François n'a pourtant pu concocter à lui seul une contrefaçon qui puisse duper à ce point les docteurs de la foi. Pour commettre une telle félonie, il lui aura fallu le concours d'un mentor versé dans les Écritures saintes, secondé d'un traducteur qui parvienne à transcrire son verbiage de trouvère parisien en vieil araméen, ensuite la complicité d'un copiste à la main habile, sans compter celle d'astucieux faussaires en encre et autres grimages. Bref, toute une équipe de gratteurs de papier et manieurs de missels !

François laisse Colin ruminer ainsi un bon moment avant de daigner éclairer sa lanterne.

— Te souviens-tu de frère Paul ?

Colin acquiesce du menton. Villon lui explique alors comment, dès son retour au monastère, il a persuadé le prieur de l'aider à sauver la confession de Jésus des griffes des inquisiteurs. Mais aussi des chasseurs de livres. Il lui a présenté un tout autre testament, la *Ballade d'un crucifié,* qu'il avait composé en secret au désert. Paul, qui a lu et étudié les minutes consignées par Anân, a suggéré à François quelques corrections et retouches puis frère Médard et ses moines se sont aussitôt attelés à la tâche. Villon a retardé le départ pour Acre en se faisant porter malade. Pendant trois jours, Aïcha lui a préparé des thés de fleurs sauvages qui donnent de la fièvre. Elle croyait que François, par ce subterfuge, cherchait juste à rester encore un peu auprès d'elle. Villon avait exigé qu'elle se joigne au voyage, déguisée en gitane, mais Gamliel s'y était fermement opposé. Ce n'est qu'une fois en mer qu'il a appris la raison véritable de ce refus. Aïcha, enceinte, craignait que François ne veuille pas de l'enfant. Elle trouvait superflu de lui annoncer la nouvelle surtout si, une fois sa liberté recouvrée, François prenait le parti de ne plus jamais revenir en Terre sainte.

— Décidément, la bougresse te porte guigne. Et maintenant, elle t'encombre d'un bâtard.

François se garde bien de relever le gant que Colin lui jette à la face. Le rustre ne s'entend point aux affaires du cœur. Alors, comment pourrait-il comprendre que c'est justement cette bougresse qui l'a mis sur la voie qu'il emprunte à présent ? La sauvegarde des dires du Seigneur Christ ne la concerne en rien, elle a été claire sur ce point. C'est une Berbère. Par contre, elle y a vu la façon dont François sauverait sa propre âme. Et son propre *Testament.* Car ce n'est pas tant le verbe du Nazaréen qui importe, c'est la poésie qui s'en dégage, l'émotion qu'il inspire par-delà les mots. Et il en va de même pour le chant de Villon. C'est le son de ces voix si singulières, l'une comme l'autre, qu'il faut préserver à tout prix parce qu'elles sont le chant de l'homme.

Aïcha a couvé Villon de ses silences, de ses caresses, sans jamais l'importuner de bavardage, tout comme elle respecte le souffle du vent. François, lui, se devait d'intervenir de manière plus tranchante, armé de sa plume et de son incorrigible culot, mais pas seulement. Il lui fallait d'abord marcher sur les traces du Christ, de la Galilée au désert, de Nazareth à Jérusalem, pas à pas. Bâtissant sa propre légende au fil des chemins, tout comme Jésus, cet autre rebelle, cet autre rêveur, l'avait fait de village en village. Aïcha a pressenti "toutes ces choses" en tant que femme, tout simplement dési-reuse d'être là, aux côtés de François, comme le fut Madeleine le long du calvaire. Elle s'en serait à jamais voulu d'entraver sa route, de le spolier de son destin.

Colin, qui ne se soucie du sien, ni de celui de ses frères humains, se moque bien du sort que lui réserve la fortune. Il est aussi fataliste qu'un mulet de labour. Alors, à quoi bon le tarabuster avec ces explications ? Par contre, il sait apprécier une bonne entourloupe. François lui conte donc comment, arrivé à Florence, il a interverti les manuscrits, au nez et à la barbe d'Éviatar, l'espion de Gamliel, et du brave Marsile Ficin, avide de faire libérer son ami Federico au plus vite.

Colin a bien de la peine à croire que François ait pu berner la Confrérie si aisément. Rien ne prouve que ces feuilles ne soient pas tout aussi fausses que le pas-tiche qu'il a composé avec tant d'ardeur. Villon n'a même pas pris la peine de les lire, ni d'en vérifier l'authenticité.

Aurait-il fait semblant de prêter foi aux dires de frère Paul et de Gamliel ? Pourquoi se serait-il prêté à un tel jeu ? Et Ficin, et les experts apostoliques ? Ont-ils tous joué ce même jeu, sur le dos du Saint Sauveur ?

François, nullement troublé par de tels doutes, caresse les morceaux de parchemin avec une vénération qui déconcerte Colin.

— J'ignore ce qu'a consigné ici le doux Seigneur. Que ces lambeaux soient le vrai dire du Christ ou non, je me suis juré que Sa Parole ne serait plus jamais distordue par les bigots, tous autant qu'ils sont, catholiques, juifs ou sarrasins. Ni Son nom usurpé à leurs fins.

Colin fait la moue. Villon se délecte.

— Le Vatican a fait ses comptes avec une perspicacité qui l'honore. Voilà le pape exempt de toute mauvaise surprise quant à la teneur des ultimes dires du Christ. En apposant son cachet sur mon pastiche, l'Église se protège à merveille. Toute autre version que ses ennemis tenteraient de rendre publique passera aussitôt pour douteuse. Incluse la vraie.

— Que détiennent toujours les chasseurs de livres !

— Ou bien moi-même, au fond de cette besace. Car Jérusalem aurait eu tout intérêt à ce que le pape la lise. La majorité de ce que Jésus y dit a été soit censuré soit même dicté par Anân pour disculper les juifs aux yeux de Rome. Mais si la Confrérie m'a remis un faux malgré tout, ou une version élaguée à son goût, elle doit désormais garder secrète l'existence de l'original.

Colin n'est toujours pas convaincu. Il rend la besace à Villon.

— Vrai ou faux, Jérusalem en conserve sûrement copie.

— Oui. Mais, vrai ou faux, ce texte ne saurait lui servir deux fois.

— Si n'est pour démentir le tien.

— Qui arrange tout le monde bien mieux que la vérité.

François et Colin partent d'un bon rire. Ils se reversent du cidre. Les deux hommes trinquent, tout comme à Lyon, dans une autre taverne, il n'y a pas si longtemps.

— Personne n'osera admettre une telle avanie…

— Le Christ ne peut tout de même pas se contredire…

— Ni papes éminents et sages rabbins se fourvoyer à ce point…

— Et surtout pas Chartier, qui t'a commissionné.

Colin réfléchit un moment. Son visage s'assombrit.

— Te voilà piégé tout comme eux, François. Tu ne pourras jamais vendre la mèche…

— Ils le savent bien. C'est pourquoi je suis certain que ce sont là les vraies minutes d'Anân.

— Dans ce cas, les juifs t'ont joué un sacré tour. C'est à tes trousses, et non aux leurs, que vont se lancer maintenant les traqueurs pontificaux.

— Et à celles de tous les chrétiens qui, croyant Jésus sur parole, font fi du dogme.

Colin repose son godet. Il regarde son compagnon d'un air soudain sévère, pointant du doigt le sac de toile posé sur le banc. Il considère désormais les vieux bouts de parchemin d'un autre œil. Avec révérence.

— Que vas-tu en faire?

Le chirurgien recoiffe sa toque de feutre noir. Le cône en est si long et pointu qu'il frôle les branches des lustres. Lorenzo, affalé sur le divan de la bibliothèque, s'attend à voir ce galurin de sorcière pourfendre les toiles d'araignée accrochées aux pendeloques de cristal. À moins qu'il ne prenne feu en touchant les chandelles. Le docteur, oublieux d'un tel danger, imbu de sa science, prend des airs d'importance et se met à débiter un flot interminable de termes obscurs, en latin, parfois en grec, qui ne présagent rien de réjouissant. Il prononce son verdict de même, s'adressant aux rangées de livres comme à un cénacle de savants collègues. Ce n'est que lorsque le jeune aristocrate, repu de jargon médicinal, délie sa bourse avec agacement que le carabin consent enfin à parler en clair. Le patient présente maintes meurtrissures, contusions et bosses ainsi qu'une maigreur alarmante. Un bon repas, du gigot gras de préférence, le requinquera à coup sûr. Et une saignée le délivrera des humeurs bilieuses dont souffrent généralement les personnes qui ont été soumises à la Question. Rassuré, Lorenzo claque des doigts. Un laquais escorte aussitôt le charlatan jusqu'aux portes du palais.

Un jeune moine, jusque-là invisible, surgit d'une alcôve ornée du buste de Côme qui sépare les rayons des anciens, romains ou hellènes, des étagères des modernes, italiens ou français. Il quémande l'autorisation de rendre visite au convalescent. Lorenzo acquiesce d'un magnanime mouvement du bras. Le novice se rue à l'étage.

*

Dès que le religieux entre dans la pièce, Federico repousse vivement les draps qui le couvrent. Il parvient à se redresser en s'appuyant sur les édredons, craignant que le prêtre ne lui administre l'extrême-onction des gentils. Mais Éviatar, rabattant sa capuche en arrière, lui parle immédiatement en hébreu. Le garçon ignore que le rescapé des geôles vaticanes est son commandant en chef. Il sait juste que cet homme est juif tout comme lui, ainsi que l'a révélé le berger essénien de Qumrân. Soulagé, Federico convie le visiteur à s'asseoir au pied du lit. Éviatar, effaré par le piteux état du libraire, n'ose pas le presser de questions. C'est le malade qui prend l'initiative, avec un sourire étrangement amusé. Il devine aisément l'identité de ce gaillard efflanqué, au teint livide, et si piètrement déguisé en moinillon.

— Et ton ami Villon, comment se porte-t-il?

Federico n'attend clairement pas de réponse. Il prétend même savoir où maître François se trouve en ce moment. Non loin d'ici, dans un bouge des bas quartiers, avec Colin.

C'est la Confrérie qui a tenu à ces retrouvailles impromptues. Il a suffi d'annoncer au Coquillard, qui se cachait à la cour des miracles d'Aix, qu'un moine du nom de Benoît l'attendait ici avec des nouvelles fraîches de Galilée et un message urgent de Villon à l'intention de Louis XI.

Un simple rapport écrit de Fust sur la réussite de l'opération ne contenterait pas le roi. Colin témoignera de façon plus convaincante. Il aura vu de ses yeux le précieux document et aussi que François se porte à merveille. Porteur d'aussi bonnes nouvelles, Colin s'empressera de regagner Paris où l'annonce d'un tel coup d'éclat lui assurera une belle récompense.

Tout ceci ne manque pas d'impressionner dûment Éviatar. Mais de quel coup d'éclat le marchand de livres parle-t-il ?

— Tu as failli à ta mission, Éviatar.

Le jeune homme tressaille. Comment le libraire connaît-il son nom ? Federico continue, faisant peu de cas de son effet de surprise, et révèle à Éviatar le tour de passe-passe que François a joué à la galerie. C'est Ficin, alarmé, qui a prévenu les Médicis de cet habile escamotage. François lui a tendu un document trop frais qu'il a dû retravailler à la hâte. Le vieux savant a simplement considéré que la Confrérie, ne voulant pas se dessaisir des minutes d'Anân, comptait sur lui pour affiner le faux que frère Benoît et frère Martin apportaient de Galilée. Jérusalem y comptait en effet, sachant pertinemment que maître Villon allait dérober l'original et lui substituer un plagiat de sa composition. Au monastère, Gamliel avait laissé le Français en faire à sa guise, ordonnant à frère Paul de se mettre de la partie.

Le vénérable rabbin avait douté du bien-fondé des tractations destinées à faire venir Villon en Terre sainte. Il est aujourd'hui forcé d'admettre à quel point son supérieur avait vu juste. Dès qu'il a appris l'existence de ce poète des faubourgs, "ne du tout fol, ne du tout sage", puis lu le manuscrit de ses ballades ramené de Paris par un zélé chasseur de livres, le chef de la Confrérie a pressenti l'atout indéniable que ce rebelle invétéré représenterait tôt ou tard pour le succès de l'opération.

Bien des écrits pertinents avaient été réunis, ceux des orateurs romains pour les Médicis, ceux des sophistes d'Athènes pour la gouverne du roi Louis, mais ils n'étaient que de la poudre à canon à quoi manquait encore l'étincelle qui y mettrait le feu. Tous ces beaux textes se tenaient prêts à entrer en lice avec le dogme. Les imprimeurs déployés sur le terrain n'attendaient plus qu'un signal pour monter en ligne. Ce signal, c'est Villon qui l'a donné. C'est lui qui trouva, entre deux bolées de marc ou de piquette, les mots d'ordre, le ton juste, les émotions qui mettraient en branle l'éveil des âmes sur lequel tablait la Confrérie pour passer à l'action. Voilà ce qui manquait à Caton et Virgile, à Lucrèce et Démosthène, un langage vivace qui hous-pille tout d'un les bourgeois et les princes, les bonnes gens et les étudiants. Il ne restait plus à la Confrérie qu'à assaisonner ce talent d'un piment plus acéré et de quelques herbes sûres. Celles de la Palestine, du désert, d'une femme des ergs. Et laisser mijoter.

Le garçon s'étonne de l'expertise dont fait montre le libraire. Et de son aplomb. Le pimpant Floren-tin qu'il incarnait a totalement disparu, comme envolé. Cet homme alité, démuni de ses extravagants atours, le corps bourré de blessures et de cloques, est cependant tout aussi rayonnant que le Federico d'antan. Mais d'une autre manière. Plus ferme, plus imposante. Au point qu'Éviatar hésite à poursuivre la conversation sans y être autorisé. Une dernière question lui démange pourtant les lèvres. Comment se fait-il que Villon se promène librement, sa besace à l'épaule, le précieux manuscrit roulé parmi son linge et ses effets de voyage ?

Comme s'il avait lu ses pensées, le convalescent se penche vers lui.

Engoncé dans ses coussins, le malade annonce en toussotant que la Confrérie n'a malheureusement jamais possédé l'original des minutes d'Anân. Le grand prêtre les avait cachées dans l'une des sept branches du chandelier sacré, la ménorah, que Titus emporta à Rome en triomphe après la destruction du Temple.

Ce que Villon transporte dans sa besace n'est que la transcription hâtive d'un scribe, censurée par les rabbins du Sanhédrin et destinée à Ponce Pilate pour épargner la communauté juive des représailles dont l'irascible gouverneur de Judée l'avait menacée. Ce sont néanmoins les paroles, bien que tronquées, du Christ.

Seul Villon pouvait reconstituer le message du Sauveur que tant ont cherché à défigurer. Agitateur et visionnaire à l'instar du Nazaréen, il a su entendre la voix même que tous voulaient étouffer. Il a perçu la souffrance que cette voix exprimait, au nom de tous les hommes. Il l'a ressentie jusque dans ses tripes. Non pas en adepte, ni en érudit, mais en poète et en frère.

— Villon retournera en Terre sainte. Sois-en sûr. Toi, tu restes ici. Pour me seconder.

Éviatar s'étonne de l'assurance avec laquelle cela est proféré. Villon n'est-il pas imprévisible ? Il pourrait tout aussi bien mettre le cap sur Paris, avec Colin. Ou du moins s'enfuir ailleurs qu'en Palestine.

L'homme alité se contente de préciser :

— Il y a laissé son tricorne.

La pluie a cessé juste avant l'aube. Colin et François ont dormi sur des bancs, cuvant leur cidre. Le tavernier, aidé des garçons d'écurie, les chasse dehors, menaçant de sommer la maréchaussée. Il ne s'en abstient que par respect pour la bure de François.

Colin, mal réveillé, rouspète à peine. Il a trop mal au crâne et aux boyaux. Villon, plus guilleret, se réchauffe les membres aux premiers rayons du soleil. La journée est radieuse. Le pavé sent bon, fraîchement lavé par l'averse, brossé par le crin du vent. La route s'étire, trouée de flaques, parmi les dernières bicoques qui s'appuient aux remparts de la cité. Colin, qui a horreur des adieux, avance à grands pas vers le nord, en direction du duché de Milan et de la France. Bah! Que le rimailleur s'en aille donc où bon lui semble, il a assez porté la poisse!

Ses traces s'effacent déjà dans la boue.

*

La foire s'installe sur les berges de l'Arno, aux abords d'un vieux pont. Hommes et bestiaux pataugent dans la gadoue. Un parterre de paille marque les emplacements des étals. Un vieux curé bénit tout un chacun pour une patte de canard ou un saucisson, enfonçant ses aumônes dans une sacoche cousue d'un grossier écusson de sacerdoce. Près des tréteaux des saltimbanques, un colporteur de livres dispose sa maigre marchandise sur un plateau de bois pendu à son cou par deux courroies de cuir. D'un côté du plateau, la boutique. Deux trois missels défraîchis, une gravure dévote, des ex-voto inscrits de bénédictions pour le foyer, la bonne santé, la miséricorde, à accrocher sur la porte ou au-dessus du fourneau. De l'autre côté, le bureau. Un attirail d'écrivain public composé d'un plumier, d'un saleron à sécher l'encre et de quelques feuilles de vélin. Le gaillard est jeune mais il a l'air de connaître son affaire. Il racole tout d'abord un notable du cru et lui case la gravure à bon prix. Entre la rédaction d'une requête de métayer à son seigneur et un testament de drapier en faillite, il écoule ses ex-voto aux passantes, n'appelant que les plus grasses, ou les plus vieilles, avec des roucoulements doucereux, des sourires en catimini. Il vante la calligraphie exceptionnelle d'un de ses missels à un charcutier qui ne sait pas lire. À un badaud qui l'observe en faisant la moue, il fait un signe discret du doigt et, se cachant presque, extirpe un petit volume relié qu'il ne montre jamais à personne. Il le brade à ce grand connaisseur, maugréant contre les temps difficiles, pleurant presque.

François attend patiemment que le garçon se renfloue. Il le regarde empocher ses gains, un à un, et tente d'en évaluer le montant. Ce n'est qu'en fin de journée qu'il s'approche, saluant gentiment le libraire ambulant dans un latin châtié d'écolier. Il lui tend un manuscrit bourré de ratures. Le jeune homme en parcourt le texte, avec détachement tout d'abord, puis avec une mine intriguée. Son visage s'éclaire parfois lorsqu'il se délecte d'une bonne rime, d'un tour de phrase habile. L'histoire est amusante. Et le titre, alambiqué à souhait. *Ci est contée l'infortune de maître François, née des maints déboires qu'il eut avec mère Justice, le Saint-Père, le bon roi Louis, aussi avec abbés, rabbins, Maures et autres Mongols, le tout mis en rondeaux selon le goût de Paris et dédié au doux Jésus, qui le sauva pour de vrai.*

Le marchand rend le manuscrit avec un sourire aimable et commence à plier bagage. Villon lui attrape la manche.

— J'en demande quelques deniers. Juste de quoi atteindre le port le plus proche.

Le colporteur de livres se tâte le menton. La recette a été bonne. Il faut manger, se loger, se ravitailler en encre et papier. Il ne reste pas grand-chose. Cet écrit ne manque pourtant pas de qualité. Mais il n'est vendable qu'à un libraire des beaux quartiers ou à un amateur averti. Le marchand propose une somme, à tout hasard. François fronce les sourcils et fait une timide contre-offre. Le jeune homme ricane. C'est bien trop cher. Il est prêt à faire un petit effort, mais pas plus. Cette dépense est totalement imprévue. Il n'est même pas certain d'en tirer profit. En tout cas, pas dans l'immédiat. Il sort une poignée de pièces, compte rapidement, en remet une partie en poche et montre le solde dans le creux de sa paume. Villon accepte, l'air contrit. Mais il tente d'extorquer encore quelques liards. Il en assez de porter sa bure toute mitée. Il a besoin de vêtements frais. Ou plutôt, d'un nouveau déguisement.

— Il y a ceci.

Villon fouille dans sa besace. Il en sort une liasse de feuillets racornis. L'autre inspecte le parchemin d'un œil expert. La peau est sèche, bourrée de gribouillis illisibles. En la grattant bien et puis en la trempant dans l'huile, elle retrouvera sa consistance. La matière est épaisse. Découpée à la taille, collée sur ais de bois, elle fera un excellent cuir à relier. Les chutes serviront de lanières que l'on nouera autour des plats pour tenir le volume droit et bien fermé. Le tout, dans cet état, ne vaut pas plus d'un demi-sou. François empoche la pièce avec célérité, comme si le colporteur l'avait payé en écus d'or. Le jeune marchand jette son acquisition au fond de sa sacoche, parmi les vieux papiers et les pots d'encre. François le regarde s'en aller, jusqu'à ce qu'il disparaisse au loin, emportant avec lui les dernières volontés du Christ. Le testament de Jésus est en bonnes mains. Ce gaillard en est tout autant le légataire que quiconque. Le Sauveur n'a point besoin d'acte de notaire. Ni d'aucun certificat. Par-delà tout verbe, n'est-ce pas de Sa légende que tout homme tire la sienne propre?

François tâte la pièce de monnaie dans sa poche. C'est bien peu et c'est beaucoup, un demi-sou, pour sauver la Parole. Et lui rendre Sa liberté.

*

Juste avant la tombée de la nuit, Villon entre chez un fripier et s'habille de neuf. Il se dandine de long en large dans l'échoppe déjà plongée dans l'obscurité. Près de la porte, il aperçoit un cageot plein de vieilles cannes et de bâtons émoussés. Il remue le fatras à l'aveuglette et en retire un long gourdin tout rugueux. Il tend son demi-sou au boutiquier qui ne le remercie même pas.

Dehors, il s'est remis à pleuvoir. François consulte un moment les rares étoiles qui percent la bruine puis, sa besace arrimée sur l'épaule, prend la route qui mène à la mer.

*

Les ballades de Villon furent imprimées pour la première fois en 1489, chez Pierre Levet, à Paris, sous le titre *Le Grand Testament Villon et le Petit.* Cette édition et toutes celles qui suivirent sont malheureusement incomplètes. Le manuscrit de Villon ne fut jamais retrouvé.

BABEL

Extrait du catalogue

OUVRAGE RÉALISÉ
PAR L'ATELIER GRAPHIQUE ACTES SUD
REPRODUIT ET ACHEVÉ D'IMPRIMER
EN AVRIL 2015
PAR NORMANDIE ROTO IMPRESSION S.A.S.
À LONRAI
POUR LE COMPTE DES ÉDITIONS
ACTES SUD
LE MÉJAN
PLACE NINA-BERBEROVA
13200 ARLES

Dépôt légal
1re édition : mai 2015
N° impr. : 1501597
(Imprimé en France)